小説家・逢坂剛

逢坂剛

東京堂出版

はじめに

ここ十数年のあいだに、単発であちこちに書いた種々雑多なエッセイを、一本にまとめることになった。

詳しくいうと、一九九四年から二〇一〇年の十七年間にわたる、エッセイ集である。

概して、エッセイ集はよほどのことでもなければ、小説ほどには売れない。

出版業界は、二十世紀の最後の数年までは好調だったから、エッセイもよく本にしてくれた。その時期にわたしは、①『さまざまな旅』（毎日新聞社／一九九三年）②『書物の旅』（講談社／一九九四年）③『青春の日だまり』（講談社／一九九七年）④『メディア決闘録』（小学館／二〇〇〇年）と、四冊のエッセイ集を出した。二十一世紀にはいってからは、十年間のブランクをおいて、⑤『剛爺コーナー』（講談社／二〇一〇年）があるだけだ。

このうち①と②は、新聞や雑誌に書いた書評を中心にしたもの、③と④は雑誌に掲載された映画や野球、スペインなどに関する連載エッセイをまとめたもの、⑤は日本推理作家協会報に連載した雑文である。

二十一世紀にはいると、パソコンや携帯電話の急激な普及の影響で、活字文化が圧迫され始めた。それとともに、作家の余技に類するエッセイ集の出版は、大幅に減ってしまった。小説でさえ初版部数が落ち、重版がかかりにくくなったほどだから、それもやむをえないだろう。さりながら、作家の余技にもなにがしかの意義はあるはずだし、それを求める読者も少数ながらいることはいるのである。

エッセイとは、書き手がそのときどきに感じたことや、みずからの経験や見聞をテーマとして、思いつくままに綴る雑文を指す。雑文とはいえ、それを書いた時点での自分の心情、あるいは社会事象を映したものでもあるから、一つの時代の証言といえないこともない。それほどおおげさなものではないにせよ、一人の作家が過ごした時代や社会の変化、なじんだ場所の軌跡などをたどることによって、読者も多少は得るところがあるだろう。

東京堂出版は、もともと好事家の読者を対象とした書籍を、多年にわたり出版してきたキャリアがある。ことに、いろいろな分野にまたがる希少な辞書、事典類の出版にかけては、他の追随を許さない。そうしたアイテムは、読者に単なる学問的知識だけでなく、人生を豊かにする教養を与える、真に文化的な出版活動の表れといってよい。ベストセラーにはならなくとも、東京堂出版の本の根強いファンは確実にいる。その、代表的な一人であるわたしが請け合うのだから、間違いない。

このエッセイ集は、そうした辞書とは直接関係ないが、好事家（物好き？）の読者を対象とするという意味では、共通点があるかもしれない。『小説家・逢坂　剛』などと、ごたいそうなタイトルをつけてしまったが、ここにはわたしを作家に育てたさまざまな要素が、きわめて原始的な形で詰まっている。物好きな読者にこそ、ぜひ手に取っていただきたい本である。

ちなみに、執筆期間がかなり長いスパンに渡っているため、文中で紹介した場所や店舗が、現在は消えてなくなったケースもある。しかし、それが存在したことは歴史的事実？　であるから、いちいち注はつけないけれども、当時の姿のまま残すことにした。

また、たとえば特定の作家や作品に関する記述、西部劇やギターに対する嗜好などについて、繰り返し書いている場合がある。表現が重なる部分も少なくないが、それもわたしの思い入れの深さを示すものとして、ご容赦をお願いする。

最後に、こうした散逸しがちなエッセイをまとめ、本にしてくださった東京堂出版の松林孝至氏、皆木和義氏に感謝の意を表したい。

目次

目次

私を作った本

私はいかにして本と出会い、作家になったか

子供のころから、よく本を読んだ。

ことに、グリムとかアンデルセンの童話が、大好きだった。グリム童話などは、大学生になっても読み返した覚えがある。グリムには、物語の〈素〉とでもいうべきものが、ぎっしりと詰まっている。古今東西の小説で、グリム童話の中にその原型を求められないものは、ほとんどないといってもよい。

社会人になってからも、そこそこに読書したつもりではいる。しかし、今となってみればもっと読んでおけばよかった、と悔やむ気持ちが強い。作家が、頭の中に抱えている引き出しの数は、若いころに読んだ本の量に比例する。むろん、そこには実人生における種々の体験とか、楽しく見た映画演劇のたぐいもプラスされるだろう。しかし、基本的には読書の量で決まる、といっても過言ではない。だとすればやはり、もっと読んでおくべきだった。

それでも、いくらか救いがあるとすれば、読書傾向が〈広く浅く〉ではなく、〈狭く深く〉だったことかもしれない。〈広く深く〉でないのは残念だが、ともかくだれでも読みそうな文学全

集的古典とか、名作と呼ばれるものにはほとんど近寄らず、どちらかといえばマイナーな作品を、好んで読み漁る性癖があったように思う。

ロシア文学でいえば、トルストイもドストエフスキーも、ツルゲーネフも敬遠したかわりに、ゴーゴリとかレールモントフ、アファナシェフやクルイロフの寓話などを、おもしろく読んだ。フランス文学なら、デュマやユーゴーはともかく、スタンダールもバルザックもゾラも、ほとんど未読である。そのかわりコンスタン、フロマンタン、ラ・ファイエット夫人、サンドなどを、読んでいる。むろん、ルブランのルパンものは、愛読書の一つだった。

ドイツ文学は比較的親しんだ方だが、それでもゲーテ、シラーやハイネより、ロマン派の作家ホフマンやクライスト、ティーク、ノヴァーリス、ヴァッケンローダーなどを乱読した。英米文学では、デフォー、スコット、ワイルド、G・グリーン、ヘミングウェイをよく読んだ。

肝腎の日本文学は、外国文学に比べれば多く親しんだと思うが、人さまに誇るほどのものではない。森鷗外、夏目漱石、志賀直哉なども、人並み以上には読まなかった。ただ、石川淳だけは高校生のころから傾倒し、今でもその全集は座右に置いてある。大衆文学は大好きで、貸本屋時代から江戸川乱歩、横溝正史、高木彬光はもちろん、吉川英治、山手樹一郎、村上元三、富田常雄、さらには結城昌治、黒岩重吾まで、たくさん読んだ。

そのほか、どの国によらず数多く読破したのは、戯曲だった。この分野だけは、戦前に出た大部の戯曲全集を二種類、バラで買い集めた覚えがある。ギリシアのアリストファネス、ソフォクレスに始まり、チェホフ、ストリンドベリからフランスのモリエール、マリヴォー、ボーマルシェ、ミュッセ、ドイツのシラー、クライスト、ヘッベル、ヴェデキント、シュニッツラーと、飽きることがなかった。シェークスピアを敬遠したのは、あまりにも有名すぎたからかもしれない。国内ものでは歌舞伎、浄瑠璃の台本やそれによく似た滑稽本、洒落本を愛読した。

そもそも、戯曲は舞台抜きの活字で読むかぎり、台詞だけで話が進められるから、会話がきびきびしていなければ、退屈きわまりない物語になる。その点、たとえばモリエールをはじめとする、フランス喜劇のやりとりなどは、エスプリとワイズクラックに満ちていて、今でも読むとつい頬が緩んでしまう。今にして思えば、それがずいぶん勉強になったと思う。

ちなみにこうした本の数かずは、外国文学に限れば神田神保町の古書店、たとえば田村書店、小宮山書店、矢口書店などをまめにのぞいて、買い集めたものだった。今では、めったにお目にかかれないものも多く、買っておいてよかったと思うことしきりである。

以上述べた読書体験が、のちの作家生活にどれほど役に立ったかは、わたしにも分からない。明らかに影響を受けたのは、中学生のころから親しんだハメット、チャンドラー、あるいはマギヴァーン、チェイスといったハードボイルド作家だが、そこに前述したような偏った読書傾向が、隠し味のようにひそんでいるかもしれない。しかし、その当否はわたしよりもむしろ、読者の判断に委ねるべきだろう。

事実上の処女作、『カディスの赤い星』を世に問うために、短編の新人賞に応募を始めたことは、すでにあちこちで書いた。この作品を書き上げた時代、一九七〇年代の後半はまだハードボイルド、国際冒険小説の市場ができておらず、編集者や読者の興味を引くことができなかった。単行本になったのは、書き上げてから九年後の、八六年である。当時は、この種の小説が世に受け入れられるまで、それだけの熟成期間を必要としたのだ。しかも、かろうじて四六判のハードカバーならぬ、ソフトカバーでの出版だった。

「処女作にはその作家のすべてがひそんでいる」とか、「作家は処女作を越える作品を書けない」とかいう言葉を、しばしば耳にする。それはある意味で、正しいかもしれない。先に書いたように、わたしは『カディスの赤い星』を世に出すために、作家になった。それが直木賞という、望外の栄誉によって報われたのだから、その時点で筆を折ったとしても、悔いはなかったのだ。

だとすれば、読者にははなはだ礼を失した言い方になるが、それ以後の作品はあくまで余剰の産物である、という気もしてくる。さりながら、決して手を抜いたとかいやいや書いた、という次第ではない。むしろ、作家として経験を積んだ分洗練もされたと思うし、小説としての完成度も高くなったはずである。しかし、巧拙を超えた処女作の熱気というものは、キャリアとともに失われていく。おそらく、それを感じない作家は一人もいない、と思う。

さして自慢にもならぬ話を、さも自慢たらしく書いてしまったが、詰まるところ何ごとも、「初心忘るべからず」ということに、尽きるだろう。

（『文芸春秋スペシャル』二〇〇九年春）

いつもそばに、本が

奇巌城　（モーリス・ルブラン）

アルセーヌ・ルパンは、わたしが小学生のころもっとも熱中して読んだ、冒険小説のシリーズである。ことに講談社の、《世界名作全集》に収められた『奇巌城』は、血湧き肉躍るおもしろい小説だった。

二年ほど前、講談社が新たに《痛快　世界の冒険文学》という少年、少女向けのシリーズを企画し、わたしにも何か翻訳（？）してほしい、という話が持ち込まれたとき、わたしは一も二もなくこの『奇巌城』を選んだ。

周知のように、ルパンシリーズには古くから保篠龍緒という、定番の訳者がいる。活弁調ながら、そのリズム感に富んだ訳文は、ルパンのイメージをよくとらえている、といわれた。しかし、専門のフランス文学者や翻訳家からは、保篠訳は原作に忠実でない、〈超訳〉だという、手厳しい批判も浴びた。それをきっかけに、ルパンの改訳版があちこちから、出版されるようになった。

わたしは、そうした先人の訳業を参考にしながら、新たに『奇巌城』を書きおろすことにした。

ところが、どの訳書を読んでもこの小説はきわめてずさんで、矛盾に満ちていることが判明する。訳者の力量とは関係なく、原作そのものがいいかげんなのだ。忠実に訳せば訳すほど、ますます欠点が目立つという、奇妙な状況になる。子供のころは、まったく感じなかったことだが、今読むとかなりひどい。自分が書きおろすとすれば、とうてい黙視できない欠陥だった。

そこでわたしは、原作の矛盾を一つひとつ洗い出し、抜本的に小説の構造を組み替えることに決めた。まず、あまりにも乱れた視点を整理するため、本来は三人称で書かれた原作を、少年探偵イジドル・ボートルレの一人称小説に、書き直す方針をとった。

原作者ルブランは、もともとフローベール風の心理小説で、売り出そうとしたらしい。しかしこの作品では、ルパンの恋人に擬せられるレイモンド嬢、あるいはルパンに誘拐されるボートルレ少年の父親、ルパンを宿命の敵として追う名探偵ホームズ、そういった脇役の描き方が、いたっておざなりなのだ。ルブランが心理小説で売れず、ルパンに頼らざるをえなかったのも、当然だろう。

＊

最後に、ボートルレ少年とレイモンド嬢の眼前で、ルパンとホームズが対決する。ルパンはその直前まで、ボートルレとガニマール警部を相手に奇巌城で、延々と得意の長口舌を振るっていた。

それが一転して、物語は突然悲劇的な終わりを迎える。その落差の大きさに、子供心にも胸を締めつけられた覚えがある。ただし、原作は結末を急いだせいか、話がばたばたと終わって、余韻に乏しい。そこでわたしは、自作の結末を書くつもりで、だいぶ筆を加えた。読みながら書き直し、書きながら読み返す作業がこれほど楽しいとは、予想もしなかった。

今思えば、中学生のときに初めて書いた小説は、ルパンまがいの活劇ものだった。わたしの原点には、やはりルパンがいるらしい。

ガラスの鍵（D・ハメット）

中学校にはいるとともに、わたしはもっとおとな向きのミステリーに、興味を持つようになった。アガサ・クリスティなど、古今東西のミステリを片端から読み始めたのは、このころである。

当時本格探偵小説と並んで、ハードボイルド派というジャンルがあることも、この時代に知った。ためしに、チャンドラーの『大いなる眠り』を読んでみたが、さっぱりおもしろくない。ろくに謎もトリックもなく、やけに話が入り組んでいて分かりにくい、という印象だけが残った。

＊

ところが、中学三年生になったころだろうか、ハメットの『マルタの鷹』を読んで、まさに目からうろこが落ちた。ここに描かれた主人公サム・スペードは、それまで読んだどんな探偵小説にも出てこなかった、強烈な性格の持ち主だった。ペダンチックな推理を披露することもなく、女性を敬して遠ざける堅物でもない、プロの私立探偵がそこにいた。

しかもこの作品で、ハメットは徹底的な客観描写をつらぬき、スペードをはじめ登場人物の内面描写を、いっさい排除した。〈思った〉〈感じた〉など、人の心理を表現する言葉をまったく用いなかった。それでいて、登場人物の性格が行間から、すっくと立ち上がってくる。その筆力と技法に、電撃的なショックを受けた。この作品によって、わたしはハードボイルドに目覚めた、といってよい。しかし、期待して読んだ次作の『ガラスの鍵』は、よく分からない小説だった。主人公の賭博師、ネド・ボーモンはスペードほど苛烈な性格でなく、きわめてとらえどころのない男に描かれている。物語の方も、地方都市の政治抗争を巡る、登場人物の腹の探り合いだけ、という印象が強かった。

高校生になって、もう一度読み直したとき、ハメットの意図が少し分かった気がした。同じ客観描写をつらぬきながら、ボーモンはスペードほど際立った人物には、描かれていない。ハメットは、この作品でスペードとは異なる、むしろ対極に位置する男を描きたかったのではないか、と思った。

＊

大学生になって三読し、さらに社会人になって四度、五度と読み返すたびに、この小説の神髄が見えてきた。かりに『マルタの鷹』を、〈正〉のハードボイルドと規定すれば、『ガラスの鍵』は〈負〉のハードボイルドなのである。そのため、前者はきわめて分かりやすく、後者は逆に分かりにくい。スペードとボーモンの共通点は、自分の信念をいささかも曲げないところだけで、あとはまったく性格の異なる男である。しかも、スペードはそれを露骨に表に出し、ボーモンはじっと自分の内側に押し込める。

このボーモンの真情をとらえるのに、何度も読み返す必要があったのだ。今現在も、はたしてきちんと読み取ったかどうか、自信がない。みなさんは、この小説の最後のセンテンスを、なんと解釈するだろうか。

遥かなる星　（ヤン・デ・ハートック）

オランダの作家、ヤン・デ・ハートックの『遥かなる星』は、一九七四年に角川文庫から、文庫オリジナルとして出版された。

わたしがこれを読んだのは、ごく最近のことである。しかしわたしは、今ここで紹介せずにはいられないほど、この本に打ちのめされた。作者のハートックについては、あとがきにもたいした情報がなく、わたしは何も知らない。おそらく、日本では覚えられる間もなく、忘れ去られた作家の一人だろう。

この小説は、第二次大戦終結直後のヨーロッパを、舞台にしている。オランダ警察の警部ユングマンが、収容所から助け出されたユダヤ人の娘アンナと知り合い、彼女をイスラエルへ送り届けるまでの物語である。

われわれ日本人は、ユダヤ問題について知識も関心も乏しいせいか、ときに〈マルコポーロ事件〉のような、後味の悪いトラブルを起こす。その後、まるでそれを補正するかのように、ユダヤ人による収容所体験記などが、続々と発行された。今でもそれは続き、言葉は悪いがちょっとした〈プロパガンダ〉の様相を、呈している。しかしこの『遥かなる星』は、そうしたどんな宣伝の書よりも、強くわたしの胸を打った。ナチスドイツの、ユダヤ人に対する許されざる行為が、この小説に描かれているほど物静かに、しかも強烈に断罪された例を、わたしは知らない。

イスラエルに行きたい、という二十一歳の娘アンナを、ユングマンは悪辣な人身売買人の手から、救い出す。そしてアンナの希望を叶えるため、職も家族も犠牲にして、オランダから船で出発する。ユングマンは、英雄になる気など毛頭ないのだが、なぜかアンナをイスラエルに送り届けることが、人生最大の目的になってしまう。活劇らしい活劇もなく、淡々と進むこの小説は最後に向かうにしたがって、しだいに緊迫感を高める。果たして二人は、目的地へたどり着けるのか。むしろ、このまま淡々と終わってほしいと望みたくなるほど、息苦しいサスペンスが続く。

土壇場で明らかになる、衝撃的な事実と感動的な結末は、涙なしには読めない。

わたしはこの文庫を、神田神保町のなじみの古書店で見つけ、その場で買った。すでに存在の分かっている本を、あちこち探し回る楽しみも大きいが、こうした予期しない本との出会いも、古書店巡りの醍醐味の一つである。とはいえ、『遥かなる星』のような知られざる傑作と遭遇することは、めったにない。まさに千載一遇、といってよかろう。

この本が、出版当時話題になった、という記憶はない。初版で絶版になり、そのまま消えてしまったもの、と思われる。近年の殺伐とした、血みどろのサスペンス小説を読み慣れた目には、この小説は地味で刺激のない作品、と映るかもしれない。しかしそれは、とんでもない勘違いである。

ちなみに、このようなすばらしい本が、途切れずに市場に出回るようにするのが、本来の〈文庫〉の使命ではなかったか。

あえて出版社に、苦言を呈したい。


（『朝日新聞』一九九九年十二月十日）

わがヴィタ・ミスティクス

　子供のころ、初めて読んだミステリがだれのなんという作品だったか、はっきりとは覚えていない。しかし、太平洋戦争中に生を享けたわたしの世代からして、おそらく江戸川乱歩ないし横溝正史の作品だったと思う。

　乱歩の明智小五郎、正史の金田一耕助、三津木俊介といった名探偵の名前は、物心がつくころから記憶に残っている。高木彬光の神津恭介、大前田英策を知ったのは、もう少しあとのことだった。ともかく、昭和二十年代から三十年代にかけての名探偵といえば、明智、金田一、神津の三人にとどめを刺す。これにはまず異論がないだろう。

　もう一人、なぜかわたしの頭にしっかりこびりついているのは、柴田錬三郎が子供向きの作品（だったと思う）に登場させた、《東京紳士》と呼ばれる侠傑である。《紳士》に《マン》とルビを振り、東京マンと読ませていた。この人物は、柴錬流のいわゆる和製ルパンで、『金三角』だったか『三十棺桶島』だったか忘れたが、本場のルパンものを翻案した小説など、いくつかの作品に登場した。ところが奇妙なことに、同世代の作家や評論家のだれに尋ねても、《東京紳士》の名を知っている人間がいない。かなり知られたキャラクターだった、という思い込みがあるだけに、だれも知らないというのは不思議千万である。もしかして、あれは幻のヒーローだったのか？　古書店で本を見かけることもなく、今ではまったく忘れ去られた感があるけれども、《東京紳士》は現に存在した（と信じる）。どなたかご存じの方がおられたら、わたしの記憶違いでないことを証明していただきたい。

それはさておき、小学生のころはこうした日本のミステリと平行して、ルパンものやホームズものを読みあさった。ことにルパンものは、ミステリであると同時に冒険小説であり、場合によっては恋愛小説でもあったから、胸をわくわくさせつつ貪るように読んだ。このシリーズは、エンタテインメントのあらゆる要素がぎっしり詰まった、おもしろ小説の宝庫といってよい。

第二次大戦以前のシリーズ・ミステリでは、探偵役の主人公はめったに恋などしないもの、と相場が決まっていた。たとえ女性に興味を引かれても、のめり込むということがない。へたをすると、はなから女嫌いだったりする。色恋の要素は、謎解き小説には邪魔なだけ、とみられていたらしい。

しかしルパンだけは、数少ない例外の一人だった。彼の惚れっぽいことといったら、それこそ作品の数だけ女と恋をした、といっても過言ではない。『奇巌城』のレイモンドに始まり、『八一三の怪奇』のドロレス、『妖魔の呪』のクラリス、『ソニアの宝冠』のソニア……。とても思い出せないほどの恋の数である。

その点ホームズは、女性とほとんど無縁の探偵だった。ただ一人恋したといわれる相手は、『ボヘミアの醜聞』のアイリーン・アドラーだけである。そのため、ホームズはワトスンとホモ関係にあった（！）などという、奇想天外な珍説も生まれた。

モーリス・ルブランは、自作のルパンものの中に勝手にホームズを登場させた。原作では、一応頭文字のS・HをH・Sに入れ替え、エルロック・ショルメス（？）という妙な名前に変えているが、これがまた傲慢で嫌みたらたらの男なのだ。『奇巌城』や『怪人対巨人』などに登場するが、ルパン派のわたしはホームズが鼻を明かされるたびに、ぱちぱちと拍手を送ったものだった。しかし、熱烈なシャーロッキアンからすれば、このキャラクターの無断借用は、許しがたい行為だろう。ルブランが、コナン・ドイルの許可を取ったとは思えないし、フランス人のイギリス嫌いを如実に物語る、典型的な例といえる。

中学生になってからは、学校の図書館にあった某社の世界推理小説全集を、片端から読みあさった。アガサ・クリスティに始まり、ヴァン・ダイン、ディクスン・カー、エラリー・クィーンと、当初は本格物がかなり多かった。しかし、あるときダシール・ハメットの『マルタの鷹』を読んでから、ころりと宗旨が変わる。神のごとき名探偵が、超人的推理を働かせて犯人を指摘する、というタイプのミステリに急激に興味を失ってしまった。要するに《推理》よりも、《小説》

の方に関心が移ったのである。いわゆる名探偵は、直感が鋭いだけで人間的魅力に乏しい堅物か、不自然にカリカチュアライズされた変人が多い。それに比べると、ハメットが創造した主人公は、探偵のコンチネンタル・オプにしてもサム・スペードにしても、あるいは賭博師のネド・ボーモンにしても、きわめて人間くさく、現実味豊かに描かれている。小説のおもしろさは、結局は魅力的な人間を描くことにあるのだな、とそのとき悟った。

それ以後は、よほどの話題作でもないかぎり本格ものには手を出さず、ハメットやチャンドラー、ロス・マクドナルドなどハードボイルド派の作品に、のめり込んでいった。その当時は、これらご三家を《正統ハードボイルド派》と呼んで別格扱いにし、ミッキー・スピレーンやジェームズ・ハドリー・チェイスなど、暴力とセックスを売り物にする（とみられる）作家は、《通俗ハードボイルド派》として一段低く見られる傾向があった。しかしわたしは、スピレーンこそあまり読まなかったが、チェイスやウィリアム・P・マギヴァーン、ホィット・マスタスン、エド・レイシー、トマス・ウォルシュといった通俗派も、大いに愛読した。ことにチェイスからは、ストーリーテリングの技法について多くを学んだし、マギヴァーン、マスタスン、レイシー、ウォルシュには、警察小説のおもしろさを教えてもらった。わたしの好みを言わせてもらえば、後年ネオ・ハードボイルド派なる看板（日本だけかもしれないが）を掲げて登場した諸作家、たとえばロバート・パーカー、ビル・プロンジーニ、マイクル・コリンズ、マーク・サドラー、ジョゼフ・ハンセンなどよりも、一九五〇年代の通俗派作家の方がずっとおもしろい。小説としての結構は、後輩作家の方に軍配が上がるかもしれないが、味わいという点では先輩作家が一歩も二歩も先を行く。彼ら通俗派(?)の旧作は、最近創元推理文庫やハヤカワ・ポケット・ミステリなどで、ぽつぽつと再版されたりしているようだから、機会があったらぜひ読んでいただきたい。チェイスなら『蘭の肉体』『悪女イブ』、マギヴァーンなら『最悪のとき』『ビッグヒート』、マスタスンなら『ハンマーを持つ人狼』『非常線』、レイシーなら『さらばその歩むところに心せよ』『ゆがめられた昨日』、ウォルシュなら『マンハッタンの悪夢』『深夜の張り込み』あたりがお薦めである。

日本では、昭和三十年代初期に登場した松本清張以後、いわゆる社会派ミステリが主流を占め、本格ものは相対的に衰退した。ハードボイルド派は、当時もそれ以後も長い間市民権を得られず、わずかに大藪春彦が孤軍奮闘するのみだった。三十年代後半から結城昌治、生島治郎、河野典生らが輩出して、ようやく日本にもハードボイルド派の系譜が描かれるにいたった。そのころわたしが、和製ハードボイルド派として注目していた作家は、黒岩重吾である。直木賞受賞作『背徳のメス』をはじめ、『脂のしたたり』や『休日の断崖』など、ほとんど欠かさず読んだ。純粋のミステリではないけれども、アメリカン・ハードボイルドに通じるしたたかさを秘めた、人間くさい作品がそろっていた。当時の黒岩重吾を、ハードボイルド派に位置づけることには異論もあるだろうが、わたしの中ではまったく違和感がない。

話は変わるが、わたしが作家になってから触発された本に、ディーン・R・クーンツの『ベストセラー小説の書き方』（一九八三年・講談社刊）という本がある。いささかキワモノ的なタイトルなので気が引けるが、これからエンタテインメントの作家を目指そうという人、作家デビューを果たしたもののまだ暗中模索している人、そして《おもしろい小説とは何か》について悩んでいる編集者には、必読の書だと思う。この本を書いた当時、クーンツはアメリカではすでにベストセラー作家の仲間入りをしていたらしいが、日本ではほとんど無名の作家だった。具体例を引きながら、「書き出しはこう書け」「こう書くと読者はついてこない」などと、小説作法をこと細かに分析して提示する手法は、彼の出来のよい小説に匹敵するおもしろさがある。

ただしこれを読んだわたしも、ベストセラー作家になったわけではないから、効果のほどは保証しない。とはいえ、エンタテインメント小説の読み方、書き方を知るうえでかならず得るところのある本である。惜しいことに、版元では絶版ないし品切れになっているようだが、古書店で見つけたら迷わず買うように、強くお薦めする。おもしろ本作家クーンツの、ストーリーテリングの技法を知ることができるし、逆に最近の彼の作品がともすれば「こう書いてはいけない」と、かつてみずから警告した罠にはまっていることが分かったりして、興味が尽きない。


（小学館『本の窓』一九九五年九・十月合併号）

ミステリ今昔物語

羊頭を掲げて狗肉を売る。

今昔物語と銘打ったものの、印象に残るミステリを挙げようとすると、昔の作品が大半を占めてしまい、昨日今日のものはほとんど思い浮かばない。以前《西部劇今昔物語》を書いたときも、同じような現象が起きた。もっとも西部劇の場合、最盛期が一九五〇年代ないし六〇年代だったから、やむをえない面もある。しかしミステリに関しては、時代とともにどんどん数が増えているうえに、総じて水準も高くなったといわれる。

にもかかわらず、昨今のミステリの印象が相対的に薄いのは、昔ほど読んでいないというわたし個人の事情もあるにせよ、やはりおもしろさが違うからのように思える。むろん最近の作品で、おもしろいものがないわけではない。しかし、果たしてそれが二十年後にもおもしろく読めるのか、つまり古典として生き残るのかどうかとなると、いささか心もとないものを感じる。それはたとえば、スピールバーグの映画がおもしろいのは認めるが、何十年後もなお見続けられるとはどうも思えない――その気持ちとよく似ている。

ノスタルジーを押しつけるのは本意ではないが、まだ評価の定まらない新しい作品をあげつらうよりも、記憶の中に連綿と生き続ける自分なりの古典を取り上げる方が、やはり気持ちが落ち着く。そんなわけで恥ずかしながら、わたしの読書歴の一部を読者諸氏に披瀝するわけだが、おもしろいとかつまらないとかは、もちろん主観の問題にすぎない。したがって、「なぜあれがはいってないのか！　バンバン（シーナマコトが机を叩く音）」といった、怨嗟《えんさ》の声が起きることも十分に考えられる。しかしそれは単に、わたしが読んでおもしろくなかったか、はなから読んでいないだけのことであるから、文句を言われても挨拶に困る。おあいにくさま、と申し上げるほかはない。

ちなみにここでいうミステリは、いわゆる狭義のミステリにとどまらず、冒険小説やハードボイルドもの、スパイもの、スリラーものなど、かりに大枠でくくるなら《サスペンス小説》に分類できる作品、ということになろうか。ただし、あまり間口を広げすぎても収拾がつかなくなるので、原則として時代ものやSFはのぞくことにする。

サスペンスとは、先刻ご承知のように、サスペンド（宙づりにする）の名詞形である。宙づりにされれば、だれでも不安を感じる。要するにハラハラドキドキして、先へ先へと読まずにいられないような小説を、サスペンス小説と呼ぶ。

わたしが取り上げるのは、そういう小説である。

＊

まず海外ものから、わたしの《オールタイム・ベストテン》を掲げることにする。ただし、おもしろさに順位をつけるなどという、ばかげたことはしない。間違っていたらおわびするが、おおむね発表年度順に並べたつもりである。

八一三の怪奇　モーリス・ルブラン／小山書店ほか

アルセーヌ・ルパンものは、わたしが小学生のころに読みふけった、ミステリの原体験的な小説である。このシリーズには傑作がたくさんあり、『奇巌城』や『水晶の栓』『虎の牙』といった著名な作品もいいが、『二つ罌の女』『青い眼の女』『妖魔の呪い』『ソニアの宝冠』（いずれも保篠龍緒訳がよい）などの小品も、なかなか捨てがたい。ルブランはことに、女を描くのがうまかった。どの作品にも、かならず魅力的なヒロインが登場する。主に悪女と清純派に分かれるが、そのどちらも胸苦しくなるほど、いい女に描かれている。『妖魔の呪い』の、ジョゼフィン・バルサモとクラリス・デチーグは、対照的な善悪の女の対決である。ルブランの描く人物は、それぞれ豊かな存在感があって、あとあとまで深い印象を残す。ルパンを追う刑事にしても、善良で憎めないベシュウばかりでなく、マレカル、ジョルジュレといった、あくの強い魅力的な人物がたくさん出てくる。

それはさておき、シリーズの中から一作を選ぶとすれば、やはり『八一三の怪奇』にとどめを刺す。この作品には、ルパンものの特色である冒険、活劇、推理、悲恋、どんでん返しといった、おもしろい小説のエキスがすべて盛り込まれている。ここに登場する、希代の悪女ドロレス・ケッセルバッハの、なんと妖艶なことか。ルパンの恋はつねに破れるが、それにしてもこのドロレスとの恋は、あまりにも悲劇的である。

ガラスの鍵　ダシール・ハメット／東京創元社、早川書房

ハメットは、レイモンド・チャンドラーと比べて、日本ではもうひとつ人気がない。おそらくチャンドラーにある、日本人好みのセンチメンタリズムが欠けている、とみられるからだろう。確かにハメットの小説は、ブンガク的な言い回しもなければ、華麗なレトリックもない。一読したところ、ピンカートン探偵社時代の報告書と同じように、味もそっけもない文体である。心理描写をしないので、登場人物が何を考えているか分からず、なかなか感情移入できない憾《うら》みもある。しかし、心理描写抜きで『マルタの鷹』のサム・スペードや、『ガラスの鍵』のネド・ボーモンといった独特の人物像を描き出した手腕は、とうてい凡手のものではない。

これら二人のうち、スペードは明確な性格づけがされているので、比較的理解しやすいだろう。好色で、利己的で、打算的で、職業意識の強いこの私立探偵は、神のごとき推理を誇る観念的な

名探偵の権威を、もののみごとに地に引き下ろした。スペードと、ヒロインのブリジッド・オショーネシーとの関係は、したたかな男女の腹の探り合いの中に、どこか甘く切なく、ほろ苦いムードを漂わせる。その意味では、ゆがんだ恋愛小説とみることもできるが、最後に訪れる索漠とした別れは、日本人的心情からすれば受け入れがたい結末で、しばし茫然としたものだった。スペードの行動倫理はきわめて明快だが、それだけに強い反発と奇妙な共感を同時に覚えさせる、不思議な印象の作品である。

一方賭博師のボーモンは、まったく同じ客観描写の手法を用いながら、とらえどころのない超然とした人物に描かれている。走り読みしただけでは、ボーモンがいったい何を考えているのか、いや、いったいこれがどういう小説なのかさえ、解釈に苦しむだろう。チャンドラーはこの小説を、「ある友だちに対する一人の男の献身の記録」と喝破《かっぱ》したが、今となってはそれすらも正しい読み方であったかどうか、疑わしいという気がしてくる。わたしは、中学時代から何度もこの小説を読み返したが、いまだに完璧に理解したとは言い切れずにいる。話の構成や筋は分かるのだが、果たしてボーモンの真意がどこにあったのか、どうしても読み解くことができない。

ボーモンは小説の最後で、自分の恩人でもあり友人でもあるポール・マドヴィグを、裏切るような行為に出る。野望がついえ、打ちひしがれたマドヴィグを見捨てて、しかも彼の愛する女ジャネットを伴い、町を出て行こうとする。まるで、水に落ちた犬を棒で叩くような、冷酷な仕打ちである。それまでの経過から、読者にはジャネットがマドヴィグを嫌い、むしろボーモンに心を寄せていることが分かる。そのジャネットを自分のものにするのは、友情よりも色恋を優先する裏切り行為だろう。この幕切れは、友情のためには義務も恋も捨て去る、といった《男の美学》的ハードボイルドの精神とは、まったくなじまないものがある。

しかし逆にこれを、不実な女をマドヴィグのそばから引き離すための、ボーモンなりの友情と解釈することもできる。このラストシーンだけでなく、ボーモンの裏切り行為としか見えない行動が、作中に何箇所か出てくるけれども、それらをすべて裏返しの友情と考えても、決して不都合ではないのである。

かりに、『マルタの鷹』をプラス・ディメンションとすれば、『ガラスの鍵』はマイナス・ディメンションのハードボイルドということになろうが、ボーモンの真情を知る者はボーモン以外に、おそらくハメット自身も含めて、だれも存在しない。

蘭の肉体　ジェイムズ・ハドリー・チェイス／東京創元社

チェイスの日本における評価はあまりにも低すぎる、というのがわたしの長年の持論である。聞こえてくるのは、批判のオンパレードでしかない。いわく、通俗的。いわく、ワンパターン。いわくマンネリ。

それはすべてが正しく、すべてが間違っている。チェイスの小説は確かに通俗的だが、そもそも通俗的でない小説が、どれだけあるというのか。また、ワンパターンには違いないが、そのパターンを作ったのはほかならぬチェイス自身である。さらに、マンネリと言われつつ売れ続けた作家は、腐るほどいる。ましてチェイスは、かならずしもシリーズ・キャラクターだけに頼らなかった。これは考えるよりむずかしいことである。

チェイスの出世作『ミス・ブランディッシの蘭』は、チャンドラーの長編第一作『大いなる眠り』が発表される前年、一九三八年に出版された。しかし、そのサディスティックな暴力描写や、異常なセックス描写が当局の忌諱《きい》に触れて、発売停止の憂き目にあう。数年後に、不適切な部分を削除訂正して再刊されたが、いずれにせよ今の水準からみれば、さほどセンセーショナルな描写だったとは思えない。ともかく、イギリス本国でもオリジナルの初版は希覯本に近いらしく、現在出回っているのは原書も翻訳も、すべて改訂版の方である。

ハメットの作品を、モームやアンドレ・ジードがほめたことはよく知られるが、チェイスもジョージ・オーウェルらによって論じられ、それなりの評価を受けている。むろん、著名な文学者のお墨つきをもらったから偉い、という次第ではないが、これもチェイスの実力を示す一つの証左になるだろう。

チェイスは、自分が商業作家であることを自任しており、むずかしい構文や言い回しを使わず、だれでも読める平明な言葉で書くことを旨とした。テンポのよい簡潔な文章技術は、ハメットに勝るとも劣らぬものだった。それより何より、チェイスはハメットやチャンドラーに欠けるプロットの構成力、ストーリーテリングの才能に恵まれていた。つぎからつぎへとページをめくらずにはいられない、強烈なサスペンスは他のハードボイルド作家に見られぬ、チェイス独特の持ち味だった。

ことに悪党、悪女を書かせたら、チェイスの右に出る者はめったにいない。悪女ものの代表作を『悪女イブ』とするなら、悪党を描いて最高の仕上がりをみせたのが、ここに取り上げた『蘭の肉体』である。これは形の上では、『ミス・ブランディッシの蘭』の続編ということになるが、独立した作品として読んでもいっこうに差し支えない。なにしろ、第一作のわずか数年後に書かれたにもかかわらず、前作で自殺したミス・ブランディッシの遺児（赤ん坊）が、いきなりはたち過ぎの娘に成長して出てくるのである。こういう乱暴な設定だから、あまり深く考えずに読み進まなければならない。

女主人公のキャロル、それを助ける青年スティーヴ、キャロルをつけねらう殺し屋のサリヴァン兄弟、そして彼らを巡るさまざまな登場人物が、実に生きいきと描き分けられている。ことにサリヴァン兄弟の兄、マックスの恐ろしさときたら、思い出すだに背筋が寒くなるほどである。とにかく最後の一ページまで、手に汗を握らせるこの小説は、処女作を超えるチェイスの最高傑作といってよい。

チェイスの作品は、創元推理文庫だけで二十六冊を数えるが、一九七七年の『切り札の男』を最後に、翻訳が途絶えてしまった。しかも大半が品切れになっている。いかにも残念というほかはない。未訳のものが何十冊も残っており、それらをぽつぽつと原書で読むのが、わたしのひそかな楽しみなのである。

死の接吻　アイラ・レヴィン／早川書房

レヴィンがこの作品でデビューしたのは、わずか二十三歳のときというから恐ろしい。これはまさに第一級の、サスペンスに満ちた犯罪小説である。野心に溺れた利己的な青年が、身の安全を図るためにつぎつぎと恋人を殺す手口を、克明に描いていく。情状酌量の余地もない物語なのだが、読者はねらう側とねらわれる側の両方に感情移入して、ハラハラするやら、ホッとするやら、最後まで一息に読まずにはいられないだろう。読者をあっと言わせる、巧みな罠があちこちに仕掛けられているので、筋を紹介するのは控えることにする。何はともあれ、読んでくださいとだけ申し上げておく。

レヴィンはあきれるほど寡作の作家で、ほかに『ローズマリーの赤ちゃん』や『ブラジルから来た少年』など、数えるほどしか小説を書いていない。これらの作品も悪い出来ではないが、あまりにも処女作の印象が強すぎたせいか、割りを食ってしまった感がある。

長いお別れ　レイモンド・チャンドラー／早川書房

チャンドラーの長編は七つあり、どの作品もそれぞれにおもしろい。しかし一つを選ぶとなると、多くのファンが《いちばん長い》という理由で、この作品を挙げる。

デビュー作では三十三歳、まだ血の気の多かったフィリップ・マーロウも、ここでは四十歳を過ぎてすっかり大人になった。チャンドラーにとってもマーロウにとっても、ちょうど円熟期を迎えたころの作品だから、さすがに濃密な仕上がりを見せる。

チャンドラーは女性に対して、しんからやさしい作家だった。どんな女を描いても、悪女を描くときでさえも、ふるいつきたくなるような、官能的な魅力を与えた。その点、ルパン・シリーズのルブランと、いい勝負かもしれない。

チャンドラーの意を受けて、マーロウもまた女性にやさしい、正義の騎士を演じる。決して女に暴力を振るわないし、間違っても汚い言葉で罵ったりしない。『大いなる眠り』では、カーメン・スターンウッドの裸の誘惑をしりぞけ、彼女に恥をかかせる形になったが、このときも「女にとって、善良な女にとってさえも、自分の肉体の誘惑に抵抗できる男がいると悟ることは、とても辛いことだ」（双葉十三郎訳）と、思いやりをみせる。

実はマーロウの先輩にあたる、あの冷酷なサム・スペードですら女を殴ったり、暴言を吐いたりしない。ネド・ボーモンにいたっては、マーロウも顔負けの紳士である。こうしてみると、正統ハードボイルド派の主人公はおおむね女性に甘い、ということができる。ただしチャンドラーが、女性に対してロマンチックな幻想を捨て切れずにいたのに、ハメットは基本的に女を信用していなかった、という違いがある。

男同士の友情についても、ハメットとチャンドラーのスタンスは、きわだった対照を見せる。スペードが、相棒を殺した愛人を警察に突き出すのは、友情のためではなく職業意識からそうしたにすぎない。ボーモンにいたっては、ほんとうにマドヴィグに友情を抱いているのかどうかさえ、判然としない。一方『長いお別れの』マーロウは、テリー・レノックスに対してホモ・セクシュアル的な友情を示し、ラストシーンで彼を事務所から送り出すときも、まるで恋人と決別するような感傷を見せる。チャンドラーは、『ガラスの鍵』を友情の物語と解釈したが、それを自分なりに分かりやすく消化するために、『長いお別れ』を書いたとわたしは考えている。

これだけ対照的なハメットとチャンドラーを、同じハードボイルド派という範疇で同列に論じるのは、もはやナンセンスというべきかもしれない。

わらの女　カトリーヌ・アルレー／東京創元社

わたしには、アルレーの忠実な読者、と言い切る自信はない。アイラ・レヴィンと同じで、出世作の『わらの女』の出来がずば抜けていたため、以後の作品をあまりおもしろく読めないからである。

一般にこの作品は、悪女ものと分類されることが多いようだが、わたしに言わせれば主人公のヒルデガルデは、悪女でもなんでもない。ただ欲に目がくらんだ、見えっ張りのごく平凡な女に思える。悪女というのは、単に人をだましたり踏みつけにするだけでなく、そこに抵抗しがたい妖艶さがなければならない。したがって、不美人の悪女なるものは、原則的に存在しないのである。

ヒルデガルデは美人かもしれないが、わたしにとって抵抗しがたい魅力的な女には、残念ながら描かれていない。むしろ悪女になろうとしてなりそこねた、哀れな女がしだいに追い詰められていくところに、この小説のサスペンスのポイントがある。最後のどんでん返しで、中途半端な救いを求めようとしなかったのは、アルレーの手柄だろう。読者のほのかな期待を、あっさりと裏切るのはまさにハードボイルドの精神であり、そうした手法がフランス・ミステリにも取り入れられたことが、この作品からも分かる。

センチュリアン　ジョゼフ・ウォンボー／早川書房

ウォンボーの警察小説は、彼自身が警察官だっただけに、他の作家の作品とかなり質が異なる。『センチュリアン』にもほかの作品にも、エド・マクベインやウィリアム・P・マッギヴァーンの警察小説のような、いわゆるヒーローはほとんど出て来ない。さまざまな悩みを抱えた、等身大の警察官ばかりである。それだけに、ウォンボーが描く警察の世界は驚くほどリアルで、しばしばその重い空気に息苦しさを覚えもする。

おそらく小説としては、八十七分署シリーズ（マクベイン）やマルティン・ベック・シリーズ（ヴァールー／シューヴァル）の方が、おもしろく読めるに違いない。しかし、よくも悪くも警察官の実像を描き出したという点で、『センチュリアン』は画期的な警察小説といえよう。まさしく古典たりうる力作である。

ジャッカルの日　フレデリック・フォーサイス／角川書店

フォーサイスには、このあとにも『オデッサ・ファイル』や『戦争の犬たち』のような力作があるが、やはり出世作『ジャッカルの日』を超えるものはないように思える。ドゴール暗殺という、歴史的には実現しなかった事件をテーマに、これだけサスペンスにあふれるフィクションを構築した力量は、端倪《たんげい》すべからざるものがある。ジャーナリスト出身のフォーサイスは、そこに盛り込まれた驚くべき量と質の情報によって、読者を瞠目《どうもく》せしめた。しかし作品を重ねるにしたがって、情報的要素がストーリーと乖離し始め、小説としての結構が甘いものになった。『ジャッカルの日』は、その情報と小説の二つの要素が絶妙のバランスを保ち、おそらく作者にも予想外の成功を生んだのである。すべての周辺情報が結末へ向けて、なだれを打つように収斂《しゅうれん》していくさまは、圧倒的としかいいようがない。今ひとつ特筆すべきは、フレッド・ジンネマン監督による同題の映画化作品が、原作にひけをとらぬ傑作に仕上がったことだろう。どれほどおもしろい小説も、映画化されたときに原作と対抗できることはめったにないが、『ジャッカルの日』はその数少ない例外といってよい。

ハロウハウス一一番地　ジェラルド・ブラウン／早川書房

ブラウンは、ほかにも何本か翻訳作品が出版されたが、やはりこれ一本の作家だろう。この作品にしてからが、今では忘れられた存在かもしれない。おそらく、ここに挙げたベストテンの中でももっとも異論の出そうな、というより、読んだ人がほとんどいない小説ではないか。ギャンディス・バーゲン主演の『新・おしゃれ泥棒』の原作、といっても映画自体がそれほどヒットしたわけではないので、屁のつっかい棒にもなるまい。

ロンドンのハロウハウス一一番地にある、警戒厳重なダイヤモンド公社の金庫室から、ダイヤモンドを盗み出すという犯罪小説である。犯行にいたるまでの準備過程、盗み出す手口のおもしろさもさることながら、この小説の眼目は犯人一味に加わる中年男女の、切なくも激しい恋愛のプロセスにある。そう、これは犯罪と物欲を背景にした、大人の恋愛小説と呼ぶべきだろう。したたかな悪党と悪女が、それぞれ多彩な情事を経験しながら、互いの愛に純粋さを求めて苦悩するさまは、神聖ともいえるほどの美しさをかもし出す。極限まで追い詰められた愛が、最後の最後で悲劇的に昇華する結末は、分かっていてもなお心を打たれるものがある。『マディスン郡の橋』に満足しなかった読者に、ぜひおすすめしたい佳編である。

ヒューマンファクター　グレアム・グリーン／早川書房

グリーンは、自分の作品をノベルとエンタテインメントに分けたが、『ヒューマンファクター』はその境目に接する、密度の濃い小説である。わたしは『恐怖省』や『密使』、あるいは『拳銃貸します』などエンタテインメント作品の多くを読んだが、『ヒューマンファクター』はその集大成と考えてよい。

この作品は、今世紀最大のスパイといわれる、キム・フィルビーをモデルにしたといわれる。グリーン自身は、そう思われることを潔しとしなかったようだが、主人公のモーリス・カースルには、明らかにフィルビーの面影が認められる。グリーンは第二次大戦中、フィルビーとともに英国情報部で働いた経験をもち、フィルビーを個人的によく知っていた。同じようなキャリアのイアン・フレミングや、ジョン・ル・カレ、レン・デイトンといったスパイ作家が反共に走り、フィルビーに批判的な立場をとったのに対して、グリーンはこれを擁護する側に回った。モスクワに亡命したあと、フィルビーが自伝『わが静かなる戦い』を書いたとき、グリーンはその序文を引き受けた。「なるほど、彼は祖国を裏切ったかもしれないが、われわれの中には祖国よりもっと大切なもの、もっと大切な人を裏切った人間が、たくさんいるではないか」という指摘は、グリーンのフィルビーに対する心情をよく表している。

ここに描かれたカースルの信念や理想が、フィルビーのそれを代弁しているかどうか分かりはしないし、分かる必要もない。荒唐無稽な活劇や暴力に頼らない、二重スパイの真実の姿を描こうとした、グリーンの志しの高さを感じとればそれでよいのである。

＊

ベストテンに筆を費やしすぎてしまったが、ここに漏れた傑作もたくさんある。その中から順不同で、記憶に残るものを思いつくかぎり挙げる。

【ハードボイルド、警察小説系】

☆モルグの女（ジョナサン・ラティマー／早川書房） ラティマーは、チャンドラーとほぼ同時代の作家で、この作品はユーモアにあふれた痛快な探偵クレインものの代表作。
☆真実の問題（ハーバート・ブリーン／早川書房）ベテラン刑事、ジャブロンスキーの人物像が鮮やかな、警察小説の意欲作。
☆犠牲者はだれだ（ロス・マクドナルド／早川書房）ロス・マクについては、後期の円熟よりも前期の熱気を買う。これはそのころの代表作品。それ以前に書かれた、ケネス・ミラー名義の作品『暗いトンネル』『青いジャングル』『三つの道』（東京創元社）も、ストーリー性に富んでいておもしろい。
☆最悪のとき（ウィリアム・P・マギヴァーン／東京創元社）警察小説としては、わたしはマクベインよりもマギヴァーンの方が好きだ。『ファイル七』『明日に賭ける』『七つの欺瞞』（早川書房）など、いずれもおもしろかった。
☆第八の地獄（スタンリイ・エリン／早川書房）警官汚職を扱いながら、ハードボイルドとは一味違う、社会性の強い私立探偵小説。
☆さらばその歩むところに心せよ（エド・レイシー／早川書房）構成の妙をもつ悪徳警官ものの秀作。レイシーは、ハンディを背負った男の小説を、好んで書く作家だった。
☆深夜の張り込み（トマス・ウォルシュ／東京創元社）これも悪徳警官もの。デビッド・グーディスの『深夜特捜隊』（東京創元社）も佳作。こうしてみると、自分ながら好みがよく分かる。

こういうタイプの小説が好きなのである。
☆**ハンマーを持つ人狼**（ホイット・マスタスン／東京創元社）　女刑事ものの嚆矢。ウェイド・ミラー名義の『殺人鬼を追え』（久保書店）も代表作の一つ。
☆**おとり捜査官**（ジェイムズ・ミルズ／角川書店）　報告書、供述書だけで構成した、珍しいタイプの警察小説。
☆**笑う警官**（シューヴァル&ヴァールー／角川書店）　この作者の小説はいずれも密度が濃いが、中でも本作は構成も展開も最高の出来といってよい。
☆**楽園を求めた男**（マヌエル・バスケス・モンタルバン／東京創元社）　バルセロナの私立探偵、ペペ・カルバイヨを主人公にした、スパニッシュ・ハードボイルド。社会的視野の広さは、並のミステリではない。

【サスペンス、犯罪小説系】

☆**くもの巣**（ニコラス・ブレイク／早川書房）　これは先に挙げた、『ハロウハウス一一番地』によく似たムードの、犯罪者を主人公にした恋愛小説である。
☆**逃走と死と**（ライオネル・ホワイト／早川書房）　映画『現金に体を張れ』の原作。短いが引き締まった作品。冤罪をテーマにした犯罪小説『ある死刑囚のファイル』（角川書店）もよい。

☆**歯と爪**（B・S・バリンジャー／東京創元社）『消された時間』（早川書房）とともに、構成に工夫をこらした奇抜な作品。出版当時は袋綴じの返金保証が話題になった。
☆**針の孔**（トマス・ウォルシュ／早川書房）神父を主人公にした、小品ながら捨てたがいサスペンス小説。犯人にも意外性がある。
☆**緊急の場合は**（マイケル・クライトン／早川書房）クライトンの、ストーリーテラーとしての才能が開花した、画期的な医学サスペンスの傑作。SFの『アンドロメダ病原体』（早川書房）も、サスペンスものとして読みたい。
☆**大統領を暗殺せよ！**（マイケル・ブライアン／東京創元社）同じく病院を舞台にしたサスペンスもので、畳み込むような話の進め方は、チェイスを彷彿させるものがある。
☆**コーマ**（ロビン・クック／早川書房）クックも、クライトンを継ぐ医学ものの作家だが、やはり最初のこの作品がいちばんよくできている。
☆**シャドー81**（ルシアン・ネイハム／新潮社）文庫の海外ミステリの市場を開拓した、記念すべき一作である。ベストテンに入れる読者も多いと思われる。
☆**悪魔は夜はばたく**（ディーン・R・クーンツ／早川書房）クーンツも初期の方が好きである。『マンハッタン魔の北壁』（角川書店）も佳品。ちなみにこの人の『ベストセラーの書き方』（講談社）は、プロの作家必読の書といってもよい。

☆スカイジャック（トニー・ケンリック／角川書店）　奇想天外、抱腹絶倒。不可能犯罪が、あれよあれよという間に解決される、呼吸のよさがなんともいえない。
☆逃げるアヒル（ポーラ・ゴズリング／早川書房）　この作者も、最近尻すぼみになったようだが、初期の作品はよかった。女性にもこんなスリラーが書けるのか、と感心した覚えがある。
☆誰かが見ている（メアリ・ヒギンズ・クラーク／新潮社）　女性のサスペンス作家として、トップクラスにある人。『揺りかごが落ちる』（新潮社）も読ませる。
☆百万ドルをとり返せ！（ジェフリー・アーチャー／新潮社）　才気あふれるコン・ゲームの傑作。もう一つの代表作『大統領に知らせますか？』（新潮社）も、ぜひ読んでほしい。

【スパイ小説系】

☆アシェンデン（サマセット・モーム／早川書房）　スパイものの古典。グリーン、フリーマントルの原点がここにある。
☆母なる夜（カート・ヴォネガット・ジュニア／早川書房）　この小説は、ただストーリーがおもしろいだけでなく、奥底にいろいろな問題を秘めている。ナチスものの異色作である。
☆不死鳥を倒せ（アダム・ホール／早川書房）　G・グリーン、R・チャンドラーをミックスしたような作風の、英国情報員クィラーのシリーズ代表作。

☆エニグマ奇襲指令（マイケル・バー＝ゾウハー／早川書房） 第二次大戦を舞台にした謀略ものは数多いが、これはその中でも独自の地位を要求できる快作。

☆針の眼（ケン・フォレット／早川書房） 第二次大戦で、英国情報部の二重スパイ委員会に取り込まれなかった、唯一の実在のドイツ・スパイをモデルにした力作。しかしフォレットもそれ以後、この出世作を超える作品を書いていない。

【異常心理系その他】

☆地方検事（ロバート・トレイヴァー／東京創元社） これは小説ではなく、作者が手掛けた事件を集めた実話集である。眉にツバをつけるような話が、軽妙洒脱な文章でドラマチックに語られ、なまじのフィクションよりはるかにおもしろい。

☆殺人症候群（リチャード・ニーリー／角川書店）『心引き裂かれて』（角川書店）とともに、異常心理ものに構成上の仕掛けを施した、トリッキーな作品。

☆バスク、真夏の死（トレヴェニアン／角川書店） 寡作のわりに多彩な作家だが、この短い作品がいちばん心に残る。

☆レッド・ドラゴン（トマス・ハリス／早川書房）『羊たちの沈黙』（新潮社）で一躍名が売れたが、この第一作をまず読んでほしい。

＊

最後に日本の戦後のミステリから、わたしにとって愛着の深い作品（作品集を含む）を五十音順に掲げて、終わることにする。

飢えて狼（志水辰夫）　微かなる弔鐘（高城高）　君よ憤怒の河を渉れ（西村寿行）　黒の試走車（梶山季之）　氷の森（大沢在昌）　事件（大岡昇平）　十二人の手紙（井上ひさし）　傷痕の街（生島治郎）　白い夏の墓標（帚木蓬生）　スターリン暗殺計画（檜山良昭）　狙撃者（谷克二）　眠りなき夜（北方謙三）　背徳のメス（黒岩重吾）　白昼の死角（高木彬光）　薔薇の眠り（三浦浩）　非合法員（船戸与一）　古本綺譚（出久根達郎）　真夜中の遠い彼方（佐々木譲）　野獣死すべし（大藪春彦）　汚れた夜（石原慎太郎）　夜の終る時（結城昌治）　リヴィエラを撃て（高村薫）

筆者注：古い作品が多いので、絶版のものもかなりあると思われるが、お許しいただききたい。もし古書店で目にされたら、買って読んで損はないことを保証する。

（『月刊文芸春秋』一九九五年一月号）

ダシール・ハメット『ガラスの鍵』

数少ない例外をのぞいて、作家はみんな本好きであり、映画好きである。たくさん本を読むことも大切だが、いろいろなジャンルの映画を数多く見ることも、小説を書く上で有益な財産になる。活字と映像の違いはあるが、おもしろい物語を作り上げる方法論の点で、小説と映画には多くの共通点がある。その意味で、小説と映画はお互いに刺激し合う、よきライバルといえよう。

かく言うわたしも、若いころから無数の小説や映画に接して、そこから多くのことを学んだ。正直なところ、若いころ読んだり見たりした小説、映画がすべて血となり、肉となって今日のわたしを作り上げた、といっても過言ではない。わたしだけでなく、ほとんどの作家（あるいは創作活動にたずさわる人）がそうだろうと思う。

わたしが愛読してきた作家の中で、小説作法上とくに学ぶところが多かったのは、ダシール・ハメット、レイモンド・チャンドラー、ジェームズ・ハドリー・チェイスの三人である。この三人もまた、さまざまなかたちで映画産業と関わりを持ち、小説と映画の懸け橋になった。

わたしは、ハメットから〈視点〉というものの重要性を、チャンドラーからは〈会話〉と〈比喩〉の作法を、チェイスからは〈サスペンス醸成〉と〈キャラクター創造〉のコツを、それぞれ学んだ。ことに、視点のめちゃくちゃな小説が多いアメリカで、ハメットは〈視点〉の問題にこだわり続けた、数少ない作家の一人だった。

視点の問題を語るのは、かならずしも容易ではない。いちばん分かりやすいのは一人称小説で、これはもっぱら〈私〉一人の視点で書かれるから、基本的に混乱はない。しかし三人称小説になると、かならずしも簡単にはいかない。かりに、〈A〉の視点で書くとするならば、〈A〉の言動ばかりでなく心理の動き、五感の働きなどを、そのまま書き綴ることになる。たとえば、「Aは……と言った」「Aは怒りを覚えた」「Aは……と思った」などの表現がそれで、この場合〈A〉を〈私〉に置き換えても、さして不自然にならないことが分かる。

ところが、〈A〉の視点の文脈に「Aの眉が不快げに、ぴくりと動いた」あるいは「Aは急に、息苦しくなったかのように……」といった文章がまぎれ込むと、これは〈私〉に置き換えることができず、〈A〉の視点とはいえなくなる。別の人間、あるいは作者自身の視点に、移行してしまうのである。これを、一つのシークエンスで頻繁に、しかも無秩序にやられると、読み手は感情移入をいちじるしく妨げられ、いらいらしてくる。

日本の作家は、最近この問題にだいぶシビアになったが、アメリカの翻訳小説を読むと相変わ

ダシール・ハメット『ガラスの鍵』

らず、視点がばらばらである。確かに、ストーリーがおもしろければそれでいい、という考え方もあるだろう。しかし、そういう抑制のない緩んだ小説は、たとえエンタテインメントといえども、高い点はつけられない。

前置きはこれくらいにして、ハメットにおける視点の問題に進もう。

ハメットは、一人称小説の『赤い収穫』『デイン家の呪い』『影なき男』、三人称小説の『マルタの鷹』『ガラスの鍵』と、生涯に五つの長編を残した。この中で、視点の問題がからむのは、三人称で書かれた最後の二作である。

実はこの二作は、視点を持つ登場人物が一人も出て来ない、破天荒の小説なのだ。

作者の目は、徹頭徹尾主人公（『マルタの鷹』はサム・スペード、『ガラスの鍵』はネド・ボーモン）に固定され、その行動と会話を詳細に伝える。ただし、その心理の動きや五感の働きは、いっさい報告されない。読者は、描写された主人公の言葉や体の動き、顔の表情などから、何を考えているかを推測するしかない。言ってみれば、読者は主人公がすべてのシーン、すべてのコマに登場する〈映画〉を見ているのと、まったく同じ状況におかれる。映画の場合、ナレーションか字幕で心理が説明されないかぎり、その人物が何を考えているか分からない。ハメットは、その手法を小説に取り入れたのである。

さらに言えば、ハメットは主人公だけでなくすべての登場人物について、客観描写をつらぬいた。つまり、これら二つの小説には登場人物の感情、心理を直接説明する述語や文脈が、一つもない。実のところ、この手法を使って小説を書くのは、頭で考えるほど楽なことではない。それどころか、非常に神経を遣うきつい作業になる。わたしも、若いころ習作を一本書いてみたが、人が何を考え、何を感じているかを書かずに、物語を進めるのがいかにむずかしいか、やってみるまで分からなかった。

ことに、ミステリーの場合は読者を誤導するため、さまざまな手管を用いるのがふつうだが、ハメットの手法ではそれが不可能に近い。名作といわれる、ウィリアム・アイリッシュの『幻の女』は、真犯人の視点を作者の都合で恣意的に使い分け、読者を欺くことに成功しているが、わたしに言わせればきわめてアンファアな作品、ということになる。

ハメットは、こうした至難の技法を習得することによって、スペード、ボーモンという魅力的な主人公、さらにブリジッド・オショーネシーのような蠱惑《こわく》的な女性を、生きいきと描き出した。一個の人間のキャラクターを、心理描写なしで眼前に現れるがごとく、まざまざと描き出すには、すぐれた人間観察力と表現力が要求される。ハメットはそれをなしえた、まことに希有の作家なのである。

一般に、〈ハードボイルド〉という言葉は〈血と暴力とセックス〉、あるいは〈男の生きざま〉といった概念で、とらえられることが多い。しかし、もともとこの言葉は、感情をまじえず、冷徹な客観描写によって物語を記録する、表現上の手法を意味していた。つまり〈ハードボイルド〉とは、小説の〈内容〉とか主人公の〈性格〉とかではなく、〈スタイル〉を指す言葉だったのだ。

ハメットはまさに、その〈ハードボイルド〉のスタイルによって、二大傑作『マルタの鷹』と『ガラスの鍵』を書いた。ところが幸か不幸か、『マルタの鷹』のサム・スペードのキャラクターが、あまりにも鮮烈だったために誤解が生じ、〈ハードボイルド〉という形容詞が小説のジャンルや、主人公の性格、生き方を指す言葉に転換してしまった。

その誤解は、より手ごわい『ガラスの鍵』を読むことで、かならず解けるはずである。わたしは、この作品を中学のときに読んでまったく分からず、それからおとなになるまで何度も読み返した。やっと理解できた、と自分なりに感じたのは社会人になってから、五度目くらいに読んだあとだった。チャンドラーが、この小説を「ある男の一友人に対する献身の記録」と喝破したのは、さすがだと思う。

年を取ってから読んで、その真価が分かる小説はいくつもあるだろうが、〈ハードボイルドの神髄〉に触れようとすれば、この『ガラスの鍵』にしくものはない。ぜひこの作品によって、ハードボイルドのスタイルがいかなるものかを、読み取っていただきたい。

（『文藝春秋 SPECIAL』二〇〇九年春）

心に残る作家

いおりんの名残り火

いおりんこと、藤原伊織との縁は古い。

何度か書いたので、詳しい経緯は省かせてもらうけれども、かつていおりんとわたしは『小説現代』の新人賞で、同時期に最終候補に残ったことがある。今から、二十七年も前の話である。二人とも、のちに直木賞を受賞する巡り合わせになったが、初めて対談をしたおりにその事実を、いおりんに教えられた。

それを聞いたとき、かたや電通、こなた博報堂という立場も含めて、何か因縁のようなものを感じた。もっとも、いおりんは大のばくち好き。一方わたしは、手相見から「賭けごとだけはおやめなさい」と諭され、麻雀から足を洗ったほど博才のない人間だから、日常的に付き合いがあったわけではない。しかし、パーティや会合で顔を合わせるたびに、いつも年来の友人のごとくやり合う、不思議な関係だった。お互いに、広告業界に身をおく者同士の、独特のにおいといったものが、親近感を抱かせたに違いない。いおりんの、直木賞受賞の二次会パーティでは、二人で業界漫才を演じた。事前に打ち合わせをしたわけではなく、祝辞の順番が回ってきたわたしがいおりんを呼び上げ、即席でやったのだった。二人とも酔っていたから、何を話したかもう覚えていないが、大受けに受けたことだけは確かだ。

今回〈名残り火〉を読んで、なつかしいことを思い出した。

ある人物が、自分の敬愛する元上司と酒食をともにしたあと、路上で別れるシーンがある。その人物は、本編の語り手堀江にそのときのことを聞かれ、「わかれたあと、ふりかえりもしなかった」と説明する。それに対して堀江は、敬愛する元上司と別れる際に後ろ姿を見送りもせず、振り返りもしないのはありえないことだと指摘し、その人物の嘘を鋭く追及する。

いおりんは、わたしの『あでやかな落日』の文庫本の解説で、次のように書いた。

「(前略)対談の二度目は、最初のものからさほど間をおかずしてあった。そのころ、まだ私は初々しかったのだが、ホテルでの対談が終わり、表にでたときのこと。われわれはタクシーを待つ長い列に並んだ。ようやく順番がきて、当然、私は大先輩に「おさきにどうぞ」と申しあげた。ところが逢坂さんは「いえ、わたしは地下鉄で帰りますから」とおっしゃった。なんと逢坂さんは、ペイペイのこの私がタクシーに乗るまで、いっしょに列に並んで見送ってくださったのである(後略)」(講談社文庫『あでやかな落日』解説)

このとき、わたしがいおりんを見送ったのは、当時広告業界第一位の電通に勤務する彼に、第二位の博報堂に勤務する身として敬意を表した、という次第ではない。タクシーの列に、いおりんをたった一人並ばせておくのは、業界人として（あるいは、いくらか作家仲間として）仁義に欠ける、と思ったにすぎない。

人は通常、敬愛する相手や親愛の情を抱く相手と別れるとき、見送ったり振り返ったりするし、それが人情というものだろう。ことに広告業界は、常に得意先という大切な存在を相手にしており、そうした礼儀作法をことさら大切にする。というより、身にしみついているのだ。そのために、わたしはごく自然にいおりんを見送ったのだし、いおりんもまたそういうわたしの行為に、なにがしかの感慨を抱いたのだと思う。

したがって本編にもどれば、そうしなかったと主張する件の人物に、堀江が疑問を抱いたのは当然のことだった。このような、堀江の人間観察力、洞察力は、著者いおりんのそれとそのまま、重なり合う。いおりんの小説においては、謎も謎解きも常に登場人物の心の中にあり、物理的なトリック、不自然な状況設定などは、薬にしたくもないといってよい。ミステリーである以上に、小説としての完成度が高いのだ。たとえば、スキンヘッドの三上社長の、輝くばかりのキャラクターを見よ！　三上とナミちゃんの、生きいきとした会話の躍動を見よ！　まさに、小説のおもしろさとはこういうものだ、という手本がそこにある。

あえて苦情をいえば、堀江を助ける美女大原真理の存在が、悲しすぎることだ。例によって、いおりんはこの女性を地の文で〈大原〉と、姓で呼び捨てる。わたしなら〈真理〉と表記し、彼女の女としての魅力をこれでもかとばかり、書き連ねるだろう。しかし、いおりんは前作『てのひらの闇』からずっと〈大原〉で貫き、読み手の感情移入をはねつける。ほんとうはいおりんは、堀江と大原真理がめでたく結ばれるまでの話を、このシリーズで書きたかったのではないか。それを思うと、今さらのように残念な気がする。いや、いおりんのことだから最後まで、ストイックな関係を保ったかもしれない……。考えれば考えるほど、もどかしくなる。

いおりんは、本編の第八章まで著者校正を入れたところで、力尽きたという。いおりんにとっても読者にとっても、この遺作は文字どおり〈名残り火〉になった。

わたしは半分まじめに、間に合わなかった分をいおりんに代わって、赤を入れようかと考えた。同じ作家として、満足のいくまで手入れができなかったのは、心残りだったに違いない、と察せられるからだ。しかしゲラを読んで、誤字脱字の訂正以外にわたしが手を入れる余地など、毛ほどもないことが分かった。

たとえ一瞬にせよ、そのような不遜なことを考えた自分を、わたしは恥じる。

とはいえ、そんなわたしをいおりんは苦笑しつつ、許してくれるものと信じている。

（文芸春秋『本の話』二〇〇七年・七―〇号）

推理小説も〈小説〉である

二〇〇九年の秋、推理文壇のご意見番佐野洋左衛門氏が、菊池寛賞を受賞された。

過去の受賞者を一覧すると、広い意味で推理小説（捕物帳を含む）を書いたことのある作家は、野村胡堂、松本清張、水上勉、戸板康二、黒岩重吾、山田風太郎、小林信彦の各氏など、かなりの数にのぼる。しかし、推理小説とその評論だけをもっぱら書き続けて、この賞を受賞した作家は実に佐野洋さんただ一人である。あの推理小説の大先達、江戸川乱歩翁でさえ受賞していない（それはそれで不思議だが）。これはまことにもって、多とすべきことといわなければならない。

佐野さんは、日本文藝家協会が主管する〈文学者之墓〉を、四十年前に購入された。墓碑には、その作家の代表作が刻まれることになっているが、佐野さんはおりに触れて何にしようかと、あれこれ迷っておられたらしい。それが今回の受賞を機に、『推理日記』を選ぶことに決めた、といわれる。

ご存じない読者のために説明させていただくと、『推理日記』は佐野さんが双葉社の小説雑誌『小説推理』に、三十五年以上にわたって書き続けておられる、推理小説の連載時評である。期間の長さだけでもギネスブックものだが、リアルタイムに推理小説の話題作を取り上げ、鋭い切り口で論評するスタイルはいかにも小気味よく、佐野さんがみずから代表作に選ばれたことも、わたしには十分納得がいく。

この推理小説時評は、トリックの独創性とか実現可能性を論じるよりも、小説作法や文章作法に関わる問題提起に、力点がおかれているようにみえる。たとえば〈視点〉の統制は、どの種の小説においてもだいじなポイントだが、ことに推理小説の場合は細心の注意を払わなければならない。この視点の問題について、佐野さんは『推理日記』あるいはそれ以前から、くどいほどその重要性を説いてこられた。確かに、〈視点〉を作者の都合によって恣意的に操作すると、推理小説がとてつもなくアンフェアなものになる。

一例をあげれば、推理小説のオールタイムベストテンで、かならず上位にはいるウィリアム・アイリッシュの『幻の女』は、主として意外な犯人という点で評価が高いのだが、わたしに言わせればきわめてアンフェアなミステリーである。なぜなら作者は、しばしば犯人の視点でストーリーを進めながら、殺人を犯した人間に芽生えるはずの心の葛藤を、まったくといっていいほど描写していない。こんな、現実とかけ離れた手を使われたのでは、読者に犯人を当てろという方が無理だろう。

欧米の小説、ことにミステリー系の小説は〈視点〉が不統一で、へたをすると主語が変わるごとに〈視点〉が変わる、ひどいものもある。むろん、小説それ自体がおもしろければいい、という意見もあるだろう。しかし、読者の感情移入の継続性を妨げるほど、〈視点〉の不統一が目立つ小説は、わたしとしてはごめんこうむりたい。

推理小説が、〈文学〉たりうるか否かはしばらく措くとして、少なくとも〈小説〉でなければならない、というのが佐野さんのお考えと思われる。そしてそれこそが、『推理日記』に通底して流れるテーマだった、とわたしは見ている。佐野さんは、純文学系からミステリーに参入された経歴や、新聞記者をしておられたという事情もあって、ことさら小説や文章の作法に厳しかったのだ、と拝察する。実のところ、後輩作家から煙たがられる面もあったようだが、まさにその〈頂門の一針〉がここ何年ものあいだに、ボディブロウのように効き目を表してきた、という実感がある。

話は変わるが、実はわたしも日本推理作家協会の機関月報に、『剛爺コーナー』と題するエッセイを、しばらく連載した。二〇〇一年からおよそ八年間、協会内部のトピックスや噂話を取り上げ、あれこれとつつき回してきた。とはいえ、『推理日記』のような格調の高いものではなく、ただ思いつくままに書き連ねた雑文にすぎない。とかく捨てられがちな機関紙を、なんとか会員に読んでもらいたいという一心で、協会の理事長をおおせつかったときに、筆を起こしたものだった。

ときにはまじめなテーマも取り上げたが、おおむね協会員の私的な言動をあげつらったり、身辺雑記を書き散らしたりすることが多かった。失礼ながら、佐野さんについても何度か、触れさせてもらった。『推理日記』はもちろん、昨年出版された『ミステリーとの半世紀』(小学館)を熟読含味して、会員諸氏に推奨したりもした。

一方『剛爺コーナー』は、あまりにも格調の低い語り口、筆致なので、当初は本にする気などまったくなかった。ところが、連載中に奇特な出版社(講談社)が現れ、出版したいと申し出てくれた。リーマンショック以前の話だったし、連載終了時にはご存じのような経済不況で、出版界も苦境に立たされるはめになったから、出版の話は流れるかもしれないと思った。しかし、そこはさすがに天下の講談社、「社運を賭けて(?)意地でも出す!」ときっぱりと言ってくれた。

ちなみに佐野さんは、『推理日記』の続きをだれかに書き継いでもらうとしたら、大沢在昌氏(推協前理事長)がふさわしい、と漏らしたそうである。大沢さんは、リアルタイムでよく推理小説を読んでいるし、わたしも適任だと思う。とはいえ、おそらく佐野さんは最短でもあと十年、書き続けるに違いないと信じている。

(『日本経済新聞』二〇一〇年一月)

藤沢周平さんのこと

藤沢さんを、文壇関係のパーティでお見かけすることは、めったになかった。そうしたにぎやかな席には、あまり足を運ばれなかったようだ。したがって、ほかの作家と親しく交流される機会も、比較的少なかったのではないか、と拝察する。

かく言うわたしも、藤沢さんと個人的なお付き合いがあったわけではない。何かのおりに挨拶を交わし、立ち話をしたという程度にすぎない。藤沢さんが、吉川英治文学賞（昭和六十一年）と菊池寛賞（平成元年）を受賞されたとき、それからわたしが直木賞（昭和六十二年）を受賞したとき、いずれも授章式の会場でお目にかかった、都合三度くらいのことだろうか。

わたしの父（中一弥）は、何度か藤沢さんの時代小説に、挿画を描かせていただいた。そのせいか、わたし自身も藤沢さんに、ある種の親しみを感じていた。時代小説を書くときには、その心得（？）を教えていただきたいものだ、と漠然と考えたりもした。いろいろな編集者から、藤沢さんが翻訳ものをはじめとするミステリの、隠れた愛読者であると聞かされるにつけ、ますます強い親近感を抱くようになった。しかも、藤沢さんが書かれたエッセイ、ミステリの紹介などを読んでみると、どうもわたしと好みが似ておられるようなのである。

わたしの読書傾向は、かなり偏っている。文学全集のたぐいは、学生のころからほとんど読まなかったし、とかくそこからはずれるマイナーな作品を、愛読する傾向があった。ミステリについても、同じだった。ハードボイルド派のミステリなど、わたしが読み始めた昭和三十年代の初めごろは、まったく市民権を得ていなかった。だれもがベストテンに入れたがる、W・アイリッシュの『幻の女』をわたしは評価しないし、日本でも人気のあるディーン・クーンツも、分厚くなってからの作品は思わせぶりが多く、退屈なだけである。初期の『悪魔は夜はばたく』や、『マンハッタン魔の北壁』の方が、はるかにおもしろかった。通俗ハードボイルドとして軽視されるJ・H・チェイス、W・P・マッギヴァーン、エド・レイシーなどの作品を、わたしは大いに好む。へそ曲がり、と言われれば一言もないが、別に奇をてらったわけではない。

藤沢さんの場合、わたしも詳しくは承知していないが、それほど偏った読書傾向ではなかった、と思う。とはいえ、少なくともミステリに関しては、どこか共通点があったように思える。たとえば、藤沢さんによれば『ジャッカルの日』(F・フォーサイス)のおもしろさといえども、『ヒューマン・ファクター』(G・グリーン)の前には影が薄く、まして『悪魔の選択』などは劇画に等しい、ということになる。さらに、知る人ぞ知るR・ニーリイの『オイディプスの報酬』や『日本で別れた女』、はてはR・トレイヴァーの『裁判』のような、いわゆるマニアックな作品を評価し、その一方でM・スピレーンの『裁くのは俺だ』は肌に合わない、と容赦なく切って捨てる。正統ハードボイルドは、ハメット、チャンドラー、マクドナルドで終わった、というわけである。こうした指摘は、わたしの好みや評価とほぼ一致しており、頼もしい味方を得たような気分になったものだった。

すでに知られるように、藤沢さんは格調高い静謐《せいひつ》な文体で、はったりのない、心にしみる小説を数多く書かれた。その藤沢さんが、ある意味ではったりと仕掛けに満ちた、ミステリ小説を愛読されたことは、一見奇妙に感じられるかもしれない。しかし、実際にはそうではない。藤沢さんの小説にしばしば登場する、凛として節を曲げない主人公の造型には、明らかにハードボイルド小説の影響がみられる。しかも、おのれの主義主張を声高に叫ばないところが、いかにも《正統ハードボイルド派》なのである。藤沢さんの中に、ハメットやチャンドラーが存在したことは、間違いないと思う。

わたしが直木賞を受賞したとき、授賞式の当日東京会館のラウンジで、たまたま藤沢さんとお話しする機会があった。選考委員だった藤沢さんは、受賞作について懇切ていねいに感想を述べられ、励ましてくださった。ミステリのお好きな藤沢さんの評価が、わたしの作品の受賞に影響したことは確かだと信じるし、その後の直木賞の候補作に、広い意味のミステリがふえたことも、藤沢さんのあずかるところが大きかったと思う。

　わたしは、すぐれた作家としての藤沢さんだけでなく、すぐれた小説の読み手としての藤沢さんの死を、等しく惜しむ。いずれ藤沢さんと、ゆっくりミステリ談義をしたいものである。
　ご冥福をお祈りする。

（『小説新潮』一九九七年三月号）

楽しくなければ、書いていられない。
おもしろくなければ、書く価値がない。

妙な題目で恐縮だが、都筑道夫さんの小説や評論を読んでいると、いつもこのフィリップ・マーロウのセリフのもじりが、頭に浮かんでくる。

たとえば純文学の場合（書いたことがないから、正確なところは分からないが）、作者はウンウンうなりながら、自分の中にたまったウミを絞り出すように、苦しみながら書くらしい。ことに、明治以来の自然主義文学の影響を強く受けた、ごくろうさんとしかいいようのない私小説の世界は、特にその傾向が強いという。間違って、楽しい小説やおもしろい小説を書こうものなら、堕落したとか転向したとかいわれるそうだから、純文学の人たちもたいへんである。

その点、都筑さんの書かれるものは小説にせよ評論にせよ他のものにせよ、いかにも楽しんで書いておられることが、一目瞭然に見てとれる。またそれが、実際におもしろく書かれているため、どうしても〈楽しくなければ云々、おもしろくなければ云々〉というもじりが、頭に浮かんでしまうのである。

実はこのもじりというか、考え方はわたし自身にも当てはまる。

楽しくなければ、書いていられない。おもしろくなければ、書く価値がない。

小説にしろ何にしろ、これほどやっかいなものは楽しくなければ書き続けられないし、結果として読者におもしろく読んでもらえなければ、書く価値はないと思っている。少数の、高尚な読者にだけ分かればいいと悟り切ったり、死後百年たったあとも残る、大ケッサクを書こうなどと勢い込んだりして、ワープロに向かったことは恥ずかしながら、一度もない。たとえ、書くのに三年も四年もかかった労作を、読者に一日で読み飛ばされたとしても、おもしろく読んでもらえたのなら大満足だ。喜びこそすれ、嘆いたりする理由は何もない。エンタテインメントの作家とは、おおむねそういうものである。

しかし都筑さんの執筆態度は、さらにそれを突き抜けている気がする。ブンガクとは、人生の余裕を楽しむ行為であって生活必需品ではない、という確固たる信念（？）が感じられる。それはまさに、〈プロの趣味人〉の考え方である。

都筑さんの作風はきわめて多彩で、本格ミステリーもあればハードボイルドもあり、時代小説もあればパロディもある。人から見れば、〈器用〉の一言で片付けられそうだが、とんでもない。都筑さんは、かならずしも読者の要望に応えるためにだけ、いろいろ書き分けておられるわけではない。それが楽しいからこそ、そうしておられるのである。そして、読者のみなさんも一緒に楽しんでくださいナ、と書きながら呼びかけているに違いない、とわたしは信じる。

都筑さんが、作家として本格的にデビューされたのがいつのことか、正確なところは知らない。

都筑さんの文章に接したのは、おそらく「EQMM」の編集長をしておられたころ、ハヤカワ・ポケット・ミステリの解説を〈M〉の頭文字で、書いておられるのを読んだのが最初ではなかったか、と思う。江戸川乱歩が、ハードボイルド派のミステリーに共感を示さず、また権田萬治氏が『感傷の効用』でデビューする以前の時代には、都筑さんや中田耕治さんのような翻訳家、評論家の解説や評論でしか、ハードボイルド小説が論じられることはなかった、といっても過言ではない。

雑誌『宝石』の一九五六年一月号に、都筑さんは「彼らは殴りあうだけではない」と題する、短いけれども刮目すべきハードボイルド小説論を、発表された。四百字詰め原稿用紙で、七枚足らずの小論文にすぎないが、ハードボイルドの本質を過不足なくえぐり出して、間然《かんぜん》するところがない。

わたしは、この評論をオリジナルの雑誌ではなく、ハヤカワ・ポケット・ミステリにはいったロス・マクドナルドの、『犠牲者は誰だ』の解説に再録されたのを、読んだのだった。末尾に、〈三一、一〇、編集部・M〉と注がついているのは、都筑さんが昭和三十一年の十月にその解説を書いた、という意味である。

都筑さんはこの評論の中で、ハードボイルド文学の精神を「鳴く虫よりもなかなかに鳴かぬホタルが身をこがす」という、卑俗な小唄に託して説明する。こういう独特の着眼は、都筑さんならではのものだろう。

さらに都筑さんは、ハードボイルド文学の視覚的な一例として、ジュールス・ダッシンの犯罪映画『裸の町』の一シーンを、取り上げる。ブルックリン橋の、高い鉄骨に逃げのぼった犯人が下界を見下ろすと、はるか下方のテニスコートでのどかにテニスに興じる、一般市民の姿が見えるというさりげないシーンである。しかし、それだけで犯人の心理的絶望感を描き出す、すぐれたショットになっている。くどくどと感傷的な描写をせず、対象を客観的にとらえるだけで真実に迫る、すぐれたハードボイルド作品に特有の技法、といえよう。それを指摘した都筑さんの目は、さすがに鋭いものがある。

もう一つ、目からウロコが落ちる思いをさせられたのは、ミステリー評論のアンソロジー、『推理小説への招待』（一九五九年、南北社）に収められた、『孤立のハードボイルド』という評論である。

都筑さんは言う。

「その絶望の時代を、絶望に耐えて歩いていく男の物語。それがハードボイルド探偵小説なのです。人間らしさをわすれた人間たちの中で、どうしても人間らしさをわすれることが出来ない人間の物語。それがハードボイルド小説です。現在、日本でハードボイルド探偵小説でございと名のりをあげている小説に、ぼくが白い目をむける理由は、ここにあります。（中略）絶望をかたらずに絶望をえがいている精神は、残念ながら今日の日本探偵小説界には、見あたりません。ほんとうにハードボイルド小説の書ける作家は、日本では石川淳ひとりだと、ぼくは思っています」

この評論を読んだのは、わたしの記憶では本が出版された翌年の一九六〇年、高校二年生のころではなかったか、と思う。中学三年のときに、『マルタの鷹』でハードボイルドに目覚め、『ガラスの鍵』その他のハメット作品を読破し、チャンドラー、マクドナルドに進んで、ミステリーの読書傾向がその方面に偏りつつあった時期である。

そのころ、日本ではまだ正統ハードボイルド派の作家はほとんど出ておらず、わずかに和製スピレーンといわれた大藪春彦さんが、一人気を吐いていただけだった。そこへ、いきなり都筑さんが〈石川淳〉などという、聞いたこともない（！）作家の名前を持ち出したものだから、わたしはすっかりうろたえた。石川淳とは、いったい何者か？

そこでさっそく、当時住んでいたJR大塚駅前の古本屋に飛び込み、文庫版の『普賢』を買った。そのとき初めて知ったのだが、この標題作は石川淳が芥川賞を受賞した作品である。

勇んで読んでみたものの、石川淳のどこがハードボイルドなのか、よく分からない。ハメットでもなければ、チャンドラーでもない。まして、ロス・マクでもないのだ。都筑さんにしてみれば、石川淳が文学潮流の上で無頼派に属するところから、ハードボイルド派との類似点を指摘した、ということなのだろうか。

結果的に、〈石川淳＝ハードボイルド〉という方程式は解けなかったが、ヒョウタンから駒というべきか、そのとき以来わたしは石川教の熱烈な信者になってしまい、延々今日に及んでいる。東西の古典文学に対する深い教養に裏付けられた、石川淳の筆から紡ぎ出されるめくるめく文学世界は、まさに唯一無二のものといってよい。

考えてみれば、石川淳のシニカルなレトリックはたとえ質が違うにせよ、ハメットやチャンドラーのそれとどこかしら、共通点があるようにも思える。とはいえ、石川淳とハードボイルドの関係について、わたしは納得のいく結論を導くことができなかった。

後年、ある小説雑誌の新人賞の選考委員を務めることになったとき、そこに都筑さんが名を連ねておられた。わたしは、〈石川淳＝ハードボイルド〉説について、何十年ぶりかでご教示を請う機会を得た。

しかるに、わたしの問いは都筑さんによって「そんなこと、書いたかなあ」と、あっさり受け流されてしまった！

むろん、そのときどきに感じたことを文字に書き残しながら、しばらくするとそこにいたった心理的軌跡を忘れることが、わたし自身しばしばある。おそらく、都筑さんの場合も、そうだったのだろう。しかし、あの時点で都筑さんが石川淳に、ハードボイルドの精神を見いだしておられたことは、間違いのない事実なのである。

わたしはその謎を、みずからの手でいつか解き明かしたい、と思っている。

（都筑道夫コレクション・ハードボイルド篇・二〇〇三年秋）

池波さんの小説作法

池波正太郎さんについては、作品自体はもちろんのことその周辺情報に関しても、多くの本が書かれている。

一人の時代小説作家について、作品以外にこれほど多彩な解説本、関連図書が読まれるケースは、珍しいのではないか。

たとえば、料理の本がある。

池波さんの小説には本筋に関係なく、江戸時代に庶民が食べたと思われる料理が、いろいろと登場する。読者は、ストーリーとは別にその料理にも強く興味を引かれ、あれこれ味を想像しながら、小説を読むことになる。池波さん自身が、こうした江戸料理について蘊蓄を傾け、それを編集者による聞き書きというかたちで、本にまとめている。

わたしもかつて、《鬼平犯科帳》のシリーズに出てくる江戸料理を、ほぼそのままの調理法で味わい、感想をエッセイにまとめるという、文字どおりおいしい仕事をしたことがある。これは、北原亜以子さんとの共著で本にもなり、爆発的に売れた……とはいわぬまでも、根強い池波ファンの存在をうかがわせるくらいには、市場に出回ったものだ。

それ以外にも、《鬼平シリーズ》に登場する江戸の町を、切絵図を頼りに散策する本とか、鬼平に対する各界著名人の思いをまとめたアンソロジーとか、池波さんの映画に関するエッセイを集めたものとか、関連図書は枚挙にいとまがない。やはり、〈鬼平〉にからむものが圧倒的に多いのは、作品の数からしても当然のことだろう。

池波さんのシリーズ小説には、ご存じのように〈鬼平〉のほかに秋山小兵衛、大治郎親子が活躍する《剣客商売》と、《仕掛人・藤枝梅安》ものの三つがある。この中で、〈鬼平〉と《剣客商売》がほぼ同じくらい作品数があるのに、〈梅安〉ものは両者のそれぞれ四分の一程度と、いささか物足りない数にとどまっている。

それは池波さん自身に言わせれば、「金をもらって人殺しをする話は、そうたくさんは書けない……」という理由のようである。まことにそのとおりで、仕掛けをテーマにする以上は、「殺されてもしかたがない……」と読者が納得するような悪党を、毎回登場させなければならない。これは、作家の立場からみると、けっこうきついことである。

鬼平も火盗改の長官として、人殺しや強盗を相手にすることに変わりはないが、そこにはいろいろなバリエーションが考えられる。畜生ばたらきをする悪党ばかりでなく、やむにやまれず盗っ人の手伝いをする者もいれば、鬼平に惚れて改心する者もいるという具合に、話を広げることができる。さらに、《剣客商売》のような親子の剣客という設定になると、物語のパターンはさらに多彩化する。

この二つに比べて、仕掛人シリーズは状況設定が限られるため、筋立てがむずかしい。それだけに、このシリーズには他の二つと質の異なる作者の気迫、あるいは思い入れのようなものが感じられる。〈鬼平〉や〈剣客〉をしのぐ、すさまじい緊張感がある。このシリーズを読むと、池波さんのテンションの高まりが筆に乗り移り、ひしひしと読み手に伝わってくるような気がする。

＊

ところで、前述のように池波作品の解説本や関連図書は多いが、小説作法そのものについて触れた本は、意外に少ない。わたし自身、綿密な作品分析をしたわけではないけれども、今回仕掛人シリーズを読み返して気がついたことを、いくつか挙げてみたいと思う。よく言われることだが、池波さんの小説はとにかくリズムとテンポがよい。次から次へと、息を継ぐ間もなくページをめくらせるテクニックは天性のもので、これはだれにも真似ができない。会話だけでなく、登場人物の心情の吐露や感慨、独白をカッコでうまく括り、地の文に溶け込ませる手法も、池波さん独特のものだ。

かつての大衆小説には、Aの視点で書かれていた文章が突然理由もなく，話し相手のBの視点に転換するといった、小説作法上の不統制が珍しくなかった。しかし最近は、どの作家も視点の問題を重要視するようになり、いわゆる〈視点の乱れ〉が少なくなった。その意味で、小説作法は時代とともに洗練度を増してきた、といえるだろう。しかし、その一方で語り口や物語のパワーが落ちた、という指摘も少なくない。

希代のストーリーテラーだった柴田錬三郎、五味康祐、近いところで隆慶一郎といった作家は、視点の統制にほとんどこだわることなく、自由自在、融通無碍に筆を操った。確かに、作法的には八方破れだったかもしれないが、彼らが語る物語の圧倒的なパワーを目の当たりにすると、そうした瑕疵《かし》は吹き飛んでしまうのだ。

その意味でいえば、池波さんも視点にはこだわらない作家だった。いや、むしろ多視点や複合視点、あるいは作者の視点（たとえば、「神ならぬ身の、知るよしもなかった」などという表現は、これにあたる）を巧みに駆使することによって、物語のおもしろさを倍増させたといってよい。

もう一つ、池波さんの小説作法で忘れてはならないのは、映画でいう〈カットバック〉の手法である。この、異なる場面を交互に書き進める映画的手法を、池波さんほど効果的に取り入れた作家を、わたしは知らない。

池波さんは、別々の人間が別々の場所でしたり考えたりする過程を、リズミカルに場面転換しながら、同時並行的に描いていく。つまり池波さんは、映画監督になり切ってカット割りをし、一本のフィルムに思うままに仕上げる作業を、原稿用紙の上で行なったのである。

したがって池波さんの視点は、あるときにはカメラのレンズのようにもなるし、あるときには登場人物の一人にもなる。このカメラワークが絶妙なために、読者は物語の中にどんどん引き込まれ、感情移入していく。こうした手法は、どんなに忙しくても映画の試写会だけは欠かさなかった、という池波さんならではの名人芸といえよう。

ただし気をつけなければならないのは、細密描写を売り物にする作家がこれをやると、逆に読み手が視点の変化に疲れを覚え、感情移入できなくなることである。池波作品にそれがないのは、大胆といっていいほどの描写の省略があるからで、こうした特徴は池波さん独特の軽快な文体と、無関係ではない。

わたしなどは、どちらかといえば細かく書き込みたがる方だから、短編小説といっても八十枚くらいの量は、すぐに費やしてしまう。ところが、池波さんの筆にかかるとその程度のストーリーは、五十枚もあれば十分ということになる。かりに、同じ枚数でわたしが書けば、せいぜい粗筋（！）にしかならないところを、池波さんはちゃんと一編の小説に仕上げる。その腕前には、もう脱帽するしかない。

池波さんの省略は、単に文字を節約するという次元の問題ではない。その、一見緩やかに見えて緊密な行間に、読者の想像力を最大限にかき立てる不思議な魔力が、横たわっている。読者は、喚起されたみずからの想像力に駆り立てられ、いわば作者と一体になって小説世界を疾走する。それがあまりにも快適なため、読者は同じストーリーをおりに触れて読み返し、その体験を何度も味わうことになる。それはちょうど、名人の落語は何度聞いてもおもしろい、というのと同じである。

最後に、梅安シリーズを読み直して感じたことだが、梅安以下の仕掛人の設定は西部劇のバウンティハンター（賞金稼ぎ）と、驚くほどよく似ている。むろんバウンティハンターは、手配されたお尋ね者を捕らえる（状況によっては射殺する）のが仕事で、他人の依頼で悪党を始末する仕掛人とは、はっきり性格を異にする。しかし多かれ少なかれ、金と正義のために悪党を始末するという点において、共通点がある。

池波さんが、そのあたりをはっきり意識していたかどうかは、むろん分からない。しかし、池波さんが好きな映画の中には当然西部劇も含まれるわけだから、それほど見当違いの見方でもあるまい。

三つのシリーズの中でも、仕掛人シリーズはもっともハードボイルド色が濃い、といわれる。アメリカのハードボイルド小説が、文学史的にみて西部小説の流れを汲んでいることを考えれば、ここで梅安ものと西部劇を結びつけて論じても、かならずしも牽強付会にはならないだろう。ことに、本書に収められた『梅安乱れ雲』は道中ものの色彩が強く、西部劇で登場人物が前になり後ろになり、馬で旅を続ける姿を彷彿させる。

少なくともわたしは、この作品を西部劇に書き直せという注文が出たら、即座にやってのける自信がある。

(『梅安乱れ雲』解説、二〇〇一年五月)

ほんとうに旨いもの

池波正太郎さんの小説は、読む人の世代や年齢によっていろいろな読まれ方があり、おもしろさがあるだろう。二十代の読者と五十代の読者では、それぞれ目のつけどころが違うはずである。同時に池波さんの小説は、同じ一人の読者が年齢を重ねるごとに読み返し、以前は見過ごしていた新たなおもしろさを発見する、という楽しみ方もできる。こういう小説を書ける作家と、生涯何人も出会えるものではない。わたしに限っていえば、池波さんとダシール・ハメットだけである。しばしば池波作品、ことに鬼平犯科帳シリーズなどは、日本のハードボイルド小説と呼ばれることがあるが、これはそういう次元の話ではない。

池波さんもハメットも、むずかしい言葉や持って回った表現を使わず、義務教育を終えていればだれでも読める、分かりやすい文章で小説を書いた。とはいえ、書かれていることを文字どおりに読むだけでは、まだ第一段階の読み方である。二人とも、心理のあやをくどくど書く作家ではないので、読み手からすれば読みやすい小説と受け取られるが、それだけについ読み流してしまうきらいもある。

少し年を取ってから、あるいはそれなりに人生経験を重ねてから、二人の作品を改めて読み返すと、以前は気がつかなかったことにふと目が向いて、はっとすることがある。文字でこそはっきり書いていないけれども、作者はこの行間にこういう意図を隠しているのではないか、などと視野が広がり始める。これが第二段階である。

さらに間をおいて、三度、四度と読み返すと、「なるほど、作者の真意はここにあったのか」と、いちいち思い当たることが出てくる。これが第三段階である。そこでやっと、読者はほんとうに池波作品を味わい、ハメット作品を読んだことになる。このあたりにもまた、読書の醍醐味があるといえる。こういう作家に、一人でも二人でも出会うことができたなら、読書人として幸せの一語に尽きるだろう。

＊

池波さんの小説で、多くの読者が楽しみにしていることの一つは、食べ物の話ではないだろうか。その蘊蓄は、おおむね本筋とは関係なく出てくるのだが、登場人物が折りに触れて口にする江戸の飲食物に、わたしたちはついよだれを流してしまう。これは歌舞伎の世話場と同じで、その作品をきわめて身近なもの、親しみのあるものに感じさせる、独特の効果をもっている。

しかも出てくる食べ物は、古くからある簡素な家庭料理がほとんどであって、いわゆる〈グルメ〉の評論家先生が称揚する、気取った料亭の高級料理ではない。むろん、今では食材が手にはいりにくく、結果的にぜいたくな料理になったものも少なくないが、それは論外である。むしろ、手間がかかるために作られなくなったケースの方が多く、これは明らかに現代人の怠慢だろう。

池波さんは売り物の三つのシリーズ、《剣客商売》《鬼平》《仕掛人》のいずれにも、いろいろな食べ物、料理を登場させている。それぞれのシリーズで、料理帳が一冊ずつできるほどである。ときに、共通して出てくる料理もあるだろうが、その多彩な知識には驚かされる。専門書、古書から引いた料理が含まれているかどうか、わたしは知らない。しかし読むかぎりでは、池波さん自身が子供のころ家で食べた家庭料理や、外で口にした庶民の料理がほとんど、と思われる。ご自分で工夫されたものも、少なくなかったと聞く。それらの料理が、わたしたち読者の郷愁と食欲を、激しくそそるのである。

池波さんを〈グルメ〉などと呼ぶのは、失礼のきわみだろう。むろん、池波さんもおいしい食べ物が好きで、料理には人一倍うるさかったようだが、〈グルメ〉という言葉につきものの気取りとか俗物性とは、およそ無縁の人だった。それは、この『剣客商売・庖丁ごよみ』に出てくる料理を見れば、一目瞭然だろう。

評論家先生の中には、フランス料理をもって世界一と礼賛する人が多いが、それはそれでどうぞお好きにしてください、というほかはない。しかし、わたしのような筋金入りのイスパノフィロでさえ、フランスの〈グルメ〉がこっそり（！）食べに行くという、スペインはバスク地方の究極至高料理を世界一、と呼ばぬだけの分別がある。その栄光は断固として、日本料理に与えなければならない。ついでにいえば、あの『三銃士』も『レミゼラブル』も『巌窟王』も、『剣客商売』や『鬼平犯科帳』の敵ではない！

話が横道にそれてしまった。本題にもどろう。

実は池波さんは、フランスがお好きだった。プロそこのけの腕前、と自他ともに許した絵はフランス風の洒脱なタッチだし、映画はジャン・ギャバン作品を初めとする、フィルム・ノワールをひいきにされた。そしてときにはフランス料理も、食されたらしい。ただし、絵や映画はともかくとして、フランス料理については「なに、こんなもの、大根の煮付けや鮎の塩焼きに比べれば……」が本音だっただろう、と拝察する。勝手に拝察して、申し訳ないが……。

池波さんはたぶん、ジャン・ギャバンがお好きだったに違いないが、それには理由があるような気がする。

第一に、ジャン・ギャバンが演じるベテランの警察官、あるいはギャングの親分は、仁義を知らぬ悪党に対してめっぽう厳しく、義理に厚いやくざや気の弱い子分には、意外なほどやさしい。これは、長谷川平蔵などに与えられたキャラクターと、一脈相通じるものがある。

第二に、ジャン・ギャバンという役者は食事をするシーンで、ほんとうに旨そうに料理を食べる。コーヒーを飲んでも葉巻を吸っても、スクリーンから香りが漂い出すような飲み方、吸い方をする。これは、池波さんではなかったかもしれないが、だれかがどこかで同じような感想を述べるのを目にした記憶があるから、わたし一人の感慨ではない。

ギャバンは、いわゆる美男子では決してないが、とにかく存在感に満ちている。こういう味のある役者を、池波さんは好まれたのだ。秋山小兵衛のモデルになった、歌舞伎の中村又五郎も同じである。

フィルム・ノワールを愛することでは、わたしも人後に落ちないつもりだが、池波さんの嗜好はやはりギャバンやジャン・セルヴェ（ジュールス・ダッシン監督の『男の争い』の主演男優）などの渋い役者に傾き、わたしがひいきにするリノ・ヴァンチュラやフィリップ・クレイ（エドワール・モリナロ監督の『殺られる』の殺し屋役）のようなあくの強い役者は、あまりお好きでなかったようである。まあ食事のシーンにしても、ヴァンチュラは味よりも量で勝負という感じだし、クレイにいたってはチューインガムばかり噛んでいたから、どだいギャバンには太刀打ちできないだろう。

＊

作家はある意味では、楽な商売である。

極端な話、「股立《ももだ》ち」が何を意味するか知らないでも、「袴の股立ちを取って云々」などと書くことができる。しかし、たとえば挿絵画家は「袴の股立ちを取った」状況を、具体的に描かなければならないから、大変である。

それと同じで、小説の中に出てくる料理を料理人が実際に再現するのも、ずいぶん手間のかかる仕事だろう。池波さんの場合は、しばしば作り方までていねいに書いてくれるから、まだしも楽かもしれない。それにしても、『剣客商売・庖丁ごよみ』で近藤文夫さんのコメントを読むと、これが「なかなかに……」手ごわいことが分かる。

池波さんが、いかに微に入り細をうがって作り方を書いたにせよ、それだけで料理が再現できるものではない。そこに創意工夫をこらし、なるほどこういう味の料理であったかと納得させる、そこに料理人のわざの神髄がある。わたしは近藤さんが、池波作品に出てくる料理に挑戦する場面をこの目で見、しかもそれを味わう幸運に恵まれたことが一度あるが、それはいろいろな意味で貴重な経験だった。率直にいって、料理人が料理を作るのは作家が小説を書くのと同じだ、と思った。

目の前にある食材を、どう料理するか。それを、舌なめずりして待つうるさい客に、どうおいしく食べさせるか。自分だけの隠し味を、どこにどうつけるか。これはまさしく、作家が小説を書く際に考えていることと、同じである。しかも真剣であると同時に、究極のところで楽しみながら作るという、離れわざまでそっくりなのだ。ほんとうに旨いものは、料理人の心意気の中にある、と一瞬にして悟った。そのとき、わたしは近藤さんの料理を一粒たりとも残さず、なめるようにしていただいた覚えがある。作家にして、その域に達することができれば、いくら自慢してもしすぎることはないだろう。むろん、池波さんがその数少ない一人であることは、言うまでもない。

近藤さんは、おそらく池波さんの小説に出てくる数かずの料理に、ヒントを与えたに違いない。その一方で、池波さんから教えられることも少なくなかった、と述懐しておられる。この出会いには、はたから見ていてもうらやましいものがある。

本書は、その意味で池波さんと近藤さんのみごとな共作であり、お二人の出会いの温かい結実、といってよい。

〈グルメ〉でもないわたしが、広く江湖におすすめする所以である。

(『剣客商売・庖丁ごよみ』二〇〇三年解説)

街角の光景

人生の五分の一

生まれたときから現在まで、ずっと同じ土地で暮らした人間にとって、〈ふるさと〉という観念はほとんどないだろう。わたしのような、東京生まれの東京暮らしはなおさらのこと、〈ふるさと〉意識が薄い。

結局は、使い古された〈心のふるさと〉的な発想になるが、わたしの場合はやはり御茶ノ水、神保町界隈がそれに当たる。人生の三分の一は寝床の中、としばしばいわれるけれども、その伝で言えばわたしのこれまでの人生、少なくとも社会人としての人生の五分の一くらいは、御茶ノ水と神保町界隈で費やされた勘定になろうか。具体的に計算したわけではないが、感覚的にそれくらいにはなりそうな気がする。

父親や兄に連れられて、神保町の書店街に初めて来たのはおそらく昭和三十年前後、今から四十年も前の小学生時代である。中学、高校になるとすでに一人で、あるいは学校友だちとともに、この街を歩き回っていた。しかし、恒常的に足が向くようになったのは、大学にはいってからのことだった。中央大学に進学したのだが、他の志望校を二つとも落ちたという事情はともかく、中大の学舎が当時なじみの御茶ノ水にあったことが、入学した大きな理由の一つである。

さらに、就職に際して広告会社の博報堂に入社したのも、これまた第一志望と第二志望を落ちた（とにかくすべて第三志望）という事情にもよるが、やはり社屋が御茶ノ水・神保町にきわめて近い、神田錦町にあったからだった。このときには、業界一位の電通の筆記試験も通っていたのに、面接を断って博報堂に誓約書を書いた覚えがある。

そんなわけで、わたしの御茶ノ水・神保町暮らしは、およそ四十年にもなる。年数だけからいえば、人生の五分の四である。社会人になってからは、週に五日（週休二日になる前は六日だが）出社してほとんど毎日神保町を歩いているので、この街で過ごした時間はほんとうに長い。〈ふるさと〉と称しても、だれからも文句は言われないだろう。

書店の数は、古書店も新刊書店もほとんど減っていないから、街がこの三十年の間に大きく変化した、という印象はない。もちろん、町並みや建物がきれいになったのは確かだが、昔ながらのたたずまいを保った古い店も、たくさん残っている。喫茶店なら《ラドリオ》《さぼうる》、食事処なら中華料理の《揚子江》ロシア料理の《バラライカ》など、神保町だけでなく東京全体でも誇るに足る老舗が多い。ほかにも、レストランガイドに載ったためしはないが、知る人ぞ知るうまい店があちこちに散在する。神保町は、本の街でもあると同時に、食の街でもあるのだ。盛り場でもないのに、これだけ飲食店に恵まれた場所は、かなり珍しいのではないか。

御茶ノ水駅から神保町へ下りる道筋も、メインの明大通りを避けて裏道を通れば、静かな散歩が楽しめる。マロニエ通りから、男坂ないし女坂（ともに急角度の長い石段）をへて、猿楽通りへ出るもよし。山の上ホテルと明大の裏の坂を下って、錦華公園へ抜けるもよし。大学時代から数えて、何度これらの道筋を歩いたか分からない。

そういう思い入れがあるので、わたしのシリーズ小説の一つでは、主人公が山の上ホテルの近くのマンションに、事務所兼住居を構えるという設定になっている。これはある意味では、自分の願望を筆に託したものともいえる。このあたりに仕事場を持てたら、本屋は近いし食事にも困らないし、最高の執筆環境が得られる。現に、山の上ホテルにこもって仕事をする作家も、かなりいる。

もっともわたしは、「惚れた女と同居はするな、離れてたまに会うがよい」という故事（都々逸？）にならって、この街に住まずにせっせと遠くから通いたい口である。

（日本エアシステム『アルカス』一九九五年十月号）

ラドリオ今昔

神田神保町は、いばった言い方をすればわたしの家であり、庭のようなものである。その中で、居間に相当する場所を求めるならば、それは老舗のカフェ《ラドリオ》に、とどめをさす。

ラドリオは戦後の開店ではあるが、すでに四十五年を越える古い歴史をもち、神保町の顔のような存在になっている。周辺の古書店をぐるりと回り、ラドリオの椅子に腰を落ち着けて本を開く瞬間は、何ものにも代えがたい至福のひとときである。

考えてみると、わたしの青春以降の人生の種はラドリオで蒔かれた、といっても過言ではない。大学時代から、この店はクラブ活動のたまり場になっていたし、高校時代の友人たちともべつ入りびたった。ガールフレンドができると、ここへ連れて来て一緒に名物のウィンナコーヒーを飲むのが、デートの定番メニューだった。

フラメンコギターに熱中したのも、この店でサビカスという名手のレコードを聞いたのが、きっかけになった。片隅の席にすわり、たった一杯のコーヒーで延々とねばりつつ、小説を書いたこともある。当時は、川端康成が風呂敷包みを抱えて端然とすわったり、入江たか子があでやかな和服姿で、コーヒーを飲んだりしていたものだった。

そんなことから、わたしが最初に直木賞の候補になったとき、発表を待つ場所としてラドリオを選んだのも、当然だったといえよう。一回目のときは、噂にものぼらなかったせいでひっそりした待機になり、予想どおり落選した。二回目は、いくらか前評判が出て新聞やテレビが集まり、事情を知らないラドリオのママが、おろおろする事態になった。幸い受賞したからよかったが、もしまたあそこで落選していたら、顔向けできないところだった。

ラドリオで働く女性は、どちらかといえば人生のベテランぞろいで、わたしにはまことに居心地がよい。ママのお年は特に秘すが、わたしが通い始めた三十数年前と少しも印象は変わらず、どのお客も温かい笑顔で迎えてくれる。夜になると、お酒も飲める。ママの作るカクテルは、銀座あたりの老舗のバーにいっこうひけをとらず、侮りがたい腕前と見受けられる。この本を買う人も、立ち読みですませようというちゃっかりした人も、一度のぞいて損のない店である。すぐに駆けつけるべし！

（『日本経済新聞』一九九五年十二月）

体はまだサラリーマン

結局わたしは、神田神保町と離れられなかった、ということかもしれない。父親や兄に連れられて、足を運ぶようになった小学生時代から数えると、神保町との付き合いは四十年を越える。実に、人生の五分の四を占める、長い年月である。

そしてわたしは、八か月ぶりに神保町へもどって来た。

＊

今年六月一杯で、三十一年と三か月勤務した博報堂を、めでたく退職した。文字どおり円満な退職で、「出てけ！」「出てってやる！」といった夫婦ゲンカみたいな修羅場は、いっさいなかった。「惜しみつつ、惜しまれつつ……」の退職は、会社をやめるかたちとしては理想的だった、と思っている。

三十一年あまりのサラリーマン生活のうち、兼業作家としてのキャリアはほぼ十七年になる。オール讀物推理小説新人賞を受賞して、曲がりなりにも作家の看板を掲げたときから、会社をやめて作家一本に専念しようという気持ちは、まったく起こらなかった。その後、新聞や週刊誌の連載を引き受けるようになり、ひどいときには二本並行してというような綱渡りもあったが、それでも兼業をやめるにはいたらなかった。

むろん、退職を考えるタイミングというものは、いくつかあった。

その一つは、十年前に直木賞を受賞したときである。そのおり、選考委員の一人だった故池波正太郎さんが、「この上はすっぱりサラリーマンをやめて、作家一本に絞るべきではないか」と選評に書かれたのを、今でもよく覚えている。この言葉は、いわば頂門の一針として、ずっとわたしの心に残った。作家の仕事は、片手間にできるような甘いものではない、という厳しい声が聞こえてくるようだった。

また、三年前に五十歳の声を聞いたときも、一つの区切りかと思った。確か第一勧銀の小椋桂さんは、五十歳を期に退職されたと記憶している。しかしわたしの場合、それも強い動因にはならなかった。

さらに、会社にはいってまる三十年たった一九九六年の春も、区切りといえば区切りだった。たまたまその秋には、博報堂が長年本社を構える神田錦町を離れ、港区芝浦の新しいビルに移転することが、すでに決まっていた。このときも、最新のインテリジェンスビルがどのようなものか、一度中で働いて体験しておきたい、という好奇心が勝った。

博報堂は半年後、つまり昨年十月本社を予定どおり芝浦に移転し、それまで複数のビルに分散していたいろいろな部門を、一つのビルに統合した。そしてわたしも、当然のことながら会社と一緒に神田錦町を離れ、新しいビルに移った。

そうまでして、会社勤めに未練（？）があったのは、なぜだろうか。筆一本では生活に窮する、という事情ではなかった。わたしはわたしなりに、作家業のかたわらサラリーマンを続けることに、意義を見出していたのだった。

物語を語る作家にとって、社会との接点をつねに確保しておくことは、一つの重要なポイントになる。その点、広告業界は情報産業の最先端に位置しており、社会を広く見渡すバルコニーのようなものである。これ以上は望めない、理想的な立地条件といってよい。加えて、いささか口幅ったい言い方になるけれども、広告会社はいわゆる知識集約型の産業なので、単にその場に身を置くだけで知的刺激を受けられる、という強みがある。「そんなに知的な業界か！」「知的がそんなに偉いか！」といわれると一言もないが、少なくともわたしが働いた会社にはそういう雰囲気があり、とにかく通うだけでいろいろなベンキョーができた。

＊

とはいえ、四十年間慣れ親しんだ神保町を離れたつらさは、ボディブローのように少しずつ、しかし確実に影響を及ぼしてきた。新しいビルの界隈は、古書店はもちろん新刊書店さえ数が少なく、飲食店も大挙して移って来た社員を賄うほどには、充実していない。何より街に、文化のにおいがしない。

もっとも、それは場所柄やむをえない面もあるし、今後醸成されていくのを見守るしかないだろう。しかしわたしの年では、それまで待つわけにいかない。新しいビルでの生活は、八か月で十分だった。

こうして、わたしは名残を惜しみつつ博報堂に別れを告げ、一人もとの本社に近い神保町に仕事場を借りて、新たな一歩を踏み出した。この街には出版社、新刊書店、古書店、喫茶店、レストラン、洋紙店、文房具店、カメラ店と、どれをとっても文化の香りのしないものはない。郵便局、薬局さえもなつかしく思える。まるで居心地のよい、自分の書斎にもどって来たようだった。

ただし、長年のサラリーマン生活はすっかりわたしの体を、そのように馴らしてしまったらしい。独立したあとも、わたしは朝九時半に仕事場へ出勤し、夕方六時までせっせとワープロを打つ、というペースで働いている。


（『文藝春秋』一九九七年十月号）

文化の発信地を目指せ

今では、神田神保町一帯が世界に冠たる古書街であることは、だれでも知っている。わたしは、この街が古書街としての伝統を守るだけにとどまらず、活字も映像も含んだ総合的な文化の発信地として、発展することを切に願う。

古書業界は、これまで景気の変動にあまり左右されない、といわれてきた。しかし、ここ十年ほどの間に活字文化がじりじりと後退し、そこへ異常に長い不況の波がかぶさったため、さすがに商売に影響が現れ始めたようだ。古書店主の間からは、昨今は本を買う客よりも売りに来る客の方が多くなった、と嘆く声が聞かれる。

とはいえ、毎週末に開かれる東京古書会館の古書展をのぞいてみると、いつも人であふれ返っている。ひところに比べて、売上はいくらか落ちたかもしれないが、見た目にはそれほど不況の影響を受けている、とは感じられない。そもそもこのご時世に、ほかの街から進出してくる古書店が何軒もあることを思えば、神保町の底力に対する信頼がどれほど大きいか、容易に想像できるだろう。少なくとも、古書の街としての地位を危うくする要素は、当面どこにも見当たらない。

ただしこの街の魅力は、単に多くの古書店が一つの地域に集中している、ということだけにあるのではない。新刊書店、飲食店、文房具店、楽器店、画材店、薬局薬店、コンビニ、理髪店、郵便局にいたるまで、この地区一帯を形作るすべての要素がからみ合い、一つの魅力をかもし出すのである。わたしは、昭和四十一年に博報堂に入社して以来、この街に親しむこと三十年以上に及ぶけれども、いつの時代もそれを実感してきた。ことにこの二年半は、会社勤めをやめてすずらん通りに仕事場を構えたため、ますますその感を深くしている。

今、古書店は古書の売買だけでなく、街全体の発展を視野に入れて活性化を図るべき、時代の節目を迎えたと思う。たとえば、最近ビデオショップが増えて、映像文化が活字文化を侵食し始めたようにも見えるが、神保町にはそれを併せのむ度量がある。映像と活字は、本来共存できるものであって、反発すべきものではない。昔はこの街にも、南明座、角座、東洋キネマ、銀映座、神田日活と、映画館がたくさんあった。岩波ホールの功績は認めるとしても、西部劇やギャング映画などの娯楽作品を上映する映画館が、なぜなくなってしまったのか。これは、神保町だけの問題ではないかもしれないが、大きなロードショー館ではなく二、三百席程度の規模の映画館なら、十分やっていけるはずだ。映画を見に来る人たちは、当然行き帰りに古書店に立ち寄ったり、お茶を飲んだり食事をしたり、街をにぎやかにするだろう。

ちなみに、現在すずらん通りの南側一帯に再開発計画が進んでいる、と聞く。にもかかわらず、なぜかその具体的な開発内容が当事者以外の耳に、まったく伝わってこない。神保町は、そこに住んだり働いたりしている人たちだけでなく、この街を文化的な総体として愛する人たちの、いわば共通の財産である。その街の一部を、再開発によって変える以上、いったいどのように変えるつもりなのか、知りたいのはわたし一人ではあるまい。

むろん、まだその段階に来ていないと言われればそれまでだが、少なくとも事前に開発主体者が計画を公表し、広く意見を聞くくらいの努力をして、しかるべきだろう。古書店の協力を得て、貴重な古文書や文人墨客の直筆原稿などを展示する、資料館を開くのも悪くない。また、先に述べた小さな映画館か試写室を誘致してくれるなら、これまたありがたいことである。再開発が、オフィスと住宅の提供だけで終わってしまうのは、あまりにも惜しい。

今現在、再開発予定地区にあるのは、書籍取り次ぎ業を中心とする中小法人のオフィスと、飲食店がほとんどである。古書店はなかったと思うが、だからといって黙って見ている必要はない。神保町全体の発展、活性化のためにどんどん発言する意欲と機会を、持ってほしい。それが古書店の地位を安定させ、この街を総合的な文化の発信地として認知させる、大きなきっかけになると信じている。

最後に、現在アメリカを中心に普及しつつある、インターネットによる古書売買について、触れておきたい。ビブリオファインド、ビブリオシティなどのオンライン古書店が、横断的な古書検索システムを構築し、世界中の顧客を相手にビジネスを展開していることは、すでにご存じだろう。わたしもしばしば利用するが、確かにこれは便利なシステムである。言語の問題もあるので、日本の古書店がそのままそこへ参入するのは、むずかしい面がある。しかし、国内を対照に独自のネットワークを作ることは、可能だと思う。最近日本でも、ホームページを開く古書店が増えつつあるが、横断的なシステムはまだ完成の域に達していない。

それには、いくつか理由がある。

たとえば画面上で、一目瞭然に価格の差が分かってしまうのは、古書店にとってつらいことかもしれない。しかし、その差を納得させる情報（たとえば初版本だとか、保存状態がいいとか、著者の署名があるとか）がつけられていれば、顧客も納得するはずである。むちゃな値づけはなくなるだろうし、本の状態や価格を比較対照できるのは、顧客にとって大きなメリットになる。

いずれにせよ、インターネットによる書籍の販売は世界的な流れになりつつあり、日本の古書業界も早急な対応を求められるだろう。二十一世紀の課題として、鋭意取り組んでほしいと思う。

（『神田古書店連合目録　古本』25号・一九九九年秋）

逢坂剛の神保町日記

＊月＊日

神田神保町が、再開発問題で揺れている。

バブルのころに始まった計画が、その後の景気低迷のせいもあってか大幅に遅れ、最近ようやく借地権者と最終的な話がついたようだ。再開発地域は神保町一丁目の南部、五十一番から七十一番までの区画で、千代田通りから白山通りまでぶち抜く、広大な規模にわたる。ここに、それぞれ地上二十九階、二十三階、十二階の住宅棟、オフィス棟を合わせて三棟、建てようというのだ。

連休を控えたある週末の夜六時半、その第一回説明会が地元の一ツ橋中学校の地下で、開かれることになった。主催者は、再開発組合（再開発に直接関わる地元住民）、千代田区の再開発担当責任者、そして開発主体のM不動産。

わたしも、再開発地区の北側に仕事場を借りているので、無関心ではいられない。どういう計画なのか知りたいと思い、時間をやり繰りして出席することにした。地元の人たちが、この問題をどんなふうに考えているのか、聞いてみたかった。

説明会は、わたしが想像していた以上に、紛糾した。まず、なぜ最初の説明会がこれほど遅れたのか、という糾弾から始まった。しかしそれは序の口で、再開発のために該当地区を通る区道を何本か廃止する、という説明が行なわれたとき、周辺住民の怒りは頂点に達した。しかも、その区道廃止は連休明けに開かれる区議会で、審議されるという。廃止のための根回しが、すでに終わっていることは明々白々だった。

出席者は、周辺住民の了解もなくそうした重要問題を区議会にかけ、なし崩しに廃止を承認させるのはけしからん、と息巻く。審議中止を申し入れろ、と区の担当者に迫る。しかし担当者は、それはできないの一点張り。説明会はもめにもめ、午後十一時を回っても終わらない。

住民側は、これは説明会とは認められないとの判断から、記帳した出席者名簿を回収しようとした。しかし、主催者側はこれを持っていちはやく遁走（?）、説明会は怒号のうちに終わった。

再開発組合はともかくとして、M不動産と千代田区が考えているのは、再開発による経済効果だけである。バブル期に投資した資本を、なんとか回収したいという狙いもあるだろう。ともかく、〈神田神保町〉という地域がもつ文化的特性について、彼らはほとんど考えていないように思われる。

神田神保町は、ただの古書店の街ではない。書籍、活字文化を中心とする、総合的文化の発信地として、地元住民だけではなく東京都民全体、もっといえば日本全体に、大きな影響力を持つ街だ、と思う。それを、再開発のあかつきには昼間人口が三倍に増え、周辺の商店や飲食店が潤うとか、夜間の犯罪が減るとか的はずれなことを言われても、あいさつに困るだけである。わたしに言わせれば、この街にこのような大規模な再開発を持ち込むこと自体が、正気の沙汰とは思えない。経済効果だけを狙ったこの計画は、今のままでは神田神保町の文化を破壊することはあっても、貢献することはまずないだろう。

願わくは、少しでも神保町文化に潤いを与えるようなコンセプト、施設を考慮してほしい。

＊月＊日

再開発計画にともない、該当地域に店を持ついくつかの飲食店が、移転したり閉店したりした。これもある意味では、食文化の衰退につながる。《神田餃子屋》は、早ばやと靖国通りの反対側に、移転。ロシア料理の老舗《バラライカ》は、閉店。近々、新規開店の噂もあるが、時も場所もはっきりしない。とんかつの《羅生門》は、廃業。寿司の《新太郎》は、閉店して銀座へ進出。うなぎの《かねいち》は、開発からはずれる近所のビルに移転。ここ三十年来顔なじみになっていた店が、こんなふうにちりぢりばらばらになるのを見るのは、さすがにさびしいものがある。

しかし、一方でこの神保町にも、新しい飲食店が増えている。今日はその一つ、《ラ・タープル・デ・ペティアント》で、編集者と打ち合わせを兼ねて昼食。神保町には珍しいフレンチで、落ち着いたたたずまいと静かな雰囲気は、打ち合わせにぴったりだ。しかも、この街の飲食店に要求される〈安い・うまい・量が多い〉の三原則を、クリアしている。靖国通りの反対側には、もう一軒《エスカルゴ》というより大衆的な、フレンチ・ビストロも開店した。

＊月＊日

増えているといえば、なんと古書店までも増えたのだ。競合の激しいこの街に、郊外の方からどんどん（でもないが）古書店が、進出してくる。一等地の、靖国通りの南側はさすがに場所があかないが、北側のオフィス街の一角やすずらん通りなどに、新しい古書店が姿を現した。ここ一、二年のうちに《天狼書店》《五萬堂書店》《RBワンダー》《キントト文庫》など、など。

靖国通りの北側には、ときどき昼食をとりに行くので、その帰りに新しい古書店をのぞく。今日も今日とて、めったにはいらない某店をひやかしたところ、とんでもない掘り出し物に遭遇した。ラルフ・マーティンが書いた、日系アメリカ人の戦闘機乗りベン・クロキの評伝、『ネブラスカから来た男』である。わたしは、第二次大戦中クロキがスペインに不時着した、という情報を得てこの原書を長い間海外の古書店で探したが、まったく見つからなかった。それがなんと、日本語に翻訳されていたのである。一九五一年、早川書房の刊行。

こういう出会いがあるので、どんな古書店もおろそかにしてはならない。

＊月＊日

神田明神の本堂で講演。ここが主催する、〈明神塾〉のひとこまである。

わたしは、学生のころから神保町、駿河台界隈に長くなじんできたが、この街について書き散らしたことはあっても、まとまったおしゃべりをしたことはほとんどない。

明神塾の仕事は、一九九六年の秋まで神田錦町に本社を構え、現在港区芝浦に移転した博報堂のスタッフが、お手伝いをしている。わたしも、九七年の六月一杯まで勤務していた関係で、お声がかかったのだった。

晩年、御茶ノ水駅の聖橋口のあたりに居を構えていた、大田蜀山人の話を中心に講演を進める。蜀山人もいわばわたしと同じで、幕府の御用を勤めながら著作にいそしんだ人である。もっとも、その学識の広さには瞠目《どうもく》するばかりで、比べるのもおこがましい。この人は多彩な才能に恵まれた人だが、片手間とみられた狂歌にたくさん傑作を残しており、それだけでも感心してしまう。

たとえば、旅の途中現在の静岡県裾野市を通りかかったとき、甲斐と駿河とどちらから見た富士山がより美しいか、という問いに答えて読んだ狂歌。

裾野より
まくり上げたる　お富士さん
甲斐で見るより　駿河いちばん

いささか下がかって恐縮だが、蜀山人の才気煥発さをうかがい知るに足る、上出来の作品である。

＊月＊日

わたしのギター歴は、かれこれ四十年近くに達する。

うれしいことに、駿河台神保町界隈にはふつうの楽器店のほかに、高級手工ギターを売るギターショップが、少なくとも二軒ある。どちらも、気分転換にちょっと足を延ばすのに、ちょうどいい距離に位置する。

そのうちの一軒、《アンダンテ》に立ち寄る。明治大学のリバティタワーの裏手、なだらかな坂の途中にある。この店では、壁にギターの展示ケースがずらりと造りつけられ、フロアはゆったりとあいている。ときどき、クラシックギターのミニコンサートが、ここで開かれる。わたしは店主のK氏に、フラメンコをやってもおもしろいのではないか、と前に提案したことがあった。

Ｋ氏もそれを覚えていて、二〇〇〇年春あたりにできないだろうか、と相談された。これでもわたしは、日本フラメンコ協会の広報担当理事を務めており、フラメンコ普及のためなら、何ごともいとわない主義である。

さっそく心当たりのアーティストに連絡して、ミニコンサートの開催を働きかけてみることにした。

神保町にも、フラメンコがやって来る！　考えるだけで、わくわくする。

＊月＊日

《ボンディ》でカレーライスを食べたあと、古書店をぶらぶらする。この街には、カレーの店がずいぶんあって、いずれもうまい。靖国通りには《共栄堂》、さくら通りには《マンダラ》がある。すずらん通りの《ホイリゲ古瀬戸》、閉店した《バラライカ》のカレーもまた、専門店に負けない味を出した。《バラライカ》の閉店は残念だが、すずらん通りによりなじみやすい価格で、味も上々の《ろしあ亭》ががんばっており、ときどき利用させてもらっている。

神保町の交差点の角で、〈肩もみ・十分間五百円〉の小さな看板を見つける。靴磨きのような具合に、客を車道の方へ向けて小さな椅子にすわらせ、後ろから肩をもむらしい。疲れもたまっているので、ためしにかわいがってもらうことにした。

資格を持ったマッサージ師ではなく、あくまでアルバイトの肩もみという位置づけなので、お巡りさんも黙認しているようだ。昼間は神保町交差点、夜は新宿の区役所通りに店を出す、という。客は引きも切らず、というわけにはいかないが、なんとか食べていけるそうだ。

こんな街角にも、不況の影響が現れている。もんでもらって肩は楽になったが、もうひとつ気分が晴れない。

三時には、すずらん通りの《文銭堂》で、和菓子を買う。甘党でもあるので、下の《莉須凡》で甘酒を飲むこともある。

＊月＊日

近刊の拙著、『熱き血の誇り』にサインするため、東京堂に行く。本が出るたびに、店長の依頼で本にサインするのである。そんなにたくさんサインして、売れ残ったらどうするのかと逆に心配するが、店長は長いスパンで売りますからご心配なく、とおっしゃる。読者が喜んでくれるなら、とわたしもこの作業がいっこうに苦にならない。

いわゆるサイン会の方は、三省堂でときどき行なう。最近も、古本まつりの初日に合わせて行なったが、たくさん行列ができて面目をほどこした。中には、毎回並んでくださる奇特な読者も何人かおり、思わず頭を下げてしまう。

若い女性が少なく、比較的中高年の男女が多いのは、わたしの読者層を端的に表しているのではなく、読書を楽しむ年齢の下限が上がったのだ、と思いたい。

＊月＊日

神保町は、活字文化の街と思われそうだが、最近はかならずしもそうではない。たとえば、ビデオショップの〈雨後のたけのこ〉状態は、あきれるほどだ。わたしは映画ファンでもあるので、ときどきこの種のショップにも足を運ぶ。ただし、お目当ての古い西部劇やギャング映画は、めったに見つからない。ジョン・ウェインや、クリント・イーストウッドの定番作品がほとんどで、わたしにはまず用がない。ランドルフ・スコット、ジョエル・マクリー、オーディ・マーフィといった専門役者の、単純明快な西部劇が無性になつかしい。ときどき、地方のUHF局でやるようだから、フィルムがあることはあるのだろう。なんとか、ノーカット版で見られないものか。

古書センタービルの中にある、《アベノスタンプ》をのぞく。この店には、昔の映画のポスターやプログラム、パンフレット、スティル写真が山のように置いてあるので、ときどきかき回しに行くのだ。高校時代に収集し、その後散逸してしまった西部劇のプログラムは、後年ほとんどこの店で再収集した。

さすがに、近ごろはほしいものを買い尽くした感があるが、同じプログラムでもいろいろバージョンがあるので、見覚えのないものを購入する。『誇り高き男』『襲われた幌馬車』『ララミーから来た男』『街の野獣』など。また、一九七〇年代に刊行されたミニコミ誌『西部劇通信』全五四号のうち、持っていない四一号が出ていたので、勇んで買い込む。これで、あと三号分を見つければ、全号そろうことになる。

ついでに、上の階の《富士レコード》によって、フラメンコのコーナーを漁る。ここには、とうに廃盤になってCDにも復刻されていない、貴重なLPが出ることがあるのだ。収穫はなかったが、ときどきのぞいておかないと掘り出し物を逸する。

映画といえば、神保町界隈の映画館は《岩波ホール》だけになってしまった。昔は南明座、東洋キネマ、神田日活など、いくつもあったのに……。

たとえ一〇〇席程度でも、娯楽映画を上映する小さな映画館が、できればいいのだが。

（東京人／神田神保町の歩き方・12・二〇〇〇年春）

アリゾナを見て死ね！

西部劇が好きだった。

それが高じて、作家になってからいつかは西部小説を書いてみたい、と思っていた。

ところが、西部劇が全盛だった一九五〇年代、六〇年代においてすら、日本で西部小説が売れたためしはなかった。新刊書店で、現在も入手可能なほとんど唯一の西部小説は、ジャック・シェーファーの『シェーン』くらいのものである。

したがって、何かの機会に「西部小説を書きたい」などと抱負を述べても、編集者はみな尻込みして話を変える。しまいには、忙しいときに小説雑誌から依頼が来ると、「西部小説なら書く」と言って、断る口実にしたほどだった。

しかるに「やっと」というか「とうとう」というか、「ついに」というか「ようやく」というか、「今さら」というか「この期に及んで」というか、「西部小説でよござんす」と居直る小説雑誌が現れた。

すなわち、『小説新潮』である。

編集長の名は、M條氏（特にその名を秘す。以下同じ）という。M條氏は、数ある小説雑誌の編集長の中でも、第一番のベテランとして知られる。その意味では、〈誌運〉を賭けても思い残すことのない、「どこからでもかかってこい！」的編集者といってよい。まあ、〈誌運〉ならぬ〈社運〉を賭けるとまで言われると、小生もいささか腰が引けるのであるが・・・。

そこで、西部小説を書く以上は、アメリカ西部をこの目で見る必要があるから、現地への取材旅行を認めてほしい、と持ちかけた。ほんとうは、子供のころから映画館でさんざん見ているので、西部劇の時代考証、風俗考証は日本の江戸時代などより、はるかにしっかりと頭の中にはいっている。

とはいえ、やはり現地の空気を肌で感じないことには、何も書き出せない。スクリーンからは、モニュメントバレーやトゥムストンの熱気、匂いまでは、さすがに伝わってこないのである。

そうこうするうちに、担当編集者のE木君があちこち駆けずり回って、ユナイテッド航空と現地の政府観光局に話を持ち込み、取材の便宜を図ってもらう段取りをつけてきた。

さらにE木君は、出版部の小生の担当N村君にも同行を命じ、みずからの体力の衰えによって発生するかもしれない、不測の不始末をカバーする手立ても講じた。

かくして小生らは、紀元二〇〇〇年五月十八日木曜日に成田を飛び立ち、アリゾナ探検の雄途についたのだった。

〈五月十八日、木曜日〉

この日、午後四時半に成田を出発したＵＡ機は時差の関係で、同日の午前中ロサンゼルスに到着した。

チェックインをすませて、ロス郊外にある〈ジーン・オートリー・ウエスタン・ヘリティジ博物館〉へ向かう。ここは、西部開拓史関係の資料を大量に展示する、有名な博物館である。一九三〇年代から、五〇年代にかけて一世を風靡した〈歌う牧童〉スター、ジーン・オートリーを記念して作られた。

オートリーが映画で使った、ガンベルトやサドルといった記念品ばかりでなく、開拓期の西部に関わる幌馬車や道具類が展示されていて、非常に興味深い。コルトＳＡＡ（西部劇でいちばんポピュラーな拳銃、コルト・シングル・アクション・アーミー）を初めとする、さまざまなハンドガンのコレクションなど、なかなかのものだ。

博物館付属の、セルフサービスの社員食堂風レストランにはいり、アメリカへ来て最初の食事をした。クラブハウスサンドイッチを注文したところ、あの大食いのスペイン人も真っ青になるほどの、すごい大きさだったのには肝をつぶした。アメリカには、二十六年前に一度来ているが、あのときは東海岸が中心だったせいか、それほど量が多かったという記憶はない。

以後われわれ小食の日本人は、この量の多さに悩まされることになる。

さて外へ出てみると、帰りまで待ってやると親切に申し出てくれたタクシーが、姿を消している。約束した時間を三十分もオーバーしたために、しびれを切らしていなくなったらしい。料金は、来たときの分を払っただけだから損はないが、博物館の周囲には空車など一台も走っていない。これにはまいった。

受付で聞くと、電話で無線タクシーを呼ぶしかない、という。

小生は、そのむずかしい手続きをE木君とN村君に任せ、土産物屋をぶらぶらして時間をつぶした。十五分ほどすると、二人が興奮して小生を呼びに来た。

「やりました、やりました。タクシーが来ます!」

まるで太平洋を漂流中、救助船に無線連絡がついたような騒ぎである。

かくして、夕方無事にホテルに帰着した。

晩飯は、ハリウッドでも有数の老舗レストラン、《ムッソ&フランク・グリル》で食べる。古きよき時代のハリウッドの雰囲気をよく残した、ノスタルジックな店だった。しかし料理の量の多さは、博物館のセルフサービスレストランと変わらず、これには閉口した。レタスのサラダを頼んだら、キャベツのようなレタスがまるごとどんと来て、それだけで腹一杯になった。

〈五月十九日、金曜日〉

早朝、ロス空港からシャトル便に乗って、フェニクス（アリゾナの州都）に向かう。

チェックインカウンターの、処理速度の遅いことは驚くべきもので、せっかちな日本人には耐えがたいほどの、能率の悪さだ。

これには、何か特別の事情があるわけではなく、いつものことだという。たとえば、一人の客が何かの相談を始めると、係員はご親切にも（？）延々とその相手をすることに没頭し、後ろで待っている客のことなどほったらかしである。別の、体のあいた係員が来てカバーする、という発想もない。

帰りの便も、同じような状況だったが、これだけはなんとかしてほしい。

フェニクスで、アリゾナ（兼ユタ、ワイオミング）政府観光局の日本地区代表、星野修氏の出迎えを受ける。

星野氏は、今度のアリゾナ旅行に関して移動、宿泊のすべてをみずから切り回してくださった、〈旅の恩人〉である。年齢は小生より少し若い五十がらみ、日焼けした肌に贅肉のない引き締まった体の持ち主で、この体がまたきびきびとよく動く。英語もうまい（当然だ！　もう三十年米国在住だ！）。小生はもちろんのこと、E木君もN村君も大いに心休まるものがあった（に違いない）。

どこかでブランチをとることにして、市内の〈サムズカフェ〉というカフェテリアにはいった。ショッピングアーケードの一角にあり、周囲の軒先から冷たい水蒸気が吹き出しているのが、気持ちよかった。五月とはいえ、さすがにアリゾナの日差しは厳しく、空気がひどく乾燥している。冷たい水蒸気は、冷気と湿気を同時に補う効果があって、単なる冷房より体にいい感じがする。

このカフェテリアで食事をしていると、たまたま星野氏の同僚だという女性スタッフ二人がはいって来て、短時間だが一緒におしゃべりした。女性たちが星野氏と話をしたり、冗談を言い合ったするのを聞いただけで、氏がオフィスで同僚からその人柄を愛され、敬意をもって遇されていること、そして強い信頼を受けていることが、一目瞭然に分かる。

小生の直感は当たって、この旅行中における星野氏の徹底した気配り、完璧なアテンドぶりは、特筆すべきものがあった。今回の取材が気持ちよく進み、期待以上の成果をあげることができたのは、星野氏の人柄語学力交渉力判断力記憶力、そして運転技術等に負うところが、きわめて大きい。小生やE木君、N村君が使ったのは、自分の足と胃袋のみ、といっても過言ではない。

昼過ぎに、星野氏が運転するワゴンに乗って、フェニクスを出発。

インターステート（州間高速自動車道）十七号線を、一路北上する。道幅は広く、カーブは少なく、車の数も少ないときているから、必然的にスピードが上がる。しかし時速一〇〇マイル（一六〇キロ）で走っても、平原の真っ只中だと対象物が見当たらないので、スピード感があまりない。

デジタル表示された外気温が、みるみる上昇していく。九五度、九七度、そしてついに一〇〇度を越える。

そういえば、華氏を摂氏に換算する公式は、なんであったか（?）調べた結果、〈(華氏－32度)×5/9＝摂氏〉だと分かった。すなわち、華氏一〇〇度は摂氏にして、およそ三八度に相当する。

この日は、華氏一一〇度までは上がらなかったものの、摂氏でいえば四〇度を越えたことは確かである。五月にしてこれだから、真夏になったらどれほどの暑さになるのかと、急に寒気（?）を覚える。

フェニクスを出たころは、道の両側にサグワロと呼ばれる丈の高い、人の形に似たサボテンが目についた。小高い丘などに、まるで針坊主のように生えている。それが、北上するにつれていつの間にか、見当たらなくなった。同じ州内なのに、周囲の景観ががらりと変わってしまうのに、いささか驚かされる。

この日はフラグスタフを経由して、翌日訪れるモニュメントバレーの入り口、ケイエンタの町まで行く。夕方の五時半ごろ、ナバホ一族が管理運営する《ハンプトン・イン》に到着し、そこにチェックインした。

星野氏が、まだ日没まで少し時間があるから、ちょっとモニュメントバレーまで夕日を見に行きませんか、と提案する。翌日は昼間の観光なので、夕日を見ることができない。モニュメントバレーまで来て、あの雄大壮麗な夕景を見逃すのはもったいない、というわけである。

そこで、荷物を置いてふたたびバンに飛び乗り、国道一六三号線を駆けのぼる。

地図の上ではたいした距離に見えないが、なにしろアメリカは広い。ちょっとモニュメントバレーまで、といっても軽く四、五十キロはある。東京あたりなら、十分の一も走らないうちに、日が暮れてしまっただろう。

星野氏が推奨するだけに、モニュメントバレーの夕景はすばらしかった。観光用ジープが発着する、高台の拠点から谷を眺め下ろすだけだったが、峨々たる岩山が夕日を受けて赤茶色に染まり、青空を背景にくっきりとそびえ立つさまは雄大、というも愚かな奇観である。細かく砕いた赤レンガの粉を、あたり一面にまき散らした色合いといえば、いくらか想像してもらえるだろうか。

前述のように、ケイエンタの《ハンプトン・イン》の運営は、ナバホ族に任されているが、なかなか快適な宿泊施設だった。ただし、居留地区内はアルコール販売禁止だとかで、ビール一杯飲めなかったのはつらかった。覚えておかなければならない。

〈五月二十日、土曜日〉

モニュメントバレーは、むろんジョン・フォード監督の西部劇や写真集などで、すっかりおなじみになっている。しかし、肌を刺す強い太陽光や乾いた空気、鼻をつく砂や植物や水の匂いなど、映画や写真では味わえないものがたくさんある。

あいにく小生は、ジョン・フォードの忠実なファンとはいえない。西部劇作品はだいたい見ているが、そもそもジョン・ウェインがあまり好きでないので、相対的に評価が低くなる。もっとも抵抗なく見られるのは、『荒野の決闘』だ。ウェインとのコンビ作品の中から選べば、『捜索者』。小生にとって、フォードはこの二本で十分である。

しばしば、ベストテンの第一位に挙げられる『駅馬車』を、小生はあまり好きになれない。インディアンが駅馬車を襲撃するシーンは、これをきっかけに西部劇の代表的アクションの一つになったが、それがどうも気に入らないのである。別に少数民族差別反対、といった高邁な精神から出たものではなく、単にばかばかしいという理由にすぎない。

だいたい駅馬車を襲うのに、インディアンが一緒になって疾走しながら、乗客ばかり狙うのはおかしい。一頭でも馬を撃てば、駅馬車は必然的に速度が落ちて、走れなくなる。インディアンがそのことに気づかない、と考えるのは失敬ではないか。

それはともかく、われわれ四人はさっそく観光用ジープに乗って、モニュメントバレーの踏査に乗り出した。

正直に白状するが、小生と同行者一人（E木君とN村君が途中で交替）は各方面のご好意により、運転手兼ガイドの女性と並ぶ、冷房のきいた助手席にすわることを、特別に許された。他の一般客は、吹きさらしの後部ベンチシートである。日よけはあるが、冷房もなければ風防ガラスもない。

まあ後部シートも、通常は暑いだけでがまんできなくもない（と拝察する）が、ひとたび対向車とすれ違ったりすると、砂嵐のような砂塵がもうもうと巻き上がり、息などできたものではない（とこれまた拝察する）。そのあたりの消息については、E木君、N村君からのちほど詳細に取材して、それに近い体感を得た。なんといっても、体験しないで書くところに、作家の腕がある！

年月と風雨、苛酷な太陽光、そして地殻変動が生んだ、モニュメントバレーの壮大な自然の芸術を目のあたりにすれば、フォードならずとも創作意欲を掻き立てられるに違いない。実際、目に見えぬ自然の鑿が大地に残した仕事は、絶妙としか言いようがない。

ナバホ・タコスと称する、きわめて美味なインディアン料理を食べ、午後一時ごろモニュメントバレーを出発する。途中ナバホ・ナショナル・モニュメントに寄ったりして、フラグスタフに着いたのは夕方五時半だった。

しゃれた山荘風の、《ホテル・リトル・アメリカ》にチェックイン。やたらにクシャミと鼻水が出る。風邪かと思ったが、花粉症ではないかとの指摘が同行者からあり、なるほどと納得した。日本では発症したことがないが、アメリカ杉の花粉と相性が悪かったのかもしれない。

その夜は、星野氏の知人でもあるフラグスタフの観光局長、カート・バークハート氏夫妻（奥さんの治美さんは日本人）の招待を受け、レストラン《ブラックバート》で会食。ここはウエイター、ウエイトレスが全員ノーザン・アリゾナ大学の学生アルバイトで、手の空いた者が入れ替わり立ち替わり舞台に上がり、得意の喉を披露するのがおもしろい。

帰りに、遅くまで開いている巨大な古書店に行き、何冊か探索本を発見できたのは収穫だった。


〈五月二十一日、日曜日〉


朝ホテルを出発、途中セドナ（特別の磁界を持ち、霊気を感じる町だという）で土産物屋をのぞいたりして、とりあえずフェニクスへ向かう。南下するにしたがって緑や木々が増え、さらにくだるとまたサグワロが姿を現す。気温はどんどん上がり、ついに華氏一一〇度（摂氏四三度強）に達した。

フェニクスで昼食をとったあと、一路トゥムストンへ向かって州間高速自動車道を駆けくだる。ツーソン、ベンスンをへて州道80号線にはいると、四十キロほどでトゥムストンに着く。フラグスタフからトゥムストンまで、五百キロ以上を走破したことになる。ほぼ東京大阪間の距離だが、これが同じアリゾナ州の中というのだから、あきれてしまう。

トゥムストンにはいる町はずれに、〈OKコラル〉の大きな絵入り看板がでんと立っていて、〈ガンファイト・デイリー〉と添え書きがしてある。毎日撃ち合い、ときた。決闘ショーが毎日行なわれます、というだけのことだが、町の意気込み（？）をひしひしと感じて、われ知らず胸が高鳴る。

トゥムストンにはちゃんとしたホテルがなく、モーテルがいくつかあるにすぎない。そのうちのひとつ、《ラリアン・モーテル》にチェックインする。客室にそれぞれ、ワイアット・アープやらジョニー・リンゴーやら、ガンファイターの名前がついているのがご愛嬌。小生、ドク・ホリデーの部屋を選んだ。

西部劇ファンには釈迦に説法だが、西部開拓時代にトゥムストンほどその名を知られた町は、ほかにない。ことにアープ三兄弟、ドク・ホリデーの四人組と、クラントン兄弟、マクローリー兄弟、ビル・クレイボーンの五人組による銃撃戦、世にいう〈OKコラルの決闘〉は、この町の名を不滅のものにした。

トゥムストンは、一八七〇年代後半に近くで銀鉱が発見されてから、一挙に人口が増えて大きくなった。しかし、銀が掘り尽くされるとともに人の数は減少し、今や〈OKコラル〉の遺産だけで食いつなぐという、ユニークな存在になっている。道路も舗装され、車もたくさん走っているが、庇のついた板張りの歩道は往時の風情をよく伝えており、あまり観光化された雰囲気を感じさせない。

日没に間があったので、町を一歩きする。

もとからして小さな町だが、予想していたよりさらに小さいのには、ちょっとびっくりした。神田神保町界隈と、さして変わらない大きさに思える。つい百二十年ほど前、同じ道路をアープやホリデーが歩いたのかと思うと、さすがに感無量になる。おそらく今の小生は、京都池田屋あたりを取材して回った子母沢寛先生と、同じような気分にひたっているに違いない。

考えてみれば、トゥムストンの町ができたのは、小生が生まれる六十五年ほど前にすぎないから、それほど古い話ではない。ＯＫコラルの決闘が行なわれた、一八八一年は日本でいえば明治十四年、板垣退助らが自由党を結成した年である。

ビールでも飲もうと、いかにも時代色の濃いサロン、《レジェンズ・オブ・ザ・ウエスト》にはいる。

すると、カウンターの中にいた女性バーテンダーが、Ｅ木君とＮ村君に身分証明書を見せろ、と言う。何かと思ったら、未成年にアルコールは飲ませてはいかん、ということらしいのだ。

しかし、どこを見ているのか。

E木君などは、未成年を二十年も前に終えているし、N村君はまだ三十代とはいえ髭など生やしているから、いくらなんでも未成年に見えるわけがない。

その上、この女性バーテンダーは失礼にも小生と星野氏には、身分証明書の提示を求めないのである。たとえ髪が白かったり、それどころかいっそ髪がなかったとしても、未成年でないとは限らないではないか。

気分を害してそこを飛び出し、レストラン《ロングホーン》にはいる。

ルシル・ボールによく似た陽気なウエイトレスが、「一度うちのを食べたら、ほかのリブステーキは食べられないわよ」と自慢するので、小生はポークのリブステーキを発注した。

量の多いことにはもう驚かないはずだったが、出てきたのはそれに輪をかけた超特大のリブステーキで、さすがに度肝を抜かれた。だいたい、皿の大きさが直径〇・四メートルもある逸物で、そこへ肉のへばりついたあばら骨がわっとかぶさり、それが両側に〇・〇五メートルほどもはみ出しているのだ。まあ、目測ではあるが。

しかるに、食べてみるとこれがうまいのだ。いや、大当たり!

小生、日本では《トニーローマ》のリブステーキをよく食べるが、《ロングホーン》のポークのリブステーキは、それをはるかにしのぐ絶品だった。今思い出しても、よだれが出るほどだ。

何かの拍子に、トゥムストンの近くを通りかかることがあったら(まあ、そんなことはないでしょうが)、ぜひ一度お試しあれとおすすめしておく。

〈五月二十二日、月曜日〉

前夜の市内巡察で、朝七時から開店していることが分かった料理店、《ネリー・キャッシュマンズ・レストラン》で朝食をとる。

ここで給仕をしてくれたウエイトレスは、その名をエルザ・スキナー嬢という。なぜ知っているかといえば、彼女はわれわれがアメリカの土を踏んで以来、やっと出会った二人目の〈鄙にもまれな美女〉で、歓喜と興奮のあまり名前を聞き出したからである。ちなみに一人目は、フェニクスの《サムズカフェ》の案内係の女の子だったが、このときはまだアメリカへ来たばかりで、話しかける度胸がなかった。

小生は調子に乗って、エルザに「あなたはナタリー・ウッドのお嬢さんではありませんか」などと、くだらぬ冗談を言ってしまった。すると、そこはさすがにアリゾナ娘のエルザのこと、にっこり笑って「イエース、モチコース」と応じる。もっとも、彼女がナタリー・ウッドの何者たるかを知っていたかどうかは、いまだに不明であるが。

あまりエルザの愛想がよかったので、とにかくこれは夜も出かけて来なければならぬ、と衆議一決した。

午前中、《ウィリアム・ブラウン・ホルスター・カンパニー》に行く。

店の奥の作業台で、職人が革を裁断してはガンベルトやホルスター、サドルバッグなどを作っている。日本でも、アメリカからの輸入物を売る店があるが、右から左へさばけるものではないから、それなりに価格が高くなる。

この店は、製造と販売を同時にやっているため、値段が安い。ふだんでも使えそうな、小ぶりのサドルバッグを買った。

そのあと、トゥムストンに住む著名なアーピアナ(ワイアット・アープの研究家)、ベン・トレイウィク氏にインタビューする。トレイウィク氏は、白髪赤ら顔の柔和な老紳士で、アープやトゥムストンに関する著書が多数ある。小生も、そのうち何冊かはインターネット経由で入手し、目を通している。

氏によれば、数年前に製作されたアープものの二つの西部劇、『トゥームストン』と『ワイアット・アープ』を比べると、映画として出来がいいのは前者だが、史実に近いのは後者だという。もっとも『トゥームストン』で、ドク・ホリデーを演じたヴァル・キルマーはあまりいただけず、その昔『墓石と決闘』でドクを演じたジェースン・ロバーズの方が、実際にアル中だっただけに実像に近かったそうだ。小生もほぼ、同意見である。

午後から、アープ兄弟グループとクラントン兄弟グループが戦った、ＯＫコラルへ決闘の実演を見に行く。看板に〈デイリー〉とあった、例のやつである。

映画のタイトルから、一般に『ＯＫ牧場の決闘』と呼ばれることが多いが、コラルはむろん牧場ではなく、馬を入れておく囲いを指す。しかし、〈ＯＫ馬置き場〉では迫力がないので、輸入会社のタイトル係があえて〈牧場〉と誤訳した、と思いたい。

さらに細かいことを言うと、〈ＯＫコラルの決闘〉ではなく〈ＯＫコラルの近くでの決闘〉が正しい。撃ち合いが行なわれたのは、ＯＫコラルにつながる近所の路上であって、敷地内ではないのである。

四対五の決闘が、どのように始まってどのように終わったかは、諸説紛々として混乱をきわめる。そもそも、この戦いがアープ側による法の執行だったのか、それとも単なる私闘だったのかさえ、はっきりしない。

一八八一年十月二十六日、水曜日、午後二時三十分前後に始まった撃ち合いは、約三十秒という短い時間で決着がついた。その間におよそ三十発の銃弾が発射された、といわれる。

クラントン一味のうち、親分格のアイク・クラントンは一発も撃たずに現場から逃走、弟のビリー・クラントンとフランク、トムのマクローリー兄弟の三人が死亡、助っ人のビル・クレイボーンも軽傷を負ったが、逃げ延びて命拾いをした。

アープ兄弟の方は、ワイアットの兄ヴァージルと弟のモーガン、助っ人のドク・ホリデーが、それぞれ負傷した。三人とも、命に別条はなかった。ただ一人、ワイアット・アープだけが無傷だった。撃ち合いは、二メートルから三メートルの至近距離で行なわれたというから、ワイアットはよほど運が強かったのだろう。

決闘ショーは、そうした史実を取り入れながら構成されたもので、出演者の都合がつかなかったのか、実際より少ない人数で演じられたのはご愛嬌だった。この日はウイークデーだったが、それでもかなりの数の見物客が集まっていたから、日曜祭日はもっと人出があるに違いない。

一足飛びに話が夜に飛ぶのは、早く《ネリー・キャッシュマン》のレストランへ駆けつけて、エルザ嬢の顔を見たいからにほかならない。

小生はもちろんのこと、むっつりまじめのE木君、小僧髭のN村君、そして謹厳実直な星野氏までが固唾を飲みつつ、テーブルに着いた。朝方のように、奥のキッチンからかわいいエプロン姿のエルザが、いそいそと出て来るのを首を長くして待つ。

しかるに、キッチンからよたよたと出て来たのは、西部開拓時代の生き残りと見まごうばかりの、似ても似つかぬ老嬢ではないか。

「卒爾ながらご老女、朝方お見かけしたエルザ嬢は、いずこにおられるや」

小生が聞くと、老婆は一日にしてならずという顔をして、老嬢はこう答える。

「エルザは昼間だけじゃ。夜はわらわが給仕してつかわす」

一同、ダアとなる。

前夜食べた、《ロングホーン》のリブステーキが、目の前にちらつく。もう一度、あれを食べたい。

しかし、すでにこの店のテーブルに着いた以上、こそこそと逃げるわけにいかない。やむなくあきらめて、やけ酒でも飲もうと口ぐちにビール、ビールと叫んだのであるが、老嬢は泰然自若として応じる。

「当店では、アルコール飲料は出しませんのじゃ、おあいにく」

一同、またダア。

アルコールをやらない星野氏だけが、笑いを噛み殺しているのである！

その夜その店で何を食べたか、小生の記憶はみごとに欠落している。

〈五月二十三日、火曜日〉

早朝モーテルをチェックアウトして、ひとまず町はずれの共同墓地、ブーツヒルに立ち寄る。

この墓地には、OKコラルの決闘で死んだビリー・クラントン、マクローリー兄弟をはじめ、撃ち合いで撃たれたり絞首刑になったりした人びとが、たくさん眠っている。

丹念に見て回ると、〈間違って絞首刑にされた何某〉などという、とんでもない墓標も目につく。これでは、死んでも死に切れないだろう。

トゥムストンをあとに、メキシコ国境近辺をざっと一回りしてから、ソノイタという小さな町へ向かう。

ここのガソリンスタンドで、ジョン・ローダボー氏と落ち合った。

ジョンは、星野氏が手配しておいてくれた、アウトドア・ガイドである。カウボーイスタイルで現れたジョンは、われわれを馬ならぬジープに乗せて近郊の鉱山跡、〈ケンタッキー・キャンプ〉へ連れて行った。

そして、待望の銃の試射にはいる。

わたしは、いわゆるガンマニアではない。興味の対象は、ただひたすら西部劇に出てくる六連発のリボルバー、コルトSAAに絞られる。西部小説を書く以上、リボルバーとライフル銃くらいは実射しておかないと、お話にならない。

ジョンが用意してくれたのは、残念ながら小生の好きなコルトSAAではなく、同じリボルバーでもルガー社の、ブラックホークだった。

撃ったときの反動が、思ったほど大きくない。コルトとルガーの違いか、それともジョンが初心者のために、火薬の量をセーブしたのか。

いずれにせよ、五メートルも離れるとなかなか的に当たらず、命中率が悪いことが分かる。〇

Kコラルの決闘が、あれだけ至近距離で戦われたにもかかわらず、三人しか死人が出なかったのは、そのためかもしれない。

小生は自慢ではないが（自慢にもならないが）、日ごろモデルガンで抜き撃ちやガンプレイの練習に、いそしんでいる。しかし、本物の拳銃を〈腰だめ〉で撃つのは、むろん初めてだった。〈腰だめ〉の射撃がいかにむずかしいか、実際にやってみて初めて得心がいった。銃を目の高さに上げ、慎重に的を絞って引き金を引かなければ、とても当たるものではない。〈腰だめ〉で命中するようになるには、相当の訓練と研鑽が必要だろう。

映画『ワーロック』で、ヘンリー・フォンダが演じたクレイ・ブレイズデルが、「保安官の安月給では、一日に練習する拳銃の弾丸代にもならない」とぼやいたのを思い出す。それだけ修業を積まなければ、ガンマンとして生きていけなかったわけだ。

銃口の長いライフルは、さすがに命中率が高い。用意されたウインチェスター銃は、小生のような初心者が初めて撃っても、数十メートル離れて置かれたペットボトルを、撃ち抜くことができる。

ジョンが、ライフルを腕に沿って前後に回してみろ、と言う。テレビ映画、『ライフルマン』でチャック・コナーズがやっていた、あれである。コナーズは、身長二メートル近い巨漢、小生はそれより三十センチも低い。当然、腕だって短い。脚は長いのだが。

しかしジョンは、やってみろという。

しかたなくやってみたら、案の定銃口が二の腕にぶつかって、アザができてしまった。まあ、自分の頭をかち割らずにすんだのが、不幸中の幸いだった。

そのあとツーソンへ向かい、《ホテル・シェラトン・エル・コンキスタドル》にチェックイン。今回の旅程で、ただ一つの高級ホテルである。どでかいスイートで、三百ドルくらいだという。日本なら、六万円から八万円はしそうだ。

アメリカ暮らしが長い星野氏は、一ドル＝百円ないし百十円では現状に合わない、と喝破する。実勢として、一ドル＝三百円が妥当なところだろう、という。実際に、この国では日本の半分から三分の一の価格で、だいたいのものが買える。アメリカ人は、日本人とさして変わらぬ収入で、倍以上の豊かな生活を楽しんでいるのだ。

円が高いなどと、いばっている場合ではない。

夜は、レストラン・シアターへ繰り出して、西部風ミュージカルを楽しむ。いってみれば、酒食つきでフラメンコを見せるスペインの〈タブラオ〉と、同じようなものである。

ガンプレイはないが、それなりにおもしろいショーだった。

〈五月二十四日、水曜日〉

この日は、サグワロ国立公園と、オールド・ツーソン・スタジオを回る。

サグワロは、すでに述べたようにアリゾナ名物の、大きなサボテンである。国立公園には、それがまさに雨後のタケノコのごとくあっちにもこっちにも、にょきにょきと生えている。背の高いものは、重さ数トンにも達するというが、見ただけではなぜそんなに重いのか、合点がいかない。内部の繊維組織に、ぎっしりと水分が詰まっているからだというが、それだけでそんな重量になるとは信じがたい。

オールド・ツーソン・スタジオは、過去にここで無数の西部劇が撮影されたことで、よく知られている。今でも、ときどきロケに使われるようだ。

記録をみると、小生の好きな『六番目の男』や、『決断の3時10分』もここで一部ロケが行なわれた、とある。最近では『クイック&デッド』も撮られたらしい。

この施設は数年前、タバコの火の不始末から火事を出し、半分近くが焼けてしまった。日本の新聞にも、ニュースが載ったのを読んだ覚えがある。

今はもう、その後遺症らしきものは見られないし、設備やイベントもそれなりに充実しているが、期待したほどのスケールではない。テーマパークとしては、先年訪れたスペインのアルメリア県にある〈ミニ・ハリウッド〉と、あまり変わらないように感じた。

同じことなら、小生はやはりトゥムストンをとる。観光化されてはいるが、やはり昔ながらの伝統を引き継ぎ、独特の雰囲気を保っている。それに、あの町にはリブステーキの《ロングホーン》があるし、美女のエルザ嬢がいる……。

午後から、ツーソン郊外の観光牧場《レイジー・K・バー・ランチ》にチェックイン。棟割長屋のような建物があちこちに並び、それぞれに宿泊用の居室がついている。質素ながらも清潔で、これはどこのホテル、モーテルでも同じだった。

夕食は、市内の中華料理店《ロータスガーデン》へ行く。

年配のおばちゃまがサーブしてくれるので、「ニーハオマー」と唯一知っている中国語を口にすると、「わたし、中国語分かりまへんわ」と大阪弁が返ってきた。アメリカ在住三十年を越える、という日本人女性だったのである。さすがに、ツーソンでは日本人客が少ないらしく、なつかしげに話し込んでいった。

星野氏は、酒を飲まないかわりに甘いものが好きで、日本へ行くたびに饅頭などのアンコものを買い込み、持って帰るのが楽しみだという。もっとも、生ものは持ち込み禁止になっており、一度〈いちご大福〉がその規制（!?）に引っかかった、という。「その場で食うか、権利放棄するか」と係官に詰め寄られたときは、人生最大の岐路に立たされたと星野氏は告白した。

《ランチ》にもどり、今度の旅で買い込んだ本の整理をする。ここ一年以上の間に、インターネットで西部関係の書籍を大量に買ったにもかかわらず、またこのありさまである。

〈五月二十五日、木曜日〉

早朝から、乗馬に挑戦。

一列に並んで、牧場の中の決まったコースを一時間ほど歩くだけだが、口で言うほど簡単ではない。

小生はこれまで、軽井沢あたりの手綱を持って歩くおじさんの馬にしか、乗ったことがない。団体とはいえ、付き添いなしで乗ったのは初めてだ。小生の馬は〈シャイアン〉という名で、これがなかなかの名馬だった。なにしろ、前の馬との距離があくと、勝手にトロットして間を詰める、という利口者なのである。トロットでもかなり揺れるから、これで全力疾走したらいったいどうなるのか、ひやひやした。

E木君の馬は、乗り手をばかにしてか、ちっとも動こうとせず、ヒン蹙を買った。

そのあと市中へ出て、ガンショップやサドルショップ、ウエスタングッズの店などを回る。サドルとかチャップス（ズボンの上にはく革のオーバーズボン）も、さほど高くないので買いたかったが、さて日本へ持って帰ったあとどうするかを考えると、さすがに躊躇する。仕事場にサドルを置いて、仕事が行き詰まったときにまたがるか？　ゴルフ場でボールがラフにはいったとき、チャップスをはいて探しに行くか？

どちらにしても、あまりばかばかしくて想像するのもはばかられる。

それで今回は、買うのをあきらめた。

アリゾナ歴史博物館、ピマ航空博物館を回って、今回の取材の全行程は終了した。


〈五月二十六日、金曜日〉


星野氏の見送りを受けて、ツーソン空港からロサンゼルスに向かう。

星野氏には、ほんとうに世話になった。

実を言えば、ユタとワイオミングに西部の雰囲気を伝えるいい町があるので、来年はぜひそこに案内したい、というお話もいただいた。E木君は、「O（坂）ならんとすればM（條）ならず、Mならんとすれば〇ならず」と泣き笑いをしたが、小生は今からわくわくしているところである。

トゥムストンで買ったテンガロンハットを、その後ずっとかぶってアリゾナを移動したのだが、あちこちでお世辞のうまいアメリカ人に、「よう、似合うじゃないの、お兄さん！」と言われて、いい気分になっていた。

しかし成田に着いたら、あまりの違和感に脱いでしまい、それきり人前ではかぶれずにいる。

つくづく、アリゾナはよかった。


（『小説新潮』二〇〇〇年九月号）

お茶の水・神田神保町の研究

人は、生まれ育った土地といおうか、幼いときに親しく過ごした土地を、ふるさととしてなつかしむ。

幼いときといっても、生まれてから三、四歳まではあまり記憶にも残らず、ふるさと感覚が醸成されるにはいたらない。そうした感覚が育つのは、むろん多少の個人差はあるにしても、おおむね小学校に上がる前後ではないか、と思う。

少なくとも、わたしの場合はそうだった。それ以前の記憶は、断片的に残っているにせよ、体感的ななつかしさは伴わない。ある程度、なつかしさを伴う記憶としてよみがえるのは、やはり小学校に上がってからだ。

その当時、というのは昭和二十年代の半ば以降のことだが、わたしは挿絵画家の父親、二人の兄との四人暮らしで、東京文京区の駒込千駄木町に住んでいた。母親は、わたしが一歳三か月のときに病死したので、まったく記憶にない。最初は、六畳一間のアパートに住み、その後小さな一戸建の家に移った。ちょうど、かよっていた小学校をまたいで、反対側に移るかたちだったたから、同じ町内での転居である。したがって、わたしのふるさと感覚は、駒込千駄木町で養われたことになる。

ときたま訪れたついでに、昔住んだアパートや家のあたりをうろついては、しばし往時をなつかしむ。むろん、当時の建築物は完璧に姿を消し、マンションなどに取って替わられたが、道筋だけは昔のままである。そこが不思議なところで、戦災や大規模な区画整理にでもあわない限り、道筋というのは周囲の景観が変化しても、さして変わらない。現に、江戸時代の地図と重ね合わせてみても、幹線道路などの大きな道筋については、そのまま残っていることが多い。

駒込千駄木町には、小学校時代の六年間を過ごしただけで、その後ＪＲ大塚駅に近い豊島区西巣鴨の、中古住宅へ移転した。父親が引っ越し好きだったためか、それからもずいぶんまめに転宅している。西武池袋線大泉学園駅の線路際。中野区東中野徒歩七分の洋風家屋。杉並区南荻窪バス十分の古家。わたし自身、所帯を持って独立したあと、練馬区上石神井、板橋区蓮根、船橋市金杉、そして現在の世田谷区松原と、合わせて十指に余るほど、住まいを替えた。

もちろん、わたしよりたくさん引っ越しを重ねた人も、いることはいるだろう。ただ、わたしの場合は転宅を重ねるごとに、荷造りしなければならぬ本の量が増えるので、たいへんだった。作家や学者の転宅は、引っ越し業者があまり喜ばないというけれども、無理もないと思う。たび重なる引っ越しで、わたしは書籍をダンボール箱にきちんと詰める、梱包の名人になった。業者が雇ったアルバイト学生などに、めったに遅れをとるものではない。いや、むしろ素人に任せると効率が悪く、本を変形破損させる恐れがあるので、これだけは自分でやることにしている。

一九九七年に会社勤めをやめ、神田神保町に仕事場を借りた。このときは、現在進行中の仕事の資料を中心に、何回かに分けてみずから車で運んだ。おかげで、自宅の書棚がだいぶ楽になったし、仕事場の書棚にもまだ余裕があった。ところが、一年足らずで自宅は満杯状態になり、仕事場の方も余裕がなくなってきた。

その状態で、八年ほどなんとかやりくりしたのだが、どうにも収拾がつかなくなった。結局二〇〇五年の春、仕事場を移転するはめになった。同じ神保町内で、二百メートルほど離れたところにマンションが建ち、そこに移ることにした。もちろん、梱包は仕事の合間に自分でやったが、運送は引っ越し業者に頼んだ。わずかな距離なのに、ずいぶん大きなトラックが来たので、ちょっと気恥ずかしかったのを思い出す。

それから三年たったが、ほうっとおくと本は際限もなく増殖するので、肚を決めなければならない。すなわち、用がすんだ資料は惜しげもなく、と言いたいところだが、未練たらたら処分する、一大決心をした。おかげで、今の蔵書は自宅も仕事場もかろうじて、書棚に収まる範囲でとどまっている。

最初の仕事場は、東京堂書店に近いすずらん通りにあったが、新しい仕事場は白山通りを渡った、さくら通りにある。しかし、日常の古書店回りは以前と変わらないし、昼飯を食べる店もだいたい同じである。ただ、駿河台下の古書会館で週末に開かれる、古書市に顔を出す回数が、だいぶ減った。わずか二百メートルとはいえ、距離が遠くなったのが原因としか思えない。仕事場に自転車を導入して、最初はまめにかよっていたのだが、雨が降るとおっくうになり、出るのをやめてしまう。そのうち、しだいに足が遠のいた。ほしい本は、おおむね買い集めてしまったし、無理をして買う必要もないことに、遅ればせながら気がついた、という事情もある。それでも、自転車によって行動範囲が広がったことは確かで、電車の便が悪い秋葉原へＤＶＤを買いに行くのに、重宝している。

さくら通りを、九段下の方角へどんどん歩いて行くと、本誌の発行元のＳ社がある。Ｓ社には、わたしが知っている社員がたくさんいるし、わたしを知っている社員はもっとたくさんいる。ときどき声をかけられ、だれとも分からぬまま（失礼）、挨拶を返すこともある。古書店主や店員さん、食べ物屋のご主人や従業員とも、よくすれ違う。となると、ぼんやり歩くわけにいかない。この街の散歩は、緊張感を伴う。

《さぼうる》のマスターには、「いつも美女を連れて来てくださって、ありがとうございます」などと礼を言われる。そういうときには、「出版社に、美人の編集者を担当にしないと、小説を書きませんよと言ってあるんです」と、返事をすることにしている。これを読んで、「わたしのことかしら」などとひそかに思う女性編集者は、幸せである。

こんな風に、小学校から中学高校をへて中央大学（当時お茶の水）、博報堂（当時神田錦町）、そして退職後の仕事場と、終始お茶の水、神保町周辺を根城にしてほぼ半世紀、この街ともずいぶん長い付き合いになった。思えば、その間に神保町界隈も、大きく変貌した。都営三田線に始まり、同新宿線、営団地下鉄（現東京メトロ）半蔵門線が、順を追って神保町を通るようになった。交通の便のよさが、人の流れを変えてしまった。

二十一世紀にはいってからは、すずらん通りの南側に再開発の手がはいり、超高層ビルがどんと二棟建った。神保町を震撼させた、近年では最大の事件である。さらに、お笑いの吉本興業が一年ほど前に進出して来て、神保町シアターを開設するという怪挙（？）をなしとげた。これら二つの動きは、長年培われてきた神保町の土地柄や文化に対する、きわめて大胆不敵な挑戦だった、といえよう。

そうした外圧に対して、新刊書店、古書店、出版社を中心とする、神保町の活字文化の基盤は、結果的に少しも揺るがなかった。むろん、若者が活字を読まなくなったとか、出版社や書店の売上が落ちた（むろん著作者の収入も）とかいう事実は、否定できないだろう。しかし、神保町に育まれてきた活字文化の伝統は、そうした経済的側面とはおよそ関係なく、少しも変わらないという実感がある。

神保町の活字文化の歴史は、そのまま日本の活字文化の歴史につながる、といってもよい。ちょっと風呂敷を広げすぎかもしれないが、この街のど真ん中に長年身を置いてきた者の一人として、これくらいは言わせてもらっても、ばちは当たるまい。

こうしてみると、わたしにとっての故郷は駒込千駄木町に次いで、お茶の水神田神保町周辺ということになる。少なくとも、街の変化を長年にわたって定点観測してきた、という意味ではここを超える場所はない。

最初から意識したわけではないが、斉木斉と梢田威の凸凹コンビが活躍する、いや、かならずしも活躍しない《御茶ノ水警察シリーズ》は、そうしたこの街の変化を克明に書き留める、という目的を持つことになった。第一作を書いてから、すでに二十年以上にもなるが、二人は少しも年を取らない。わたしもよく知らないが、二人とも三十代半ば、あるいは後半のままである。

その間に、当初は、〈防犯課〉だった二人の所属部署も、何年かのち〈生活安全課〉に変わった。同僚の五本松小百合も、最初は〈私服の婦人警官〉だったが、今ではれっきとした〈女性刑事〉である。公衆電話、赤電話はしだいに姿を消し、携帯電話がこれに取って代わった。つまり、このシリーズは特定の街の変化だけでなく、風俗等の変化までも視野に入れた壮大なクロニクル、言ってみれば〈時代の証言〉なのだ！　それが言いすぎなら、〈お茶の水・神保町界隈における考現学的研究〉とでも、しておこう。まだ言いすぎなら、〈千代田区内の限定区域における定点観測記録〉でもいい。

ただし、間違っても警察の腐敗を告発する〈新しいタイプの警察小説〉、などと誤解しないようにお願いしたい。

(『青春と読書』二〇〇八年夏)

作家という仕事

近藤重蔵を探して

初めての時代小説、『重蔵始末』が一つの本にまとまる。

わたしが近藤重蔵に興味を覚え、その事績を調べ始めたのは十年ほど前、『幕末維新雑話』（寺島三郎著・一九四三年）という私家版の本を読んでからである。

この本の一項「文化の三蔵」の中に、平山行蔵、間宮林蔵とならんで、近藤重蔵が取り上げられていた。

そこに、こういうくだりがあった。

「（前略）北海探検から帰つて来た重蔵は、恰も凱旋将軍のやうに意気天を衝くの慨を示したが、その晩年は失意と絶望のどん底で、其落魄は悲惨極まるものであつた。（中略）彼れは夙夜憂悶し極度の不平不満は遂に精神の上にも異常を来たせしか、或る時人を傷害するに及んで罪に問はれ、八丈島へ配流の運命となつたことは、同情に堪へないのである」（原文のまま）

近藤重蔵が、間宮林蔵や最上徳内と並ぶ蝦夷地探検家だったことくらいは、わたしも承知している。しかし、その晩年に関しては何も知識がなく、まして傷害事件を起こして八丈島へ流されれた、などという話は聞いたことがない。

このエピソードを、著者は栗本鋤雲の『匏庵遺稿』から引いたのだが、実はこれは鋤雲の勘違いだったことが、あとで判明する。傷害事件を起こし、八丈島へ流されたのは息子の富蔵の方であって、重蔵ではなかった。そのため著者は、巻末にわざわざ追補訂正の一章を付け加え、誤りを正しているのだ。

いずれにせよ、近藤重蔵の晩年にそうした事件があったことを知って、わたしは好奇心をかき立てられた。それをきっかけに、重蔵に関する資料を細大漏らさず集めてみよう、と決心した。

蝦夷地探検の前に、重蔵が御先手組与力として江戸の治安維持に取り組んだこと、また湯島聖堂の学問改（現在の国家公務員採用試験のようなもの）に大田蜀山人、遠山景晋（遠山の金さんの父親）らとともに合格したこと、また蝦夷地探検のあと書物奉行（現在の国立国会図書館長か）に就任し、書誌学者としてそれ相応の業績を残したことなど、興味深い事実が次つぎに明らかになった。

もっとも、まとまった資料は『近藤正斎全集』全三巻（国書刊行会編・一九〇五年）くらいで、あとはほとんど断片的な情報にすぎない。評伝と呼べるものは、戦前の『近藤重蔵』（小野金次郎・一九四一年）、戦後の『近藤重蔵とその息子』（久保田暁一・一九九一年）など、二、三を数えるにとどまる。そのほかに、森潤三郎の労作『紅葉山文庫と書物奉行』があり、この中の近藤重蔵の項は関連する情報をあちこちの随筆、日記、書簡等からこまめに探索収集した集大成で、これは大いに役立った。そうした書誌をもとに、わたしは原典資料を手に入れる努力を続け、今日にいたっている。

重蔵は明和八年（一七七一）二月二十一日、江戸駒込の鶏声ヶ窪（現在の東京都文京区白山五丁目近辺）に生まれた。二月二十一日という日付は、今のところどの研究書や年表にも記載されていないが、わたしは重蔵の同僚の書物奉行鈴木白藤の手記『無蕉録』の一節から、それを割り出すことに成功した。

これに限らず、寛政から幕末にかけての随筆、日記類をひもとくと、重蔵に関する情報がたくさんこぼれ出てくる。その多くは、例の晩年の事件に関する報告だが、それ以外に目黒に〈新富士〉を築いて人を集めたこと、甲冑に身を固めた寿像（生前に作る像）を作らせて顰蹙《ひんしゅく》をかったこと、老中の袖を引いて周囲を真っ青にさせたことなど、エピソードにはこと欠かない。

マスコミが存在しなかった時代に、これだけ方々に情報が伝わったことからみても、重蔵は当時よほどの著名人だったに違いない。交友関係も広く、大田蜀山人、山東京伝、佐藤一斎、松崎慊堂、狩谷棭斎といった錚々たる文人墨客と付き合いがあり、『甲子夜話』で知られる平戸藩主松浦静山とも、手紙のやり取りをしている。

学問改に合格したとき、蜀山人と遠山景晉はすでに四十歳を越えていたが、重蔵はわずか二十四歳（数え）にすぎなかった。八歳で四書五経をそらんじ、十七歳で私塾〈白山義学〉を開いたといわれるから、かなり早熟の俊才だったことは確かだろう。

学問改をきっかけに、重蔵は家代々の与力の境遇から抜け出し、出世の道を歩む。中川飛驒守忠英のひいきを受け、長崎奉行の手附出役に抜擢されたほか、中川が勘定奉行と関東郡代に転任すると、重蔵も支配勘定から郡代附出役をおおせつかる。

それからいよいよ、幕命を受けて蝦夷地探検という段取りになるわけだが、この期間（寛政十年から文化五年のおよそ十年間）が重蔵にとってもっとも充実した時期、といってもいいだろう。前後五回蝦夷地に渡り、永々御目見（当人だけでなく以後代々将軍への御目見を許される）の栄誉も手に入れる。与力の家柄としては、破格とはいわぬまでもかなりの出世、とみることができる。

文化五年三十八歳のとき、重蔵は突然書物奉行への転任を言い渡される。これは青木昆陽など、従来学識豊かな者が任命されてきた役職で、決して左遷というわけではない。むしろ名誉の職といえるのだが、学識もさることながら行動人としての自負が強い重蔵は、かならずしも満足しなかったらしい。本が好きなだけに、紅葉山文庫の蔵本を分類して書誌を作ったり、稀書を持ち出して精力的に書写したりと、それなりに仕事をこなしはしたものの、心中に鬱積するものがあったようだ。

結局、いつの場合も現状に満足しない性格の重蔵は、しばしばつてを頼って転任願を出す。その一方で憂さ晴らしに、親しい蜀山人らと語らって趣味の会を開いたり、花見の宴を張ったりする。このあたりの事情は、断片的な諸家の随筆や書簡から、ある程度うかがうことができる。また、老中に対して不敬の振る舞いがあったために、閑職の大坂弓奉行に左遷されたこと、その大坂でも不行跡をとがめられて、小普請入り（要するに無役）したことなども、記録によって明らかになっている。

五十一歳で小普請入りしたあと、五十六歳のとき息子富蔵の殺人事件に連座し、お預けとなった近江大溝藩で病死する五十九歳までは、重蔵にとってまことに鬱うつとした八年間だったに違いない。重蔵の才覚をもってすれば、もっと活躍できる場が与えられても不思議はなかったのに、傲岸不遜、頑迷固陋と人から見られた性格が災いして、世に容れられなかったのは当人のためにも幕府のためにも、残念なことだった。

このような、波瀾万丈だった重蔵の生涯に興味を持ったことが、時代小説を書きたいというわたしの意欲を具現化した、といってよい。幸か不幸か重蔵は、書誌学や地誌学の分野での著作が多いわりに、自身の生活や考え方をうかがわせる随筆、日記、書簡の類を、ほとんど残していない。したがって、伝えられる重蔵の人間像は、自身の記録からにじみ出たものではなく、他の人びとによる観察であったり、風聞であったりする。わたしは、その手法をそっくり取り入れて、重蔵を描いてみようと思った。

物語は、重蔵が父親のあとを継いで御先手組与力になり、火盗改に出たところから始まる。このとき、鬼平こと長谷川平蔵は四十五歳で、すでに火盗改の長官として実績を重ねている。重蔵は、平蔵のライバルだった松平左金吾の組にはいるが、どこで平蔵と顔を合わせないとも限らない。

そのあたりをお楽しみに、ご愛読いただければ幸いである。

（講談社『本』二〇〇一年五月）

作家の想像力

地方紙の新聞小説は、複数の新聞社が共同で通信社と契約し、ほぼ同じ時期に同じ小説を連載するのが、普通になっている。したがって、北海道のA新聞と北陸地方のB新聞、九州のC新聞の連載小説が同じ、ということが日常的に起こりうる。もっとも、発行地域が重ならないように調整されているので、別に不都合はない。

これには、理由がある。

地方紙は、東京に本社を持つ新聞社や出版社に比べて、日ごろ作家と直接コンタクトする機会が少なく、仕事を頼むルートができていない。また、高額の原稿料を一社だけでまかなうのも、かなり負担が大きい。そうした事情から、複数の新聞社が通信社を経由して、同じ連載小説を買うというシステムが、できあがったのである。ところが日本でただ一紙、《静岡新聞》だけは通信社から小説を仕入れず、独自の連載小説を立てることで、広く業界に知られている。

わたしが、まだ博報堂に勤務していたころだから、おそらく三年以上前のことになる。ある日、静岡新聞文化部のY氏がわたしに会いに、会社へやって来た。拙作をいくつか読んで、なんとか連載小説の仕事を頼めないものかと考え、わざわざ出向いたのだとおっしゃる。

せっかくの話ではあったが、会社勤めと連載小説執筆の同時併行は、かなりきついものがある。そのため、わたしは状況が変わるまで当分引き受けられない、と逃げを打った。Y氏は残念そうに、またしばらく様子をみて出直しますと言い残し、引き上げて行った。

それから一年後。

わたしはまたまたY氏の訪問を受け、「状況はどうか」と喉元に短刀を突きつけられた。そのときはすでに、会社をやめて作家業に専念する肚を決めており、また何よりもY氏の熱意に打たれたので、快くお引き受けすることにした。地方紙にもかかわらず、一社単独で連載小説を抱える心意気と、挿絵はオールカラーというぜいたくさにも、感じ入った。

Y氏が出した条件はただ一つ、できれば静岡県内を主たる舞台にしてほしい、ということだった。あとは、小説の中で人が何人死のうと、どれだけきわどい濡れ場を書こうと、いっこうにかまわない。わたしは、二つ返事でOKした。かくして、一九九八年四月一日から丸一年間という約束で、『熱き血の誇り』を書くことになった。

スタート直前の二月半ば、挿絵を担当してくださる宇野亜喜良氏とともに、静岡へ取材に出かけた。

その少し前、たまたま静岡県にまつわるおもしろい話を、耳にしていた。天竜川に沿った、長野県との境に近い水窪町の山奥で、七年に一度不思議な自然現象が起こる、という噂である。メインのテーマにはならないにしても、どこかでそのエピソードを使えないか、と考えた。

この不思議な現象については、小説を読んでいただく楽しみもあるので、あえて触れないことにする。これまでのところ、なぜそうした現象が起きるのか、しかもなぜその周期が七年（あるいは五年、九年などの奇数年）おきなのか、まだ科学的に解明されていない。そもそも実際に、その現象が起こるところを見た者はだれもおらず、土地の人はただ結果を目にするだけ、という。

むろん、それにまつわる伝説めいた話はあるが、おそらくあとで付会されたものだろうから、真偽のほどは疑わしい。しかし、その現象が生じることだけは確かであり、それも昨日今日始まったものではなく、かなり古くから確認されていた形跡がある。たとえば、昭和初年に発行された当時の観光案内書に、すでにこのことが書かれている。

そうした興味もあって、はるばる水窪町まで取材の足を延ばした。そのときは、前回の現象発生から八年以上過ぎていたが、地元では今のところなんの変化もない、という。どうやら、周期がずれているらしい。現場まで行くには、きつい山道を一時間以上ものぼらなければならない、と聞いて残念ながら取材をあきらめた。そもそも二月半ばに、軽装でのぼれるような山ではないのである。

意外に思われるかもしれないが、もともとわたしは小説を書くに当たって、あまり綿密な取材をする方ではない。そのために、逆に制約を受けたりバイアスがかかったりして、筆が進まなくなる恐れがあるからだ。極端な話、書斎から一歩も出ることなく、資料と想像力だけで書くのが究極の作家、という説に魅力を感じてしまう。

ちなみに想像力といえば、今回こんなことがあった。

連載が始まったあと、ある新興宗教団体の本部をどこにするか、決める必要が出てきた。わたしは、地図を見て静岡県内の国道に沿った、山奥の某地区を選んだ。人家もないようだし、格好の場所だと思われた。

それから数か月後、別件でもう一度静岡を訪れる機会があり、念のため車でその地区の近辺を回ってみた。驚いたことに、まさしくわたしが設定したその場所に、現実に存在するある宗教団体の建物が、でんと鎮座していたのである。

さらに、静岡市と焼津市にまたがる大崩海岸の上に位置する、《ダダリ》というカフェテラスを訪れたときも、それとよく似た経験をした。ここは見晴らしがいい上に、二階に小さな美術館を擁する、なかなかおしゃれな店である。もっとも、床の下はただちに険しい断崖絶壁になっているので、高所恐怖症の人には向かないかもしれない。

雰囲気が気に入ったわたしは、この店で（むろん店名は変えたが）フラメンコのミニコンサートが開かれる、というエピソードを勝手に書いた。ところが、あとになって店主のH女史に了解を求めたところ、《ダダリ》では実際にそうした催しを行なっている、とおっしゃるのである。その縁もあって、連載終了後《ダダリ》で講演を行なうことになったのだが、これも思えば奇妙な符合だった。

実は昔、スペイン内戦時代の古い町を訪れたとき、それ以前に地図と想像だけで書いた自分の小説と、たたずまいがあまりにもそっくりだったので、驚いたことがある。おそらく作家なら、だれでもこうした偶然の一致を一度か二度は、経験しているだろう。むろん、内心は単なる偶然ではなく、作家の直感と豊かな想像力のなせるわざ、と自画自賛したい気持ちも、ないではないが。

ただし、想像がはずれる場合もある。

連載のさなか、《ダダリ》のテラスから見下ろす崖下の浜辺を、あるシーンの舞台として使った。海岸線の険しい大崩の中で、ほとんど唯一海水浴ができる浜辺と聞き、そこで本筋に関わる事件を発生させたのである。

ところが、二度目に静岡を訪れたとき、ためしにその浜辺へおりてみると、わたしが考えたような事件を起こすには、いささか無理のある場所だと判明した。最初来たとき、上から眺めただけで崖下へおりなかったのが、計算違いを生んだのだった。とはいえ、あのとき実際におりて浜辺を見ていたら、どうなっただろうか。はなから使えない、とあきらめたかもしれない。それからのち、そこ以上にぴったりの場所が見つからなかったことを考えると、むしろ現場を知らずに書いてよかった、という気もする。

今年の三月一杯で連載を終えたあと、今度は単行本に仕上げるための補足取材で、三たび静岡を訪れた。舞台にした場所を訪れ、自分の記憶なり想像力がどの程度のものであったか、もう一度この目で確認するのが主たる目的だった。

その結果、前述の浜辺も含めて小説と現実の食い違いは、まずまず許容できる範囲に収まっていることが、確かめられた。ルポルタージュやノンフィクションならともかく、小説の取材をする場合はあまり細部にこだわらず、想像力を駆使する余地を残しておくべきだ、との思いを新たにした。

ちなみに、わたしの中で静岡県は温暖で開けた土地、というイメージが強い。しかし、山奥へ行くとまだまだ険しい場所、ひなびた場所が残っていることが分かり、新鮮な驚きを味わった。終盤の舞台に使った水窪町がそうだし、金嬉老《きんきろう》事件で有名になった寸又峡《すまたきょう》なども、昔とあまり変わっていないようだ。もっとも、金嬉老ご本人はこの九月に仮出獄を許され、韓国へ渡ってしまったが……。

例の、不可思議な自然現象が発生する場所は、前述のとおり水窪町の山奥にある。わたしの祈り（？）が通じたのか、連載たけなわの昨年十月初旬、九年ぶり（やはり奇数年だった）に問題の自然現象が起こった。静岡新聞や地元のテレビはもちろん、東京でも一部報道される騒ぎになった。全国から、見物客が押し寄せたと伝えられるので、心当たりのある人もおられるだろう。気を持たせて申し訳ないが、ご存じないかたは『熱き血の誇り』を読んで、その謎を解明していただきたい。

この作品は、わたしがこれまで書いて来た系統の小説と、いささか趣を異にしている。むろん、おなじみの趣向もないではないが、自分としては新しい工夫をしたつもりだから、そこを読んでいただけたら幸いである。

（新潮社『波』一九九九年十月号）

新聞小説のリズム

わたしの記憶では直木賞を受賞する前年、一九八六年の秋のことだったと思う。

朝日新聞学芸部のY女史が、当時神田錦町にあった勤務先の博報堂を来訪し、夕刊に連載小説を書いてもらえないか、と打診してきた。

それまでにも、新聞小説の話がなかったわけではない。しかし、すべて断ってきた。会社勤めをする身で、毎日毎日原稿執筆に追われるのは、けっこうきつい。小説の仕事には、いってみれば土日も有給休暇もないから、病気にもなれない。そのためわたしは、書きたいものを書きたいときに、書きたいように書くという方針で、ずっとやってきた。それを崩したくないので、週刊誌の連載すらやらなかった。

朝日新聞とて、その例外ではない。

そもそも、朝日新聞に連載小説を書くのはおおむね、ベテランの有名作家だと思っていた。わたしのように、たいして売れてもいないミステリー、冒険小説系の作家が起用された、という話はそれまで聞いたことがなかった。そんなわたしに、なぜY女史が白羽の矢を立てる気になったのか、正直なところよく分からなかった。もちろん、わたしの作品をいくつか読んで、おもしろいと思ってくださったには違いなかろうが、それでいきなり連載小説を書け、とは……。むしろ、当惑した。

そんなこともあって、こちらの会社での立場や事情をいろいろと説明し、お引き取り願おうとした。

しかるに、このときY女史は少しも騒がず、では何年先ならば書いてもらえるか、と聞き直した。

そこでわたしは、こう言えばY女史もあきらめてくれるに違いないと思って、三年くらい先ならなんとかなるかもしれない、と生意気な返事をした。

すると、あきれたことにY女史は平然かつ婉然と笑って、こう応じた。

「では、三年後にスタートということで、お願いします」

三年先というのは、いつになるか分からないという意味だったのだが、Y女史は歯牙にもかけない様子だった。

そこまで言われてあとに引いたら、これはもう男ではない。分かりました、と頭を下げるしかない。あとで、ほかの作家にこの話をすると、天下の朝日新聞の連載を断ろうとするとは、いったいどういう料簡だとののしられた。

Y女史が帰ったあと、三年もあれば一本長編小説を書き上げられるから、それを一日分ずつ切り取って渡せばいい、と肚を決めた。とたんに、気が楽になった。

ところが、まったく月日がたつのは早いもので、その三年はたちまち過ぎてしまった。一九九〇年の春先、連載小説『斜影はるかな国』がスタートしたとき、書き上げるどころか手元にたまった貯金は、わずか一か月分にすぎなかった。

スペインを舞台にした、複雑な構成の小説だったこともあって、目を通さなければならない資料が多く、神経をつかう。ウイークデーの夜は、そうした調べものや小説雑誌の短編、エッセーの仕事にあて、新聞小説の執筆は長時間集中できる、週休二日の土曜と日曜だけと決めた。その二日間に、一週間分を書いて渡すのである。

開始後しばらくすると、このやり方が流れに乗り出した。執筆が、会社の業務に支障をきたすこともなく、また会社の業務に執筆を妨げられることもなく、気持ちよく仕事を進めることができた。

結局、最初に貯めた一か月分が減りもせず増えもせず、そのままの状態で一年の連載を終えた。終わって初めて、学芸部の担当のK氏から「こんなに楽な担当はなかった」と告白された。というのも、同時期に朝刊に連載していた椎名誠氏の原稿が、いつもぎりぎりの入稿だったために、担当のX氏が胃潰瘍（?）になったとかならないとか、たいへんだったようなのである。途中で楽だなどと言って、わたしが油断するといけないと思ったK氏は、最後まで黙っていたらしい。

この連載については、スペイン内戦に関わった数少ない軍人、外交官諸氏の名前を、ご存命の場合にかぎって仮名にさせてもらった。ところが、亡くなったと思って本名を使ったある軍人の娘さんから、父はまだ健在ですとご連絡をいただいて、びっくりしたことがある。

そのときは、まさかと思った生き証人が現れたことに動転驚喜して、さっそく関西のご自宅まで出かけて行き、ご本人から貴重なお話をうかがうことができた。これなどは、多数の読者に読まれる新聞小説ならではの、ありがたい効用といえよう。

とにかく、これでなんとかやっていける自信がついたわたしは、それまで控えていた週刊誌の仕事も、積極的に引き受けるようになった。朝日の連載でつちかった、土日執筆方式のリズムが、週刊誌でも役に立った。

ときどき、毎日書く新聞の連載は週刊誌よりきついでしょう、と聞かれることがある。しかし、わたしの場合どちらの仕事も週末の二日間に、一週間分の仕事をするやり方なので、両者の間にたいした違いはない。むしろ、新聞の方が一回分三枚強と量が少なく、微調整ができるので楽なような気がする。

週刊誌は、おおむね十六枚から十七枚と決まっていて、増減の幅が前後五行ずつくらいと少ないため、細かい調整がしにくい。その点新聞は、もう少し書き込みたいと思ったときなど、三枚くらいはすぐに増やしたり、逆に減らしたりもできるので、調整がしやすいのである。

初めての連載小説が、月刊誌でも週刊誌でもなく新聞だったこと、それも朝日新聞だったことはいろいろな意味で、わたしに大きな収穫をもたらした。勉強にもなったし、度胸もついた。

ちなみに、後年Y女史に確認したところでは、博報堂を訪れて最初に執筆依頼をしたのは、わたしが直木賞を受賞したあとだ、とおっしゃる。わたしとしては、なぜたいして人に知られてもいない自分に、といぶかしく思った印象がきわめて強いので、受賞前のことだと信じてしまったのかもしれない。

どちらにしても、Y女史には今でもひそかに、感謝している次第である。

（『小説TRIPPER』一九九九年春号）

新しい革袋に、古い酒

理科系の場合、めったにそんなことはないと思うのだが、わたしのような文科系の人間は、たまたまパソコンをいじってその便利さに目覚めると、鬼の首でも取ったようにあちこちでその成果を吹聴し、こうしてエッセイを書いたりする悪い癖がある。

二〇〇〇年を迎えて、のっけからそういう恥をさらすのも忸怩《じくじ》たるものがあるが、時代はどうもそちらの方向へ走っているらしいので、ここは一つ茶飲み話を聞いていただくことにしよう。今や若手を中心に、パソコンを駆使する作家が珍しくなくなったし、多少の参考になるかもしれない。

パソコンを始めたのは、会社勤めをやめて仕事場を開いたあとのことだから、キャリアはまだ三年にも満たない。しかもわたしの場合、原稿を書くときは相変わらずワープロなので、パソコンの機能のごく一部を利用しているにすぎない、というのが実情である。

パソコンを始めたからには、いっそ原稿もパソコンで打った方がいいではないか、と思われるだろう。しかしわたしには、そうできない事情がある。わたしはこの十数年来、ずっとシャープのワープロ《書院》を使ってきた。この機械は、原稿をひたすら打ち込み、書き上げたものを編集し、印刷するという作業に関するかぎり、ほぼ完璧な機能を備えている。むろん慣れもあるが、《書院》はすでにわたしの目となり指となってしまい、ほかの機械を受けつけない状態にある。《ワード》も《一太郎》も、わたしには使い勝手が悪い。《書院》は、〈短縮変換〉を含む独特の変換機能、編集機能を備えており、これだけはパソコンはもちろん、どのワープロ単能機も及ばない。原稿をすらすらと、よどみなく書き続けていくために、《書院》は欠かせないのである。

そんなわけで、実はパソコンにも《書院》のソフトを搭載しているのだが、いかんせんキーボードそのものがパソコン規格のため、《書院》の機能を一〇〇パーセント引き出すことができない。《書院》のキーボードと機能を、そっくりパソコンに転用することができるなら、わたしはためらわずにワープロとおさらばするだろう。

パソコンのキーボードも、電子メールを打ち込んだりインターネットにアクセスする程度なら、さほどいらいらせずに使うことができる。しかし、いざ原稿を書く段になると微妙なところで流れが途切れ、作業が滞ってしまう。結局、長い文章を打ち込む場合は、ワープロに頼らざるをえないのである。

わたしのパソコン利用は、はしなくもたった今白状したように、電子メールとインターネットに集中している。ほかにも、いろいろ便利な機能があるらしいが、ほとんど使っていない。

これまで、電話ではちょっと話が長すぎたり複雑すぎるというとき、ワープロないし手書きで文章を仕上げ、ファックスで送ることが多かった。昔に比べれば、それでもずいぶん便利になった方だが、電子メールはさらにそれを時代遅れなものにした。とにかく、文章を画面に打ち込み、相手のアドレスに送信すればそれでいい。印字する必要もないし、ファックスのボタンを押す必要もない。

さらに長めの原稿や、デジタルカメラで写した画像をそのまま送ることができるのも、きわめて便利な機能といえる。〈印刷〉して〈送る〉という二重手間を省けるのは、時間そのものが貴重になった身には、まったくもってありがたい。電子メールのおかげで、付き合いの幅が広がる恩恵にも浴した。

インターネットに関しては、まだ存分に活用しているとはいいがたい。そもそもこれに取り込まれると、リンクからリンクへと際限もなくさまようことになりかねず、時間を無駄にする恐れがある。そうなるのが怖くて自粛している、といった方があるいは正確かもしれない。

わたしが利用するのは、主として英文の書籍を探すためのネットワークで、新刊書ならば《AMAZON》、古書ならば《Book Finder》にアクセスする。後者には新刊書も含まれるから、これ一つでも書籍の探索には十分間に合う。

従来は、洋古書を入手するために海外の古書店に出かけて行ったり、カタログを取り寄せたりしたものだったが、インターネットを始めてからは相対的にその必要性が薄れた。むろん古書店に足を運び、自分の目と手で本を探し出す楽しさは、何ものにも代えがたいものがある。しかし、飛行機に乗って移動する時間と経費を考えると、そういつも出かけて行くわけにはいかない。

まして、インターネットによる古書探索は、一度に何軒もの古書店を回るのと同じ利便性がある。これは古書マニアにとって、まさに福音ともいうべきシステムだろう。極端な話、神田神保町の古書店を軒並み歩き回り、同じ本の価格や状態を比較検討するといった作業が、すべて画面上でできるのである。

わたしは若いころから西部劇が好きで、アメリカ西部開拓史に興味を持っていた。しかし、西部劇が衰退するとともに関連資料も古書市場から消えてしまい、文献がなかなか手にはいらない。アメリカ本国には、西部開拓史の専門家や研究家がたくさん存在し、研究書が引きも切らず出版されている。もっとも昨今、それらが日本語に翻訳されることは、めったにない。

そこでわたしは、インターネットでそうした西部開拓史の資料を手に入れようと、さっそくアクセスしてみた。そして、そのあまりの数の多さに、ほとんど気が遠くなった。たとえば、『OKコラルの決闘』で著名な保安官ワイアット・アープ一人をとっても、シャーロッキアンとよく似た〈アーピアナ（アープ研究家）〉というのが星の数ほどいて、関連書が何百冊も出ているのである。

アープは一九二九年に死んだあと、公認（？）の伝記作家スチュアート・レイクによって、西部一の名保安官に祭り上げられた。しかし一九五〇年代にはいって、アープは実は二足のわらじをはく悪党だった、という説が流布し始める。それ以後、アープは英雄説と悪人説の間を行ったり来たりして、いまだに結論が出ていない。『荒野の決闘』のヘンリー・フォンダ、『OK牧場の決闘』のバート・ランカスターは、いささか格好がよすぎるきらいがあるし、ハリス・ユーリンが演じた『ドク・ホリデイ』のアープは、逆に矮小化されすぎている。わたし個人としては、アープをモデルにしたといわれる『ワーロック』のガンマン、クレイ・ブレイズデル（ヘンリー・フォンダ）がけっこう実像に近いのではないか、という気がする。

話がそれた。西部劇のこととなると、いつもこれだから困る。

要するに、西部開拓史の資料をインターネットで探し始めたわたしは、昨年一年間に三百冊近い関連文献を、購入してしまった。カード決済、という歯止めのききにくい支払い方法のため、つい気が緩んだ結果だった。総額いくらに達したかは、恐ろしいので考えないことにしている。

それはともかく、アメリカ人の西部開拓史に対する興味は、わたしたち日本人の江戸から明治期に対する関心と、共通するものがあるように思われる。時代的にも、アメリカ西部のいわゆる無法時代は、日本の明治維新を挟む前後の数十年と、ほぼリンクしている。こちらに江戸料理の本があれば、あちらにも西部料理の本がある。刀剣の本には銃器の本があり、戊辰戦争の研究には南北戦争の研究がある。新選組のファンは、それこそアーピアナに該当するだろう。

そのほかビリー・ザ・キッド、ジェシー・ジェームズ、さらには日本でほとんど知られていないジョン・ウェズリー・ハーディン、クレイ・アリスン、デイヴ・マザーといった無法者の伝記などが、山ほど書かれている。西部の風俗や習慣、幌馬車や馬の鞍、拍車、テンガロンハットなど、写真やイラストで解説した資料も多い。目録を見れば見るほど、あれもこれもほしくなって、きりがなくなる。

インターネットという、もっとも新しい情報通信システムに挑戦しながら、わたしの関心の対象は相変わらず西部劇、西部開拓史など昔ながらの趣味の域を出ず、考えてみると新しい革袋に古い酒を注ぐようなもので、あまり進歩がない。

そこで最後に、インターネットは百科事典としても使えることを、ご報告しておこう。活字やCD-ROMの百科事典は、完成した時点ですでに過去のものになる運命にあるが、インターネットの情報は常に更新されているので、ほぼ最新の知見を手に入れることができる。インターネットには、検索して出てこない項目を探すのがむずかしいくらい、なんでもはいっている。いろいろな人が、いろいろな課題と取り組んでいることが分かって、ほとんど感動してしまう。

もっとも、わたしのように文献をむやみに買いあさったり、情報を掻き集めたりするだけでは、作家という商売は成り立たない。それらをもとに、何か作品を発表してこそ手に入れた資料も生きるし、妻子も生きながらえることができる。
今年のわたしの課題は、それに尽きるだろう。

(『オール読物』二〇〇〇年二月号)

私がデビューしたころ

すでにあちこちで書いたことだが、わたしが作家になろうと決意したきっかけは、のちに直木賞を受賞した『カディスの赤い星』を、世に出したいと思ったからだ。

この作品の初稿は、一九七七年の夏前にでき上がった。書き出したときは、会社勤めの合間の日曜大工という感じだったが、完成してみると悪くない出来のように思える。そこで、どの程度のレベルのものか知りたくなり、知り合いの編集者に原稿を預けた。

しかし、横書きの原稿用紙にシャープペンシルで書かれた小説、それも一般になじみの薄いスペインを舞台にした冒険小説は、忙しい編集者の興味をそそるものではなかったらしい。そのころ、プロならともかく素人が書いた千五百枚近い小説を、ちゃんと読んでみようと考える編集者がいなかったのは、当然といえば当然のことだった。原稿はほどなく手元にもどされ、自宅の押し入れにしまい込まれた。

それから、小説雑誌の新人賞への応募を始めた。作家の肩書さえ手に入れれば、編集者も未発表の大長編を、読んでくれるかもしれない。たとえ本にならなくても、読んで評価を聞かせてくれれば、それで気がすむだろう。

二年ほど応募を繰り返した結果、幸いにも一九八〇年に〈オール讀物推理小説新人賞〉を受賞し、作家の看板を掲げることができた。しかし、新人賞を取ったくらいで作家と認めてくれるほど、この世界は甘くなかった。注文もめったにこないし、大長編を読んでくれようという奇特な編集者も、いっこうに現れない。

そうこうするうち、もっと短いものはありませんかという注文を受け、もう一本手元にあった二百八十枚ほどの習作を、本一冊になる四百枚弱の長編に書き直して、編集者に渡した。

この作品も、『カディスの赤い星』ほどではないが、本格ミステリーも真っ青（？）の人間消失トリックを、ハードボイルドな公安警察ものに盛り込んだ、自分なりの意欲作だった。これが、『百舌の叫ぶ夜』の助走的作品ともいえる『裏切りの日日』で、一九八一年に刊行された。

意欲作ではあったが、版元の講談社がその少し前に当時無名の作家、船戸与一の『非合法員』をハードカバーで出し、みごとに失敗して懲りたいきさつから、『裏切りの日日』はお手軽なソフトカバーで、出版されることになった。初版部数も、今のような出版不況とは無縁の時代だったのに、わずか六千部にとどまった。そしてみごとに、初版で絶版という結果に終わる。

それでも、救いはあった。本は売れなかったが、好意的な書評がいくつか出たのだ。

まず、現在東京創元社の会長をしておられる戸川安宣氏が、某全国紙の書評欄の囲みで絶賛

（？）してくれた。当時、この新聞の書評欄で取り上げられると、二千部や三千部の増刷は堅いといわれたが、それが事実無根と分かってショックを受けた覚えがある。

もう一つは、当時上り坂にあった〈本の雑誌〉の書評欄に、北上次郎氏が好意的な論評を書いてくれたことで、これも励みになった。

「この作家はいずれ、すごいハードボイルド小説を書くかもしれない、云々」

北上氏の予言が、当たったかどうかは読者の判断にゆだねるが、今でもこのコメントだけは、鮮明に記憶に残っている。

これら二つの書評によって、わたしは作家としてやっていく自信がついたわけで、その意味でも『裏切りの日日』は、愛着の深い作品といえよう。

そのころから、わたしの野心はいわゆる〈本格ミステリー〉と、〈ハードボイルド〉の融合に向けられていた。

中学二年生まで、わたしも江戸川乱歩や横溝正史、高木彬光、海外作家ならばディクスン・カーやアガサ・クリスティ、ヴァン・ダインなど、本格ものをよく読んでいた。しかし、中学三年になってダシール・ハメットの『マルタの鷹』に遭遇し、謎やトリックのおもしろさとは別の、人物造型や文章、会話のすばらしさに目を開かれる。

それからはハメット、チャンドラー、マクドナルドのハードボイルドご三家にはまり、本格ミステリーから道がそれてしまった。とはいえ、本格物で培われた〈どんでん返し〉や〈不可能犯罪〉の魅力にも、捨てがたい誘惑がある。

当時ハードボイルドと、本格ミステリーの融合を目指す作家は、あまりいなかった。わたしの頭には、笹沢左保氏の名前くらいしか思い浮かばないが、いずれにせよ例は少なかったはずだ。

それだけに、『裏切りの日日』が黙殺されたことを残念に思うとともに、その分戸川、北上両氏の書評が非常にうれしかった。

長編第二作は、同じ講談社から新書判で出た『スペイン灼熱の午後』である。

今思えば、これも『カディスの赤い星』の助走的作品とみなされようが、自分としてはのちに続く『斜影はるかな国』『幻の祭典』とともに、〈スペイン内戦三部作〉の一角をなす作品、と位置づけている。

そして長編第三作に、『百舌の叫ぶ夜』がくる。

これは、自分の意識の中では『裏切りの日日』を発展させたもので、ハードボイルド小説にはとんど例のない構成上の仕掛けを施し、本格物でも通用しそうなトリックを導入した。さらに、従来警察ものといえば刑事警察が主流、というよりそれのみだったのに飽き足らず、『裏切りの日日』で取り上げた公安警察の実態を、さらに細かく書き込んだ。

この『百舌の叫ぶ夜』で、わたしもようやく〈永久初版作家〉(©大沢在昌)を卒業したわけだが、それは従来の本格ミステリー、警察小説の枠にはまらない新しい分野に挑戦した、その心意気（？）を評価されたのだと思っている。

受賞は逸したものの、この作品が直木賞の候補に残ったおかげで、ようやくわたしの小説に目を向けてくれる編集者が、ぽつぽつと現れた。

あたかもよし、「何かお手元に書き置きの原稿はありませんか」と打診してきた某編集者の目の前に、押し入れからほこりを払って取り出した『カディスの赤い星』の初稿を、どんと積み上げたときの相手の困惑した顔を、わたしは終生忘れないだろう。

シャープペンシルで、横書きに書かれた読みにくいこの原稿の中に、果たしてダイヤモンドが埋まっているのか？　それともこれは、ただの紙くずの山か？

たぶん、その編集者はそう思い迷ったに違いないが、さすがに三秒以上考えなかったところが偉い。清水の舞台から飛びおりるような具合に、「お預かりします」と言って重い荷物を持ち帰った。

それから、十日もしないうちに彼が電話をよこし、「おもしろいから本にします」と言ってくれたときは、ほんとうにうれしかった。もう一度言うが、この処女作を世に出したいがために作家を目指したのだから、ようやく所期の夢が果たされることになる。ときに一九八六年初春、初稿を脱稿してから丸九年になろうとしていた。

しかしこれも、すんなりと本になったわけではない。

まず、当時の常識からして長すぎるという判断がくだり、一巻本に収めるために二百枚ほど縮めてほしい、と言われた。その作業をするかたわら、文章の洗い直しも並行して行なったのだが、あまりいじるとかえって悪い結果を招くことに気づき、最小限の訂正にとどめた。これは、正解だったと思う。プロの作家の目で手を入れると、文章は読みやすくなり、洗練されるかもしれないが、処女作の持つ熱気が失われてしまうのだ。

前述の〈船戸事件〉から、キャリアの浅い作家の本はソフトカバー、という不文律ができたごとく、『山猫の夏』もそうであったように『カディスの赤い星』もまた、ソフトカバーで出版された。しかも、カバーのフラメンコの写真、そして中のスペインの地図、いずれもわたしの手になるもので、いかに版元が経費節減にこころを砕いたか、歴然としている。

逆にいえば、この作品は何から何までわたしが手作りで仕上げた本、という見方もできるわけで、それだけに愛着もまた強い。初版わずか七千部だったが、いまだに文庫判で版を重ねているのは、ありがたいことである。

サイン会の際、この本の初版本を持ち込んで来る人が何人かいて、しばしば驚かされることがある。ほんとうにこの本は、初版七千部だったのか（?）

ともかく、事実上の処女作『カディスの赤い星』がめでたく本になり、しかも直木賞まで取ってしまったわけだから、わたしが作家になった目的は果たされた。

さりとはいえ、では作家を廃業しますというわけにもいかず、まして会社をやめるだけの決心もつかぬまま、結局受賞後十年も二足のわらじをはくことになった。

一九九七年に退社し、作家専業に落ち着いてから仕事の量も格段に増え、以後六年少々の今日までに出た本の数が、それまでの十七年間（新人賞受賞から退社まで）に出た本の数に、追いつきそうな勢いである。

数を書けばいいというものでもないが、書きたいことがあるうちは書き続けたいと思うし、それはまた〈初心忘るべからず〉に通じるものでもあるだろう。

（季刊『ミステリーズ！』第二号、二〇〇三年）

サラリーマンから役者へ

今年六月いっぱいで、博報堂を退職した。三十一年と三か月のサラリーマン生活だった。やめたときは、〈とうとう〉〈やっと〉あるいは〈まだいたの?〉といった、さまざまな感想が周囲から寄せられた。

確かに、現役のサラリーマン兼業作家としては、長続きした方だろう。ただそれは、自然の流れに任せてきた結果にすぎず、いついつやめようと決めていたわけではない。一九八〇年に、ある小説雑誌の新人賞を受賞したときから、「〇年後には会社をやめます」と言ったこともなければ、逆に「定年までがんばります」と鼻息を荒くした覚えもない。そんな先のことは分からない、というのが正直な感想だった。

十年ほど前、直木賞を受賞した直後に一部の作家仲間、編集者が面白半分に、「逢坂剛はいつ会社をやめるか」で賭けをしたらしい。「すぐやめる」「いや、三か月後」「まだ半年ぐらいはいるはず」「一年はやめられんだろう」などなど、無責任な憶測が飛び交った、とあとで聞いた。結局、その賭けはみんなはずれて、今日にいたったわけである。

今年六月まで、日本推理作家協会の理事長の職にあった阿刀田高さんは、わたしが在籍していた博報堂広報室の室長I氏の、大学の先輩にあたる。阿刀田さんはI氏と会うたびに、「あなたが居心地のいい待遇をしてるから、逢坂剛は会社をやめないのではないか。彼には推協の仕事も手伝ってほしいし、そろそろいびり出してもらいたい」と、恫喝した(?)という風説も耳にした。

それでなくても、作家仲間の北方謙三や大沢在昌は人の顔を見るたびに、「いつやめるの」「今年いっぱいだって」などと、カマをかけてくる。まわりの編集者も、そんなブラフを真に受けて「十二月におやめになるそうで」とか、「とうにおやめになったと聞きましたが」とか、なぜかうれしそうに声をかけてきたりする。

わたし自身は一年ほど前から、ぼちぼち身辺を整理しなければいけないな、と考えていた。ただ、いつ退職願を出すかについては前宣伝もせず、社内にも社外にもなるべく波風が立たないように、すっとやめるつもりだった。

ところが、ひょんなことから、大沢在昌に感づかれてしまった。

突然話は変わるが、今年は日本推理作家協会が設立されて、五十周年目になる。その記念事業の一つとして、新理事長北方謙三のもとに〈文士劇〉を復活させよう、という気運が盛り上がった。辻真先さんが脚本を書き、山村正夫さんが演出する。『ぼくらの愛した二十面相』という題で、公演日は九月二十七日の一日一回だけ、と決まった。実に破天荒なケッサクで、得意のドンデン返しもある。

ただし、忙しい作家連中が何十人も一堂に集まり、稽古をするというのは至難のわざである。早めにスケジュールを入れた方がいい、ということで今年の三月ごろにはもう、夏以降の練習日を決める運びになった。そのとき、わたしは理事のはしくれとして、公演の直前は特に集中して連日稽古しようではないか、と提案した。むろん昼間の時間である。それを聞いた大沢在昌が、独り言のように言った。

「逢坂剛がそういう提案をするからには、当然自分も稽古に出て来るってことだ。とすると、そのころにはもう会社をやめてるってわけだな」

まあ、これくらいの推理は別に三毛猫ホームズでなくても、だれでもできることであるが、さすが勘の鋭い大沢在昌ならではの読みだった。

そういう次第で、わたしの退職は三か月くらい前にばれてしまったのだが、大沢在昌もそんな些事を周囲に言い触らす暇はなかったとみえて、わたしは心静かに退職の日を迎えることができたのである。

ただ恐ろしいのは、いつの間にか「逢坂剛は文士劇に出たいがために、博報堂をやめたらしい」という噂が、ちまたに流れたことだった。それはまったくの誤解である。というより、いっそ真実といった方がいいかもしれない。わたしには演劇の才能があり、作家になったのも文藝春秋が二十年近く前までやっていた、あの〈元祖文士劇〉に出たかったからだ――といったら、信じてもらえるだろうか。

思うに、作家というのはふだんライバル同士であり、一つのものを一緒になって作り上げる、などという機会はめったにない。このあたりは、広告マンがチームワークによって広告、CMを作るのと対照的、といってよかろう。小説を書くという仕事は、あくまで個人の作業なのである。

それだけに、作家たちはすっかり共同作業の楽しさに目覚めたごとく、一所懸命文士劇の稽古に励んでいる。そうした面からも、今度の文士劇は読者のみなさんへの感謝イベントであると同時に、推協にとっても非常に意義のある催しになった。出演者の中には、張り切りすぎて「五十年に一度じゃもったいない。毎年やろうではないか！」と、とんでもないことを言い出す者も現れる始末である。こんなことを毎年やったら、われわれ作家はあまりに楽しすぎて、小説を書く暇がなくなる。ちなみに、八月一日《ぴあ》などでチケットを売り出したところ、「二分三十五秒で完売！」という嘘のような話が伝えられた。二分三十五秒はともかく、即日売り切れたのはほんとうである。嘘だと思ったら、《ぴあ》に聞いてみなさい。

不幸（幸い？）にして、チケットを買いそこなったみなさんは、秋にＮＨＫの衛星放送が完全録画中継（ただし日時未定）を行なう予定なので、ぜひごらんいただきたい。

（『日本経済新聞』一九九七年八月）

ときどき剛爺コーナー

【阪神の死のロードに匹敵する、推協名物真夏のソフトボール顛末記】

すっかりご無沙汰したが、今年の夏は暑いですな！

おかげさまで、拙著『剛爺コーナー』もベストセラーに加わることなく、地道に読者を減らしているとの報告があった。それもこれも、推協（日本推理作家協会）執行部が要求した印税上納金を断ったからだ、とのことだが真偽のほどは不明。

剛爺は、古書店で自分の本を見つけるとこっそりサインをし、手に取った客が「おう、サイン本で一〇〇円とは安い！」と喜ぶ顔を、物陰から眺めるのが趣味である。こないだなどは、「そうか。こいつの本はたとえサイン本でも、たったの一〇〇円にしかならんのか」と、しみじみ嘆くファン（かどうか知らぬが）に遭遇した。剛爺はすぐそばに行って、「まあまあ、あまり気を落とさぬように。今度小生のサインの隣に、東野くんのサインをもらってあげるからネ」と慰めようとしたのだが、そのおじさんは本を棚にもどして、さっさと行ってしまったので、話しかけるきっかけを失ってしまった。

いや、今日のテーマは、ソフトボールであった。

今年三月下旬、わが酔狂ミステリーズは熊谷千寿選手の地方転勤記念試合を行ない、偏執エディターズにみごと二タテを食らわせた。しかるに、四月と五月は両日とも不時の雨に祟られ、試合が行なわれなかった。六月も梅雨のさなかの日程、こりゃまただめかと思いきや好天に恵まれ、三ケ月ぶりに対戦が実現した。

エディターズは、三月の二タテがよほどこたえたのか、突然高校野球の経験者をどこからか調達し、急遽新潮社の社員に仕立ててラインナップを組んだ。この手を使われては、さすがのミステリーズもなすすべなく、逆に二タテを食らってしまったのだった。勝つためなら、なりふりかまわず術策を弄するエディターズの執念は、原稿を取るためならどんな手を使ってもいい、という出版界の教訓に培われたものであろう。

例年七月八月は、猛暑のため試合は行なわれない。しかし、今年は四月五月連続中止という緊急事態から、せめて七月はやろうではないかという要望が相次ぎ（主に剛爺）、開催が決定した。ミステリーズとしても、六月の惨敗の二の舞いは避けなければならず、不退転の決意をもって神宮に結集した。しかも、はるか気仙沼から駆けつけた地方転勤組、熊谷選手の特別参加もあって、大いに意気が上がった。

エディターズも、さすがに二ケ月続けて高校球児を調達するわけにもいかず、ふだんと同じメンバーで試合に臨んだ。すると実力の差は歴然、ミステリーズは毎回得点の猛攻を加えて、エディターズを完膚なきまでに叩きのめし、二十何点対十何点（名誉のために特に秘す）という大差をもって、勝利したのであった！　やはりエディターズも、超ベテランのS社山田コーチ兼トレーナー兼投手一人に頼っているようでは、勝ち目はないであろう。

エディターズは、F社の山上選手やS社の内田選手、ＰＨＰ（頭文字にできないです）の兼田選手など、ランニングホーマーをボカスカ打ったにもかかわらず、点数がはいらなかったのは、ランナーをためるという基本を怠ったからである。一方わが軍は、ホームランは熊谷選手と剛爺だけであったが、ちゃんとランナーをためていたから、大量点につながった。ソフトのイロハですけどね！

話は変わるが、時あたかも神宮の森に「ミヤコの西北、ワセダーの森に〜」と応援歌が響き渡ったのは、われらがチームに早稲田出身者がいたから、という次第ではない。たまたま、本球場で夏の甲子園の都大会が行なわれており、早稲田実業だか早稲田学院だかが、試合をやっていただけである。

打ち上げは、いつもの〈森のビヤガーデン〉で行なわれたが、その美酒のうまかったことは言うまでもない。剛爺は、ぜひ八月もやろうではないか！　と全員を鼓舞したが、冷たく白い目で見返されて、ダンネンせざるをえなかったのはザンネンであった。

ま、九月には草津国際観光リッツカールトンシェラトンホテル別館講談社寮で、恒例の合宿が行なわれるから、また珍談奇話をご紹介できるであろう。

（『日本推理作家協会報』二〇一〇年八月号）

【剛爺、久しぶりの蝦夷地探検に体を張ったあと、ソフトボール合宿で九死に一生を得た話！】

まずは、この九月（二〇一〇年）に遭遇した剛爺の羆嵐事件について、ご報告させていただく。

残暑厳しい、というよりまだ真夏の太陽ギラギラの九月半ば、剛爺はK談社の担当編集者S村T人（野球勘よし、アルコール不堪症）、N川U子（野球勘悪し、ただし美孃）ご両人付き添いのもと、奥蝦夷地の踏査に乗り出した。近藤重蔵も渡った利尻島へ、剛爺も行ってみようと思ったのである。むろん寛政、文化、文政の時代にフェリーなどはなかったから、重蔵はほとんど風任せの弁財船か蝦夷船で、どうにかこうにか渡ったのだろう。

稚内から利尻島にいたる海路は、距離こそほんの五、六十キロにすぎないが、異常に風が強い。甲板に出た三人は、船が揺れるたびに右へまろび、左へ転げてすり傷だらけ。U子嬢は「もうお嫁に行けない」などと、泣き出す始末。もっとも、利尻島に着いたとたんに元気回復、「参りマショ、参りマショ」とスキップしたのには驚いた。

ホテルの食事は、さすがに土地柄だけあって量は盛りだくさん、具も新鮮そのもの。とはいえ、ウニは極上のバフンウニが八月一杯で終わり、ちょいと水っぽいムラサキウニだったのは、残念だった。それに、東京なら当たり前に参加するマグロが、どこにも見当たらない！　剛爺は、シソの葉っぱやガリの陰をチェックしたが、その行方は杳として知れなかった。北海道でも、下北半島の大間の対岸に位置する戸井で、いいマグロが上がる。にもかかわらず、それらの大半は築地方面へ吹っ飛んでいくか、道内でも函館、札幌あたりまでしか届かないらしい。ううむ、マグロのない刺し身とはなあ……。

それより、本題にはいろう。稚内でチャーターした、タクシーの運転手氏が朱鞠内湖から羽幌へ抜ける途上、「かの有名な、羆事件の現場が再現されているので、寄って行きませんか」と水を向けてきた。ちょいと回り道すれば、すぐに行ける距離らしい。羆事件とは大正の初め、一頭の羆が開拓民七人を襲って殺すという、実際に起きた大惨事だ。吉村昭さんは、それをドキュメンタリーノベルにして、『羆嵐』を書いた。映像化もされたので、ご存じの向きも多いだろう。ヤジウマ根性の強い剛爺は、『羆嵐』をつとに読んでいたこともあり、二つ返事でその話に乗った。ただし時間は日暮れに近く、閉館時間に間に合わないと無駄足になるので、とりあえず現場に向けて車を走らせながら、S村君が苫前町役場に確認の電話した。

すると、現場は常にオープン状態なので、いつ行ってもだいじょうぶ、とのこと。ところが、電話を切ったS村君の顔が心なしか、青ざめている。町役場の人が、最後に何げなく、こう付け加えたという。

「そうそう、近ごろ現場付近に熊が出たとの報告がありますから、気をつけるように」

車内が一瞬、しんとなった。すでにタクシーは、現場に向かいつつある。男一匹、今さらやめるわけにいかない。だが、日はどんどんと、暮れてくる。車の行き来も途絶える。

ここで剛爺は、いやでも三年前の最初の蝦夷地探検で、熊に食われそうになったときのことを、思い出した。さよう、かつて〈剛爺コーナー〉でご報告した、豊似湖での話である。まさにその状況が、再現されようとしていた。運転手氏も、自分で見学を勧めておきながら、妙に口数が少なくなった。

やがてアスファルトが途切れ、でこぼこの山道に変わった。その境目に、〈羆事件／現地まで約二百メートル〉〈熊出没情報がありますのでご注意願います〉と、看板が立っているではないか。ごていねいに、前者には吼える羆の絵が描かれ、後者は〈熊〉と〈ご注意〉が、赤字で書かれている。

「ははん、これは雰囲気を盛り上げるための、観光客へのサービスだな。町役場の連中も、粋なことをやるではないか」

剛爺は、内心鋭くそう察したものの、あえて公表しなかった。そう、付き添いの二人を怖がらせておくに、越したことはない。

とうとう、かなり薄暗くなった森の奥で、車が停まる。だれも、しわぶき一つしない。と、運転手氏が突然クラクションを鳴らしたので、剛爺は車の天井に頭をぶつけそうになった。

そうか、と剛爺はすぐに運転手氏の狙いに気づき、事情を察した。

「うん、うん。クラクションを鳴らして、熊を追い払うわけね。熊も人間が、怖いんだよね。ははは」

それにつられて、S村君もU子嬢も力なく笑う。

クラクションは、三十秒ほども続いただろうか。一時間くらい、鳴らしっぱなしにした方が、いいのではないかと考えつつ、なんてことはないという風情で（つまり、恐るおそる）、車をおりた。目の前に古い石碑が立ち、〈三毛別羆事件跡地〉と彫ってある。その横に、また立て看板が立てられていて、ごていねいに〈ひぐま事件現場周辺に熊が出没しています。食べ物などを供えないようご協力願います〉とある。ふふん……怖いわな。どうも、見学者をことさら脅かそうという、悪意が感じられる。いやいや、そんなことないですよね、苫前町役場のみなさん。

とはいえ、すぐに頭をよぎったのは、わしらが食べ物になるのではないか（?）やむをえぬ。その場合は、いちばんおいしそうなだれか（特にその名を秘す）を人身御供にして、一目散に逃げるしかない。そう、剛爺と運転手氏は年をとり過ぎているし、S村君はあまりうまそうではない。

ごくり、とツバを飲んであたりを見回す。

と、現場となった茅葺きの小屋を囲む柵の上から、ぬっと熊が姿を現したではないか！　そう、北海道土産でよく見かける木彫りの熊の、何十倍もでかいやつだ！　記録によれば、犯人というか犯熊は身長二・七メートル、体重三百八十キロだったそうだが、今目の前にいるやつは身長優に三・五メートル、体重五百キロは下らないだろう。人を脅かすにも、ほどがある！

しかし、慣れてくると人間警戒心が薄れるもので、記念写真を撮り合っているうちに笑いもはじけ、キャッキャ言いながら小屋を出入りするようになった。なんだ、たいしたことないな……と胸を張ったとたん、小屋の裏側の茂みが突然がさがさ、と揺れたではないか！　ギャイン、と叫ぶU子嬢をシッカと抱き締め、茂みに目を向けるとなんのことはない、鳥を撃ちに行ったS村君が汗をふきふき、出て来るではないか（このあたり、まったくの作り話です）。

とにかく、三十秒ほどのあいだに百枚くらい記録写真を撮りまくり、ほうほうの体で現場を逃げ出した、剛爺一行であった。いや、「吉村昭は偉かった」などという話を、車内で延々としたものだから、運転手氏はお別れする際に剛爺のことを、なぜか吉村センセと思い込んでしまい、話がトンチンカンになった。その理由はしかと分からぬが、S村君というれっきとした証人がいるし、これだけは作り話ではない。

そうそう、増毛（ましけです。ゾウモウではない）は楽しい町だった。何はともあれ、字面がよい。剛爺は、駅の看板の横に立って、自分の頭を自虐的に指で示しつつ、記念写真を撮ってもらった。

蝦夷地探検については、ほかにも羽幌スナック人違い事件とか、U子嬢危うくホステス転身事件とか、いろいろエピソードがあったのだが、二人の名誉のために割愛する。

それから一週間後、推協ソフトボール部会恒例の合宿が、挙行された。場所は昨年と同じく、K談社のご好意により提供された超豪華宿泊ホテル、リッツカールトンハイアットシェラトン草津寮である。あいにく、二日目が雨のために試合ができなかったが、一日目はミステリーズとエディターズのあいだで、熱戦が展開された。

そのおり、以前このコラムで剛爺が陰謀を告発した、S潮社のM本T郎君という元高校球児の刺客が、こともあろうに剛爺を亡きものにしようと、必殺の一弾を放ったいきさつを、ご報告しよう。M本選手がサードを守ったのは、今思えばいちばん仕事がしやすいからだろう。

剛爺がヒットで出たあと、熊谷選手（気仙沼から長駆参加）などがつるべ打ちに、敵軍投手を打ち込んだ。味方の長打に、短足を駆って長駆ホームインした剛爺は、後続走者を迎え入れようと、バッターボックスの後方に立って、サード方面を見た。とたんに、胸元に一トン爆弾が命中したような衝撃を受け、さすがの剛爺も一歩半ほど後ろへたたらを踏んだ。仕掛け人M本君の、必殺のバックホームがあまりにすさまじく、おりからキャッチャーを務めていた某社の若手某君が、とっさによけてしまったのだ！（ただし証人はいません）

B社のK田君（おっと、書いてしまった）の名誉のために言うが、彼もほんとうは身を挺して、受け止めようとしたらしい。だが、殺意のこもった重いソフトボールは、伸ばしたグラブをすり抜けて、剛爺を直撃したという次第だった。

剛爺としても、一瞬何が起きたか、分からなかった。ライトを守っていた、M日新聞のY子女史（人妻）があとになって「ドスンという音がライトまで聞こえた」と証言したほどだから、その衝撃度が知れようというものだ。

しかし、お立ち会い。殺人球は、ふだんから体を鍛えている剛爺の、頑健なる肉体の中でももっとも頑健な胸板、左右の肋骨が合わさるど真ん中の胸骨に、当たったのだ。それが、不幸中の幸いだった。その後も剛爺は大過なく試合を続け、その夜突然ベッドの中で苦しみ出すこともなく（同室のO沢A友さん、ご心配をかけました）、現在もつつがなく生活している。

ただ、これが顔のど真ん中とか、みぞおちとか、あるいはもっと下の、人に言えない場所などを直撃していたら、と思うとぞっとするのである。M本選手は今ごろ、地検特捜部にさんざん絞られて、臭い飯を食っていたであろう。

剛爺の頑健なる肉体に、深く感謝するように。

（『日本推理作家協会報』二〇一〇年十一月・未掲載）

【ソフトボール五十回記念試合の顚末】

思い起こせば十二年前、一九九九年四月十六日に推協の第一回ソフトボール大会が、神宮絵画館前球場でにぎにぎしく行なわれたのであった。それをきっかけに、推協内部に最有力派閥たるソフトボール部会が組織され、以後推協の活動を裏から操っていることは、周知のとおりである（え？　知りません？）。

さて、それから十二年後の今年七月二十七日、暑いのにご苦労さんにも同じ球場において、第一回と同じく天皇皇后両陛下ご欠席のもと、記念すべき第五十回ソフトボールの試合が、挙行された。そう、酔狂ミステリーズと偏執エディターズは、この十二年間宿敵同士として、血で血を洗う死闘を繰り広げてきたのであった！

しかも、この晴れの舞台に際して、今春気仙沼で大震災に遭遇し、九死に一生を得た熊谷千寿選手が、元気な姿でカムバックしたのは、まことに感激的な出来事でした。拍手で迎えられた熊谷選手は、「いやあどうもどうも」と童顔に満面の笑みを浮かべ、無事生還をアピールした。とはいえ、震災後の厳しい食糧難からか、一回り体が小さくなったように見え、おおかたの涙を誘った。東京で、うまいものを食べて帰りなさいね。

さて、肝腎の試合であるが、試合経過を主に、というか全面的に、剛爺の活躍ぶりを中心に、ご報告したいと思う。たまに、ほかの選手にも言及するが、それはエラーとかチョンボの報告で、活躍した話はありません。

第一試合、先攻のミステリーズは、初回エディターズの拙守にも助けられ、たちまち四点を先取した。今日もこれで勝ちだな……とミステリーズの面々はほくそえんだが、驕る平家は久しからず、その裏五点を献上してたちまち逆転される。やはり、獅子はウサギを獲るにも全力を尽くす、のたとえもあり、気を抜いてはいかんな。

そこで二回の表、われらはツーアウト満塁と攻め立て、この好機にバッターボックスに立ったのが、ほかならぬ剛爺でございます。相手投手は、剛爺に次ぐロートルのS社山田裕樹選手。蠅がとまりそうな緩い球で、バッターを幻惑するのを身上とする。分かっていながら、気の逸った剛爺は待ち切れずにその球に手を出し、神もご照覧あれ、なんとぼてぼての三塁ゴロに倒れて、スリーアウト、チェンジ！　ええい、くそ！（すみませんね、下品で）。

かくてはならじと、奮起したミステリーズは三回表に一挙五点をもぎ取って、九対六と再逆転。しかしその裏、ふたたびエディターズの反撃を許し、三点を献上して九対九の同点とされる。試合は実に、予断を許さぬシーソーゲームになった。その間、たいしたエピソードはないのであるが、いつもはヒットメーカーの小前亮選手が、どうも敵軍に手口を覚えられたか、よい当たりがことごとく野手の正面をつき、出塁できないという不幸に見舞われた。もっとも守備では、とうてい人間わざとは思えぬ超美技を披露して、喝采を浴びたことをご報告しておく(いかん、ついほめてしまった!)。

特筆すべきは、熊谷選手が緊縮生活がたたってか、往年(?)のパワーに陰りが見られ、グーンと一伸びするはずの打球が、外野手に捕球されてしまうという、異常な事態になった。もっとも、外野手が必要以上にバックして守った、という事情もあるが。それと、あとは熊谷選手の当たりそこねの二塁ライナーを、名手の原節子選手(知子だったかも)がぽろりと落として、東北支援をしたのには泣かされた。さらに、ミステリーズ不動の捕手山本秀樹選手が、コントロールの定まらぬ山田投手から、一試合三四球を選んだのは特筆すべきお手柄であろう。

さて、その後ミステリーズは四回三点、五回二点、六回二点と、着々と加点。一方エディターズは、四回裏〇点、五回裏一点と尻すぼみ。ミステリーズは、六回表までに一六対一〇と、大量リードを奪ったのだが、なんとその裏エディターズの打線が爆発、というよりミステリーズが拙守を連発して八失点、一六対一八と再々度逆転を許してしまった! 残すは七回表、ここで二点のビハインドを追いつくか逆転しなければ、エディターズにアルファ負けする。

奮起一番、ミステリーズは勢い猛にエディターズに襲いかかり、たちまち四点取ってまたまた逆転し、それにだめを押すように剛爺が、走者一掃のホームランを放って四点を加え、二四対一八と突き放した！　これが書きたくて、今回執筆を引き受けたほどの、栄光の瞬間であった！　直後に四番を打つ熊谷選手の出番を奪って、まことにすみませんでした！　ま、正直にいえばホームランではなく、三遊間のヒットだったんですけどね。

それが、なぜ走者一掃になったかっつうと、一塁を回った小生が隙をみて二塁へ走ったところ、レフト里村選手から二塁の原知子選手（節子だったかも）に矢のような返球、危うくアウトになりかけた。審判員（これは本物！）のセーフのコールに、悔しがった原選手がB社川田投手に球を返したとたん、剛爺は機敏コスナーにもするすると離塁、サードに走った。川田投手はあわてて三塁に投げたが、これを取りそこねたのが不幸にも川田投手の旦那、テッチャン（特別参加につき、特にその名を秘す）であった！　球がファウルゾーンを転々とする間に、剛爺は勇躍ホームインしたのであった！

とはいえ、その晩テッチャンはかみさんから「なんであれくらい取れないの！　曲がりなりにも、早大野球部で鳥谷や青木をしごいたアナタでしょ！」と、こっぴどく叱られたのではないかと、それだけが心配な剛爺であった。

かくて、六点リードして最終回の裏を迎えたのであるが、ここで間違っても逆転サヨナラなど食らったら、もう首をくくるしかない。しかし敵もしぶとく、せこせこと反撃してくる。T間書店の高田選手など、空振りしたとたん勢い余って、振り終わった球にバットが当たり、一塁ゴロになるという、まあ草野球でもお目にかかったことのない、珍プレーを披露してくれた。当人に言わせれば、「スイングがいかに速いかという証拠」だそうだが、単に力いっぱい振り回した結果でしょうが！　そうだ、そういえば女子（たぶん）の原選手は、三塁を守る剛爺を出し抜いて、強襲安打を含む三安打を記録し、剛爺の顔にドロを塗った。この恨みは、忘れないからね、節子さん（くどいけど知子さんかも）。

ともかく、その裏の攻撃を二点に抑えて、ミステリーズは第一試合を二四対二〇で、快勝したのである。

第二試合については、剛爺が退場したためかろうじてエディターズが勝った、との報告を耳にしているので、そういうことにしておこう。

それでは九月の合宿を目指して、また推協を裏で操ろうではないか、ご同輩。

（『日本推理作家協会報』二〇一一年九月号）

作家の余暇の過し方

トレドの怪

どうやらご当人は、そのことをあまり認識していないらしいのだが、村治佳織嬢は美人である。

いや、こんなどうでもよいことから、書き出すつもりはなかった。ただわたしは、佳織嬢が今よりさらに美少女だった十五、六歳のころから、彼女をよく知っていると言いたかっただけだ。あの時代の佳織嬢を知らずに、今回のコンサートに来られるみなさんには、今以上に美しい彼女を想像することは不可能だろうから、まことにお気の毒としか申し上げられない。

しかも、佳織嬢がただものでないのは、美しいばかりでなくギターがうまい！　というところにある。世の中に、美人ではあるがギターの弾けない人、ギターは弾けるけれども美人でない人、そういう人は大勢いる。しかし両方兼ね備えた人、いわゆる才色兼備の女性は実のところ、めったにいない。少なくとも、文壇には見当たらない（内緒）。

十代のころから、佳織嬢のギターの弾きぶりはまことに〈老獪《ろうかい》〉で、すでにベテランの域に達した感があった。彼女のギター歴はすでに二十年を超えるから、これまでの人生の五分の四を、ギターとともに歩んだことになる。わたしの作家歴も、そろそろ四半世紀に近いものがあるが、これまでの人生の半分にも達していない。佳織嬢のキャリアに比べれば、ヒヨコみたいなものである。ともかく、佳織嬢は才能あるギタリストが四十歳、ないし五十歳にしてようやく到達すべき域に、二十代半ばで達してしまった。

もっとも、そこで進歩が止まって単に長生きするだけなら、ただの天才でしかない。しかし佳織嬢は、ありきたりの天才ではない。かりに現時点での、佳織嬢の完成度を九十パーセントとすれば、彼女はそれをさらに九十五パーセント、九十七パーセントと伸ばし、限りなく百パーセントに近づこうと奮闘、努力する人である。ご当人は、好きで弾いているだけと言うかもしれないが、はたからみればすさまじい精進に見える。

佳織嬢の人知れぬ努力に関して、わたしは得がたい体験をしている。

二〇〇三年十二月、NHKのハイビジョン初の海外生中継に出演するため、わたしはスペインに飛んだ。スペイン各地に散在する、世界遺産を訪ねる旅である。そのとき、やはり同じ番組に出演する佳織嬢と、トレドのパラドル・ナショナル（国営ホテル）で同宿した。隣同士の客室と分かったものの、わたしはバスの到着が遅れたため挨拶する間もなく、そのまま部屋に上がった。

しかるに、眠りにつこうとした夜中の十二時過ぎ、突如として隣の部屋から壁越しに、妙なるギターの音が聞こえてくるではないか！　わたしは、思わずがばとベッドの上に起き直り、正座してその音色に耳をすました。まぎれもない、佳織嬢が愛用のホセ・ロマニジョスの名器を手に、ただ一人練習に励んでいるのである。まさか隣の部屋で、わたしが壁に耳をつけんばかりに盗み聞きしている、とは佳織嬢も思うまい。したがって、これはヒミツの練習ということになる。わたしはふたたびベッドにもぐり込み、その音色に耳をすましつつしあわせな気分で、穏やかな眠りについたのだった。

そして翌朝。

またしてもわたしは、妙なるギターの音色に耳をくすぐられて、眠りから覚めた。いくらなんでも、一晩中練習していたとは思われないから、おそらく佳織嬢は鳥の声とともに起き出して、またギターに手を伸ばしたに違いない。そう、佳織嬢はまさしく奮闘努力の人なのである！　あの美しい笑顔の陰に、人知れぬ悪戦苦闘粉骨砕身、切磋琢磨七転八倒の努力が、あるのである！

つい、興奮してしまった。

それはさておき、佳織嬢の生ギターの音色を子守歌がわりに聞き、さらに翌朝目覚まし時計がわりに聞くという、めったにない至福のときを経験した作家は、天下広しといえどもわたしくらいのものであろう。

さらに、次の夜も例によってギターの音が聞こえてきたのだが、ほんの数分で止まってしまった。なぜ佳織嬢は、努力を怠ったのか（？）わたしは心配になり、翌朝それを問いただして、真相を確かめた。すると佳織嬢いわく、「部屋の境の壁をどんどん叩く人がいたので、逢坂さんがうるさいと言っていると思って、やめたんですよ」

そ、そんな、ばかな！

確かに、佳織嬢の部屋はいちばん端なので、反対側に別の部屋はない。叩く壁があるのは、なるほどわたしの部屋だけである。しかしわたしは、誓って壁など叩いていない。叩くわけがない！

いったい、だれが叩いたのか？　佳織嬢の才色をうらやむ、美の女神のしわざか（？）

まさにこれは、〈トレドの怪〉というべきだろう。

（『村治佳織コンサートプログラム』二〇〇四年）

アントニオ・ガデスの復活

今世紀最高のバイラオール（フラメンコの踊り手）の一人であり、また優れたバイラリン（一般の舞踊家）としても知られるアントニオ・ガデスは、一九九一年秋の日本公演を終了したあと、惜しまれつつ引退した。あらかじめ、これを最後の舞台にするとの宣言に従った、いさぎよい引退だった。

一九三六年生まれ、つまりその時点で五十五歳という年齢は、フラメンコが肉体的にも精神的にもきつい踊りであるにせよ、まだ引退するには早すぎる印象をファンに与えた。しかしわたしは、自分の芸に厳しいガデスの完璧主義的な気質からして、この引退宣言もやむをえないと感じた。最後の舞台で、ガデスは自分を極限まで追い詰めることをやめ、団員の踊りをわきから支える役に徹したように見えた。そのときわたしは、ガデスの事前の引退宣言が思いつきによるものではなく、自分の内部ではっきり整理をつけたあげくのことだ、と理解したのだった。

ガデスの鍛え上げられた体と、切れ味鋭い踊りを期待するファンの立場として、年齢による衰えを感じさせる舞台を見るのは、つらいことである。しかしいちばんつらいのは、それを見せる側に立つガデスだろう。フラメンコの踊りの魅力は、スピードや正確さ、力強さ、切れ味の鋭さなどに集約されるが、そうしたものは年をとるとともに、かならず衰えをみせる。しかし、その時期を迎えた踊り手が、長い間培ってきたテクニックと持ち味で、それなりの舞台を作ることは決して不可能ではない。また、そこにこそフラメンコの懐の深さがある、といってもよい。現にスペインのタブラオへ行くと、年老いて体型も崩れた女性の踊り手が、舞台中央にすっくと立っただけで、その場を圧してしまうという光景を、しばしば見かける。

ガデスの場合はしかし、それまでつねに研ぎすまされた、完璧な舞台を作り上げてきただけに、年相応の味だけで見せる踊り手に成り下がるのは、プライドが許さなかったに違いない。むろん肉体的な衰えもあっただろうが、ほんとうの原因はむしろ精神的な緊張の糸が切れた、ということではないかと思われた。作品に接するたびに感じたことだが、ガデスの舞台は一部のすきもなく構成されていて、見る側にも踊る側と同じような緊張を強いるところがある。その緊張がまたすばらしいのだが、それにしても踊る側は見る側と同じどころか、おそらく倍以上にエネルギーを消耗するだろう。あんなことをいつまでも続けたら、いずれ擦り切れてしまうのは目に見えていた。

そのせいか、ある意味では引退宣言によってガデスもファンも、ほっとした面があったように思える。

そのガデスが、今度三年ぶりに新作を引っ下げて、カムバックするという。ファンの中には、ガデスの復活を素直に喜ぶ人たちもいるだろうし、「なんだ、都はるみと同じじゃないか」と、皮肉っぽい見方をする人たちもいるだろう。わたしの場合、ガデスのカムバックを予想どおり、とはいわぬまでもある程度予期していただけに、それほど意外とは思わなかった。

*

引退後のガデスは、別にただのオジサンにもどったわけではなく、振り付けや演出というかたちで、踊りとの関わりを保ち続けてきた。したがってわたしには、いずれガデス自身もう一度踊りたくなる日がくるはずだ、という予感のようなものがあった。つまりガデスは引退したのではなく、少し長めの休養期間にはいっただけ、と考えていたのだ。

一九九五年一月の公演に向けて、ガデス復活の弁を聞く機会を提供されたわたしは、はたと考え込んだ。まずガデスとは面識がないし、舞台そのままに気むずかしく、神経質な人物という印象がある。また世間の評判も、そのように伝わっている。マスコミの取材やインタビューがきらいで、一度はオーケーを出しながら事前にキャンセルされた、という話も何度か耳にした。スペインまで出かけたはいいが、インタビューも談話も取れませんでしたでは、冗談にもならない。今度は絶対だいじょうぶ、とアレンジしたスタッフから太鼓判を押されたが、実際に会ってみるまでは分からない、というのがわたしの本心だった。

最後にスペインへ行ったのは、バルセロナ・オリンピックとセビリア万博の前の年、つまり一九九一年夏のことだから、ちょうど三年ぶりの訪問になる。オリンピックと万博が終わったあと、スペインはちょうどバブルがはじけた日本と同じように、不景気のどん底に落ち込んだ。加えて、このところ円高の洗礼を受け、ペセタが著しく下落している。三年前は一ペセタ＝一・二円だったのに、今は〇・八円まで下がった。単純にいえば、三年前に比べてモノの値段が、三分の二に値下がりした。かりに一万ペセタの買い物をしたとして、三年前なら一万二千円払うべきところを、今なら八千円ですむ勘定になる。これはかなり大きい。もともと安いタクシー（基本料金百六十ペセタ）が、百九十円から百三十円に下がったとすれば、これはもう地下鉄感覚である。

スペインに着いた翌日、九月二十三日の午前中にわたしは、同行の濱田滋郎氏やスタッフとともに、ビセンテ・カバジェロ街にあるスタジオに行き、ガデス舞踊団のリハーサルを見学した。

ガデス自身はいなかったが、演出助手のエルビラというバイラオーラ（女性の踊り手）が、あれこれと指示を出しながら舞台を動かしている。新作『アンダルシアの嵐』の練習である。なごやかな中にもぴんと張りつめた厳しさがあり、ガデスの不在をほとんど感じさせない。彼がいてもいなくても、この緊張感に満ちたムードは変わらないだろう、という気がした。以前から、一緒に仕事をしてきた団員がほとんどで、彼らはガデスの考え方を自分のものとして、咀嚼《そしやく》できる資質を備えている。

昼食を挟んで、外部から招聘した民族舞踊の専門家による、振り付けの稽古が行なわれた。今度の新作で、ガデスはフラメンコ舞踊だけにこだわらず、アンダルシア地方に伝わるいろいろな民族舞踊を、積極的に取り入れるつもりらしい。そのために、彼自らがあちこちを取材して歩いた、という話も聞いた。練習に接したかぎりでは、他の民族舞踊はどれもフラメンコと比べて、踊り方もリズムもだいぶ違うように見える。しかし、団員たちはさすがにプロらしく、教師が手本を見せると立ちどころに覚えてしまう。その勘のよさには、驚いてしまった。

今回のインタビューをアレンジしたのは、ガデスと親しいミラノ在住のプロモーター、軍司泰則氏である。軍司氏は日本公演についても、ガデスとジャパンアーツとの間に立って、話をまとめた。軍司氏によれば、ガデスはその日わたしたちがリハーサルを見学したあと、午後六時に自宅に来てほしいと言っている、という。インタビューそのものは、翌日の昼以降に予定されていたが、とりあえず顔合わせをしておきたいらしい。

ガデスの自宅は、マドリード北部の静かな住宅街にあった。スペインの一戸建住宅としては、大きい方かもしれないが、日本の一流芸能人の住まいに比べれば、むしろ地味で質素な邸宅といえよう。インタフォンに応えて、潜り戸をあけてくれたのは、髪にいくらか白いものの交じる、アントニオ・ガデスその人だった。

ガデスは、わたしたちに飛びつこうとする大型犬を制しつつ、中へはいれと身振りで合図した。犬はジャーマン・シェパードで、トロンコ（＝丸太）と呼ばれている。

わたしたちはリビングルームに招き入れられ、軍司氏を通じて一人ひとりガデスに紹介された。ガデスは、そのあとわたしたちに自ら飲み物の注文を聞き、台所へ行ってビールやコーヒーを運んで来た。ジーンズに身を包んだ、ラフないでたちである。いくらか神経質そうに見えるが、わたしたちを歓迎しようという気持ちが、強く感じられる。

あとで聞いたのだが、ガデスは親しい友だち以外はめったに人を呼ばない、という。まして、カメラマンに家の中の撮影を許すのは、きわめてまれとのこと。特に日本人となると、今回が初めてらしい。しかし、そんなことでびくびくしていたのでは、所期の目的を果たすことはできない。こちらが構えれば、ガデスも構えてしまうおそれがある。

案ずるより生むがやすし、とはこのことだった。同行したカメラマンの高橋昇氏は、刑事コジャックそこのけのみごとな坊主頭で、それがガデスの警戒心を解いたらしい。ガデスは、自分も十代のころカメラマンだったと打ち明け、愛用のカメラを持ち出してあれこれ思い出話を始めた。昔はフラッシュやストロボがなく、マグネシウムを焚いたために、そこら中が煙だらけになった話など。日本製のカメラだけでなく、大事に保存している古いライカまで取り出して見せる。そんなことから、当初の緊張が嘘のように消え、なごやかなムードになった。

話が一段落したあと、ガデスは先に立って家の中を案内した。バスルーム、寝室を含めて隅から隅まで、すべて見せてくれる。ピカソ、ミロ、タピエスをはじめ、スペインや外国の傑出した芸術家の作品が、あちこちに無造作にかかっている。そのいくつかは、ガデスへの献辞つきだった。ガデスの踊りや人柄がそうした人びとに愛され、ガデスもまた彼らから少なからぬ啓示を得た様子が、そこはかとなく伝わってくる。ガデス自身も造形美術に興味があるらしく、トイレットペーパーで作った木の枝のようなオブジェを、照れくさそうに披露した。

書棚を見れば、その人柄が分かるという。ガデスの蔵書の中には、ヒュー・トマスの古典的名著『スペイン内戦』など、内戦関係の書籍がいくつか見られた。そのほか目立ったのは、レーニンやマルクス、エンゲルスの作品集、あるいはキューバの国民詩人、ホセ・マルティの全集などである。噂では耳にしていたが、左翼思想に対するガデスの傾倒ぶりが、この蔵書によって初めて確かめられた。カストロ首相とはとくに親しいらしく、キューバに寄贈する医療器具が大量に梱包されて、家の中に積み上げられているのが印象的だった。

二時間後にわたしたちが暇を告げるとき、ガデスは自分で無線タクシーに電話して、空車を呼んでくれた。こうした気配りや率直なもてなしが、これまでイメージによって作り上げられていたガデスの虚像を、一つひとつ打ち砕いていく。わたしの見るところ、私生活のガデスはムイ・シンパティコ（親愛の情が深い）な、どこにでもいる普通のスペイン人のように思われた。

＊

その日の顔合わせが、翌日のインタビューに役立ったことは、はっきりしている。多少なりとも気心が知れたことで、話の取りかかりに苦労する必要がなかったし、高橋カメラマンも勝手に家の中を歩き回り、自由に写真を撮ることを許された。

ガデスのインタビューの要点を、かいつまんで報告することにしよう。

何はさておき、引退すると宣言するにいたった経緯だけは、はっきりさせておかなければならない。

ガデスは言う。

「わたしは機械ではないし、お金のために仕事をしているわけでもない。当時は、ほんとうに体が疲れていたし、頭も疲れていたので、これ以上できないと思った。自分の中に、《ほんとうにやりたいのだ》という気持ちがないと、何もできません」

ガデスは踊り手である前に、一個の人間であることを強調する。理想とすべきものが、この世からいくつも消滅するのを見るたびに、それに対して何もしなかった自分に、罪の意識を感じるという。

別のインタビューで、仕事をやめることは自殺の一つの形式だ、と語るのを読んだこともある。ガデスは自分の気持ちに引っかかることを、いいかげんに放置しておくことのできない性格で、それがよくも悪くも彼の生き方を規定している。

だとすれば、カムバックを決めたガデスの心境の変化は、察するにかたくない。

「わたしは踊ることによって、自分の感情を表現するすべを学んだ。しかし、やがてそれだけでは不十分だ、ということに気づきました。わたしは何かを言いたかった。単に感情を表現するだけではなく、何かのメッセージを伝えたくなったのです」

要するにガデスは、もう一度自分の肉体と芸術をメディアにして、何かを伝えたいという気持ちになった。心のうちに《ほんとうにやりたい》ことが、ふつふつと沸き上がってきたのである。

考えてみると、ガデスが意識していたかどうかは別にして、彼のこれまでの作品『血の婚礼』や『カルメン』にも、単なる感情の表現やストーリーだけではなく、ある種のメッセージが込められていた。観客がガデスの舞台に息を抜けないのは、そのメッセージの重さに圧倒されるから、という見方もできよう。もしわたしたちが、その重さを真正面から受け止め、自分の中に取り込もうと試みるならば、与えられた緊張はむしろ快い解放に向かうかもしれない。ガデスの人柄に触れ、その語るところを聞いた今、わたしはそれを強く感じた。

では新作『アンダルシアの嵐』によって、ガデスは何を伝えようとしているのか。

この作品は、セルバンテスのやや後輩にあたる十六〜十七世紀の劇詩人、ロペ・デ・ベガの戯曲『フエンテオベフナ』(一六一六年)を原作にしている。フエンテオベフナは、アンダルシア地方の北部コルドバ県の隅に位置する、小さな村である。ベガは、前世紀末にそこで実際に起きたある事件をもとに、この戯曲を書いたという。

若い娘を凌辱した悪代官が、村人全員の手で報復のために殺害される。犯人の名を問われた村人たちは、口をそろえて「フエンテオベフナだ」と答え、「フエンテオベフナとはだれか」と追及されると、「われわれ全員だ」と応じる。その意気に感じて、カトリック両王は彼らの行為を正当なものと認める、という筋立てである。

スペイン演劇では、スペイン人の気質からみても分かるように、しばしば名誉の問題を重要なテーマとする。ことにベガは、名誉心が貴族階級に特有のものではなく、一般民衆の間にも存在することを認める、広い視野の持ち主だった。彼は民衆に対して深い愛情を抱き、戯曲の中に伝統的な民族歌謡、民族舞踊を取り入れる試みも行なった。

ガデスはおそらく、そうしたベガの作品の中にひそむ永遠の真実、現代を照射する何かを見たに違いない。ガデスは根っからの反フランコ主義者であり、フランコがかつて反体制活動家を死刑に処したときも、それに抗議して一時期舞台活動をやめた。むろんそうした行動は、内戦のおり両親や家族が反乱軍に苦しめられた、という自分自身の過去に強く影響されているだろう。

ガデスが生まれた一九三六年の十一月といえば、スペイン内戦が勃発しておよそ四か月後のことである。フランコ反乱軍がマドリードに迫り、首都陥落は時間の問題とされた時期だった。

ガデスの父親は、その熾烈な戦いに加わって頭部を銃弾で撃ち抜かれ、奇跡的に命は取りとめたものの、右目を失ってしまったと聞く。ガデスは、頭部を包帯に包まれた父親の写真を、わざわざアルバムから抜いてきて、わたしに示した。父親は七年ほど前に他界したそうだが、その写真はガデスにいろいろなことを考えさせる、大切なものに違いなかった。

こうした経験がガデスを左翼思想、もっといえばコミュニズムに共鳴させたことは、想像にかたくない。ガデスにとって、人間の尊厳と名誉は何ものにも代えがたい、絶対的な価値をもっている。そうした意味からも、ベガの『フエンテオベフナ』は民主主義の原型を示すものとして、ガデスの関心を強く引いたらしい。

最初に、その舞台化構想を得たのは十二年も前のことだ、とガデスは言う。結局それを完成できぬまま、舞踊家として引退してしまったわけだが、そのために何かをやり残したという気持ちが、鋭いトゲのようにガデスを苦しめた。今度の舞台復帰は、その苦しみから解放されるための戦い、ととらえても間違いではない。あるいはまた、『フエンテオベフナ』が完成するために、それだけの熟成期間が必要だった、とも考えられる。

卑近な例にたとえるなら、撃ち合いにいやけがさして一度拳銃を捨てたガンマンが、正義のためやむにやまれずふたたび立ち上がる、そんな心境といえばいえるだろうか。

＊

世界最大のコミュニズム国家、ソビエト連邦が崩壊した今となっても、ガデスの信念は確固としている。たとえばガデスは、フィデル・カストロとキューバに対して、称賛と愛情の念を隠さない。

「かりにキューバに、フィデルに対して不満をもつ国民が、百万人いるとしましょう。しかしあとの九百万人は、フィデルを熱烈に支持しています。一方、同じ社会主義政権下にある、スペインはどうでしょうか。たとえ百万人の国民が、フェリペ（ゴンサレス首相）の政治に満足しているとしても、あとの四千万人は不満を抱いているのです。なるほど、この国の民主主義はすばらしい。だれでもなんでも好きなことが言えるし、子供の内臓を自由に切り取って、売ることもできる。老人を、そのあたりにほうっておいても、何も言われない。非常に民主的な国です」

この痛烈な皮肉は、フランコ以後民主化されたといわれる母国に対しても、ガデスが決して心を許していないことを、如実に物語っている。ガデスはそうしたスペイン、ひいては似非《えせ》民主主義を標榜する世界の国ぐにに、自分の作品を通じて警鐘を鳴らす意味もあることを、率直に認めた。最近スペインでも少なくなりつつある、自分の信念に忠実で頑固な男を見る思いがして、わたしはしばし粛然とした。

とはいえ、わたしたちはガデスの舞台に対して、政治的なメッセージだけを求めるわけにはいかないし、またその必要もない。そこには厳然として、ガデスが作り上げたすばらしいフラメンコと、フラメンコを超越する新しい芸術がある。ガデスが伝えようとするのは、ある思想に凝り固まったイデオロギーではなく、時間的にも空間的にも普遍性をもつ《真理》そのものだろう。今度の新作だけではなく、『血の婚礼』や『カルメン』についても、同じことがいえる。ガデスの作品が世界中で受け入れられるのは、そこに時空を超えた普遍性があるからにほかならない。

しかしそれを伝えるにも、高い技術と強い体力が要求される。技術はともかく、体力はだいじょうぶなのか。

「三年間のブランクは、わたしにとっても大きな問題でした。そこで、今度の新作を舞台にかけると決心したとき、わたしは肉体のトレーニングのため、キューバへ出かけて行きました。すると、あらゆる科の専門医がわたしを取り囲み、すみずみまで体のチェックを始めたのです」

そこにいなかったのは、産婦人科の医者くらいのものだった、とガデスは言う。

チェックが終わったあと、今度は優秀なトレーニング・スタッフの協力のもと、ガデスは体力作りに専心した。今ではガデスの体は、全盛期と変わらぬくらい引き締まり、精気にあふれている。もちろん気力も十分で、「まだ完成したわけではないから、いくらか不安もある」というものの、その表情は明るい。振り付けに未完成の部分が残っているにせよ、ガデスの内部では新作はすでに完成している、とみて間違いない。

＊

ガデスの作品に胸を打たれるのは、いつの時代でも、またどこの国でも起こりうることが、ありのままに舞台の上で再現されているからである。わたしたちは、ガデスが伝えようとするメッセージを、あまり意識する必要はない。ただガデスが、単に完璧な舞台を作ることだけに腐心しているのではないこと、その裏に彼自身の波瀾に満ちた人生が横たわっていることを、頭の片隅にとどめておけばよい。そうすれば、これまで彼の舞台を見て「よかったけれど重かった」と感じた人も、その重さの意味をしみじみ考えることができるはずである。

『アンダルシアの嵐』で舞台にもどったとき、ガデスはおそらくこれまでのガデスとまったく違う、新しいガデスになっているだろう。

少なくともわたしの目には、そう映るに違いないと信じている。

（『月刊プレイボーイ』一九九四年十二月号）

マドリードのガンベルト

いつの時代が楽しかったかを考えると、だれもが十代から二十代にかけての、いわゆる青春時代を思い浮かべるだろう。

なかでも、小学校から大学にいたる学生時代は、思い出の宝庫である。おとなになったあと、古い鍵を取り出してその宝庫をあけるときの期待感、高揚感は何ものにも代えがたいものがある。

その時代に夢中になったものは、おおむね年を重ねるとともに一度は忘れ去られるが、かならず心の奥底に埋もれ火のように、しっかり残っている。

そうした思い出を掘り起こすことで、老後（？）の楽しみを再発見できる場合もあるから、単なる懐古趣味と笑ってはいけない。

わたしの場合、すべてとは言わないが、ほとんどがそのケースに当てはまる。

一つは小説である。

中学時代から、授業をおろそかにしてまで書きまくった執念が、のちに作家への道を開いてくれた。三十歳を過ぎ、改めて小説と取り組み始めたときに、若いころ抱いた執念を思い出して、自分ながら驚いたものだった。

またギターの趣味も、その例に漏れない。

大学時代、日がな一日弾いて過ごしたあの熱中ぶりは、今考えてもほほえましいほどである。三十代、四十代と忙しくなるにつれ、だんだん演奏から遠ざかったのに、五十代に差しかかるころから、ふたたび情熱がもどってきた。ギターの銘器を手に入れ、新しい楽譜を山ほど買い込んで、日夜弾きまくっている。むろん、若いころのようには指が動かないから、むずかしい曲は弾けない。《アニーローリー》《この道》など、やさしい外国古謡や童謡を美しく弾く、ということで満足している。

さらに、心躍る西部劇がある。

わたしが学生時代を過ごした一九五〇年代、六〇年代は、今とはいくらか意味が違うにしても、映画の全盛期といってよかった。SFXもなければ、大仕掛けのアクションもなかったが、とにかくおもしろかった。

その中で、西部劇は映画の王様だった（少なくとも、わたしにとって）。むろん、フランスのフィルムノワールも見たし、ビリー・ワイルダー監督の喜劇映画も見たが、のめり込んだという意味では、西部劇にとどめをさす。

わたしは西部劇でおなじみの、コルト45のモデルガンにあこがれていたが、当時は金がなくて買えなかった。その後西部劇が衰退したため、買えるようになったころにはほしいモデルガンも数が減り、市場からほとんど姿を消した。

それがここ数年、ハリウッドでふたたび西部劇が製作されるようになり、ブームがもどってきた。映画の方は長続きしなかったが、コルト45のモデルガンは俄然人気が沸騰し、あちこちのメーカーがこぞって新製品を売り出した。それをわたしは、若いころ買えなかった怨念もあって、江戸の仇を長崎で討つように、片っ端から買いあさった。今を逃したら、一生手にはいらない。

コルト45が手元に集まれば、つぎは必然的にガンベルトがほしくなる。ガンベルトは、アメリカからの輸入品があるほか、日本にも名うての製作者が何人かいる。しかし、量産量販に耐えるほど需要がないから、価格が高い。そのうえ、最近のガンベルトは早撃ちコンテスト（！）用に供するためか、西部開拓時代のものと異なる機能本位の形に変わっている。それがわたしには、気に入らない。古いスタイルのガンベルトで、相手より遅く抜いて早く撃つのが、本物の西部男ではないか。まあ、ここでむきになっても、始まらないが……。

この三月、マドリードへ行ったときにわたしは街角で、小さな皮革製品の工房を見つけた。店主の青年に、日本へ帰るまでにガンベルトを作ってもらえないか、と持ちかけた。青年はおもしろがって、すぐに引き受けてくれた。一週間後、手縫い手彫りのぜいたくなカンベルトが、日本で手にはいる製品の半分以下の価格で、わたしのものになった。最高の気分である。

もっとも、頼んだときに腰回りのサイズを計られたのは、さすがに恥ずかしかった。洋服でもあるまいし、採寸してガンベルトを作った物好きも、そうはいないだろう。
そのガンベルトは、今もわたしの目の前にぶら下がっている。

（トーハン『新刊ニュース』一九九七年七月号）

銘器を求めて

ギターとの出会いは一九六〇年代の初め、大学にはいる前後のことである。

その当時、ギターといえば大量生産の普及品が中心で、手工品はさほど一般に行き渡っていなかった。かなりうまいアマチュア、あるいはセミプロになって初めて、国産の手工品に手が届く状況だった。スペインやドイツの銘器を使うのは、キャリアを積んだプロに限られていた。

ギターを現在の大きさ、形に定着させた製作家は、スペインのアントニオ・デ・トーレス（一八一七〜一八九二年）という人である。トーレスは、いろいろと試行錯誤を繰り返しつつ、従来のギターにさまざまな構造上の改良を加え、現代ギターの基礎を確立した。今作られているギター（クラシック、フラメンコ）の源流を尋ねれば、どの道をたどっても結局はトーレスに行き着く、と言って間違いない。

トーレスのギターは、もっとも晩年の作品でも製作後百年以上たつが、修復作業をへて今なお使用に耐えるものが、何本か残されている。それらは、丹念に修復されたものでさえあれば、コンサートやレコーディングにも十分使える。耐用年数、価格ともバイオリンには及ばないが、それでも保存状態のよいトーレスの作品なら、千万単位の値がつくだろう。バイオリンでいえば億単位に匹敵する価格で、トーレスがギターのストラディバリウス、と呼ばれるゆえんである。

わたしは、当初クラシックギターからはいったが、社会人になってからフラメンコに転向し、楽器もフラメンコギターに買い替えた。当時最長老の製作家の一人だった、中出阪蔵の一九六七年作の銘器である。このギターは、ほぼ三十年たった今も愛用しているが、たまたま半年ほど前、阪蔵の工房を引き継いだご子息の中出敏彦氏に、点検していただく機会があった。中出氏は、そのギターのことをよく覚えていて、本体を作ったのは父親だが塗装を担当したのは若き日の自分だ、となつかしげに語られた。そして、〈当分はオーバーホールの必要なし〉と、折り紙をつけてくださった。その後スペイン製のギターを買ったり、あるいは下取りに出したりしたけれども、阪蔵作品は拙作『カディスの赤い星』のモデルになったこともあり、これぱかりは手放す気になれない。

一年ほど前、広告関係の仕事を通じて知り合ったH氏は、アマチュアながら巧みにフラメンコギターを弾くが、同時に銘器の収集家でもある。トーレス以後の名工として、もっとも評価の高いサントス・エルナンデス（一八七三〜一九四二年）のギターを中心に、よだれの出るような銘器を何本も所有している。

H氏と話をするほどに、わたしも銘器に対する関心がむらむらとよみがえってきた。さらにまた、現在別冊文芸春秋にギター製作家の登場する小説、『燃える地の果てに』を連載しており、銘器の構造などを詳しく知る必要があることから、どうしても逸品を入手したくなった。そんなとき、めったにお目にかかれない銘器、それも立て続けに二台と遭遇することになったのは、やはり運命だったかもしれない。

その二台は、いずれもフラメンコギターで、一台はサントスの技術を引き継いだマルセロ・バルベロの弟子、アルカンヘル・フェルナンデス（一九三一年〜）の一九六七年作。もう一台は、同じくバルベロの薫陶を受けたマヌエル・レジェス（一九三四年〜）の、一九六四年作。二人とも現在六〇代前半ながら、今や伝説的な名工といわれており、発注してからできあがるまで十年かかるとか、注文が殺到して五年より先の受注をストップしたとか、さまざまな噂が飛び交う人たちである。二台とも、二人が若き日に製作した中古品だが、値段は新作とさして変わらない。音量は、さすがに最近作の方が豊かに聞こえるけれども、音質については六〇年代の方がひなびていて、わたしはむしろそうした旧作に強い愛着を覚える。別にコンサートを開くわけではないし、狭い書斎で一人静かにつま弾くだけだから、それでいいと思っている。

中出阪蔵作品をのぞき、手元にある二台のギターを下取りに出して、上記二台の銘器を手に入れたのが、三か月ほど前のことである。それ以来、ギターと接する時間が著しく増えた。しかし、若いころほど指が動いてくれないのには、いささか閉口した。なまじ全盛期（？）の記憶が残っているだけに、〈こんなはずではなかった……〉というもどかしさがある。とはいえ、ギターを弾く至福のひとときは何ものにも代えがたく、どんなに夜遅く帰ってもケースから取り出して、ポロンと一つ和音を奏でずにはいられない。原稿を書く合間にもポロン、食後の腹ごなしにもポロンと、暇さえあれば弾いている。

そのような事情で、現在わたしの手元には三台の銘器があるわけだが、どうもそれだけではすみそうにもない。ギターを弾く人間にとって垂涎の的の、サントス・エルナンデスのギターを、なんとしても手に入れたい。トーレスとまでは言わないが（H氏はそのトーレスも一台持っている!）、せめてサントスの逸品をわがものにしないうちは、死んでも死にきれない。サントスは、かなりの数が日本にはいっているけれども、状態のいいものは三割から五割方値段が高く、しかもめったに市場に出回らない。スペインへ行って、どこかの田舎町の旧家にでも眠っているサントスを、探し当てるしかないかもしれない。

いずれにせよ、わたしの銘器遍歴はまだ始まったばかりである。

（『文藝春秋』一九九六年二月号）

あなたもギターが弾ける！

あなたもギターが弾ける……かどうかは、あなた自身の努力しだいである。

と書くと、この原稿はただちに終わりになってしまい、まことに市が栄えない。そもそも、小説が好きでこの雑誌を買う読者諸氏に、ギターの講釈をしてなんの益があるのか、わたしとしても疑問がないわけではない。オタマジャクシを見るだけで、頭が痛くなるという人がほとんどであろうし、雑文を書くくらいなら短編小説の一つも書け！　と糾弾する声も聞こえてくる。

とはいえ、どんなにばかばかしいこと、役に立たないことでも知っておいて損はない、と考える好奇心旺盛な読者も、中にはおられるに違いない。もしかすると、女性を口説くのにギターの一つも弾けたら、と時代錯誤的なことを考える向きもあるだろう。残念ながら、ギターにそうした効用があったとしても、それははるか昔のことである。今どきの若い女性は、相手の男がギターを弾けるからといって、簡単に操を捧げたりしない。それはかならずしも、ギターより操の方に希少価値が出てきたから、という次第ではない。むしろ近ごろの女性は、こちらがギターケースの蓋をあけるより先に、スカートを脱いでしまうという噂も聞くが、そのあたりの事情についてはまた、別席の閑談に委ねたい。

それはさておき、楽器をいじったり楽譜を読んだりする行為は、老化防止につながるとも考えられ（ないか）、ゴルフやテニスとは別の楽しみを与えてくれる。『小説新潮』を読む合間に、ギターをつま弾いたりCDを聞いたりするのも、また優雅なひとときとなるだろう。などと、いろいろ理屈をつけたり弁解したりしながら、とにかく独善的にギターの蘊蓄を傾けるつもりなので、まあ一杯やりながらお読みいただきたい。

【なぜわたしはギタリストにならなかったか】

まず最初に、わたしの輝かしい（？）ギター歴について、おさらいをさせていただく。わたしがギターを始めたのは、大学にはいった一九六二年前後のことで、おりしも第一次クラシックギターブームのさなかであった。もっとも、そういうブームがあったかどうか定かでないし、まして第二次や第三次があったという記憶もない。とにかくそのころ、映画『禁じられた遊び』（初公開は一九五三年）がリバイバル上映され、有名な主題曲『愛のロマンス』が巷に流れて、われもわれもと若者がギターショップに殺到する、という現象は確かにあった。

私事にわたって恐縮だが、わたしには二人の兄がいる。長兄は頭がよくて、東大にはいった。頭が悪いので東大にはいった、という米長邦雄九段のご令兄とは、大違いである。この長兄は、中学受験に際してわたしにむずかしい一次方程式などを教え、もってその後のわたしの数学嫌いを助長した、張本人である。とはいえ、勉強とはなんぞやを示してくれた点で、長兄には大いに感謝している。

ひるがえって次兄は、学問については特に語るべきものをもたないが、それ以外の人生の楽しみを教えてくれたという点で、長兄同様わたしの人間形成に大きな影響を与えた。映画に対するあくなき嗜好、小説を読んだり書いたりするおもしろさ、ギターを弾いたり聞いたりする楽しみなどは、この次兄によって育まれたものといってよい。ただし次兄本人は、好奇心が強いかわりに飽きるのも早く、おおかた途中で投げ出した。

わたしは根が凝り性なのか、そんな次兄のお下がりを頂戴するような具合に、そうした趣味をおおかた引き継いだ。中でも、クラシックギターに対する関心は、今日まで途切れることなく続いている。

ギター教室にかよって、正式に演奏法や音楽理論を学んだ経験は、わたしには一度もない。めんどうくさかったこともあるが、ギターというのはそうした教室に通わなくても、独習である程度うまく弾けるようになる、親しみやすい楽器なのである。もっともわたしの場合、周囲にギター教室で習練を積んだ友人や、同じように独習で競い合う友人がいたので、長続きすべき条件と環境は備わっていた、といえよう。

カルカッシのギター教則本を買って、まがりなりにもきちんと独習を始めたのは、すでに『愛のロマンス』を弾きこなせるようになったあとである。したがって、弦の押さえ方や弾き方、初歩的な音階練習などは、むしろおさらいをするような感じで、苦もなくクリアした。習うより慣れろ、とはよく言ったものである。札幌大学の鷲田小彌太教授も、《学ぶことの法則》の定理二として、「まず基礎から、ではなく、まず、最先端から囓れ」と説いておられる（『毎日新聞』一九九六年四月二日付夕刊）。別に、大学教授の応援を頼むほどのことではないが、この定理にはうなずかされた。

ともかく、わたしの大学時代の四年間はほとんど、ギターに明け暮れする生活だった。そのころ、どれくらいレパートリーがあったか思い出せないが、暗譜したものだけでも二十曲や三十曲はあっただろう。F・タレガの『アルアンブラの想い出』、ビラ＝ロボスの『前奏曲第一番』といったギターのオリジナル曲、シューベルトの『セレナーデ』やベートーヴェンの『月光の曲（第二楽章）』などの編曲もの、さらに『愛のロマンス』や『鉄道員のテーマ』などの映画音楽、あるいは『ラ・クンパルシータ』『淡き光に』といったタンゴ・ラテンものなど、手当たりしだいに弾いた。

中でも、『愛のロマンス』は指慣らしのためもあって、のべつまくなしに弾いた。この曲には、二つのバージョンがある。一つは、『禁じられた遊び』のバックに使われた、ナルシソ・イェペスのもの。もう一つは、その一年前に公開されたタイロン・パワー主演の『血と砂』(ただし製作は一九四一年)で使われた、ビセンテ・ゴメスのもの。原曲はスペインの古謡ともいい、無名の作曲家が作った練習曲ともいうが、基本のメロディは同じである。

イェペスはこの曲をゆっくりと弾き、逆にゴメスは猛烈なスピードで弾き飛ばす。ゴメスはもともと、フラメンコからポピュラーに転じたギタリストなので、中間部にフラメンコ風のカデンツァを加えている。どちらも甲乙つけがたい、すばらしい演奏である。したがって、わたしはまずイェペス風にゆっくりと弾き、指が慣れたところでゴメス風に速く弾く、という具合に弾き分けたりした。

かくのごとく、学業も麻雀もデートもそっちのけにして、年がら年中ギターばかり弾いていたわけだから、うまくならないわけがない。大学四年の秋には、とうとう仲間と語らって《古典ギター研究会》を発足させ、後進の指導(?)にも当たった。大学の地下ホールで、発表会を開いた覚えもある。このクラブは、卒業後いずれ自然消滅するだろうと思っていたが、なんと三十年後の現在も連綿と存続しており、OB会の案内が来たりして驚かされた。

ところで、わたしのギター修業はある時期を境に、クラシックからフラメンコに移行する。それには理由がある。

すでに述べたように、クラシックギターは先生につかなくても、ある程度までは上達する。わたしもしだいにうまくなり、むずかしいレパートリーに挑戦するようになった。その極めつきは、バッハの《無伴奏バイオリンのためのパルティータ第二番》に含まれる、『シャコンヌ』である。これを初めて聞いたのは、イェペスのレコードだった。

当時イェペスのギターには、ほかのどんなギタリストの演奏にもない、新鮮な感動があった。甘いセンチメンタルな楽器とみられたギターに、非常に理知的な解釈と奏法を取り入れたのは、イェペスが最初だったと思う。

彼の弾く『シャコンヌ』を聞いて、まだバイオリンの原曲に接していなかったせいもあって、ギターのオリジナル曲のように感じた。あとになって原曲を聞いたとき、むしろ違和感を覚えたほどだから、かなり強いインパクトがあったに違いない。

苦労して手に入れた楽譜で、『シャコンヌ』への挑戦が始まった。この曲は、オリジナルでおよそ十五分前後もかかる大曲だから、まず暗譜するのが大変である。覚える先から忘れていく。途切れとぎれに弾いて、なんとか最後までたどり着くころには、ゆうに一時間くらい過ぎてしまう。猛烈なスピードの、アルペジオやスケールが間に挟まるので、右手も左手も休む暇がない。

結局わたしは、この大曲をものにすることができず、壁に突き当たった。やはりクラシックギターの場合、独習ではある程度以上の上達を望むのは無理、と分かった。かりにプロを目指すとしても、先生についてやり直すにはもはや遅すぎる。

そんなときに出会ったのが、フラメンコギターだった。

そのころ、クラシックをかじった者にとってフラメンコは、ただうるさいだけのがさつな音楽、というイメージが強かった。ところが、神田神保町の喫茶店《ラドリオ》で偶然サビカスのレコードを聞いたとき、目からウロコが落ちた。がさつどころか、サビカスの華麗にして完璧な演奏に、一驚を喫した。そのレコードは、中南米音楽をフラメンコ風にアレンジした、軽い内容のものだった。それでも十分に度肝を抜かれ、同じ六本の弦からつむぎ出される別の世界に、すっかり取り込まれてしまった。

やがてサビカスが、今世紀最大のフラメンコギタリストの一人と知り、なるほどと納得がいった。この時代、フラメンコギターではカルロス・モントヤと、サビカスのレコードが数多く発売されていたが、わたしの耳にはモントヤの演奏は技巧的にも劣り、いかにも雑な感じに聞こえた。わたしはサビカス一本に絞って、レコードを買いあさった。

サビカスのレコードを、テープレコーダに録音して半分の速度で再生すると、普通の回転では聞き取れない高速のアルペジオや音階が、一つのミスタッチもなく弾かれていることが分かる。わたしはそれを楽譜に起こして、練習するようになった。

フラメンコは、スペインのジプシーが始めたものだから、本来は楽譜がない。彼らは、すべて自分たちの耳と目によって、伝統を引き継いできた。リズムだけは正しく守られるが、解釈や奏法にこうでなければならない、というルールはない。まさに自分の技術と感性だけで弾く、唯我独尊的な音楽なのである。

最初は、大学の同期生から譲ってもらった、中出六太郎作のクラシックギターにゴルペ板を貼り、フラメンコを弾いていた（フラメンコでは、弾きながらしばしば表面板を指で叩くので、傷がつかないようにプラスチックの板を貼る。それをゴルペ板と呼ぶ）。しかし同じ形をしたギターでも、クラシックとフラメンコでは裏板の素材が違い、音質も異なる。社会人になってから、わたしはボーナスをそっくりはたいて、六太郎の兄に当たる名工中出阪蔵作の、フラメンコギターに買い替えた。

こうして、名実ともにわたしはクラシックギターから、フラメンコギターに転向したのだった。

【ギタリストあれこれ】

演奏者としては転向したが、レコードの鑑賞者としてはフラメンコだけに偏らず、クラシックギターも聞き続けた。

イェペスには、並なみならぬ愛着を抱いていたから、レコードもずいぶん買った。一九二七年生まれのイェペスは、当時まだ四十代にはいったばかりの弾き盛りで、たくさんレコードを出していた。

そのころは、二十世紀最大のギタリストといわれる、アンドレス・セゴビアがまだ健在だった。イェペスは、そのセゴビアの後継者と目されていたが、セゴビアについては「尊敬はするが、あのようには弾きたくない」と言い放つなど、対抗意識が強かった。

そのせいか、セゴビアの方も三十四歳年下のイェペスに対して、あまり好感情を抱いていなかったらしい。イェペスが採用した十弦ギターについても、セゴビアはまったく否定的な意見を述べている。

イェペスは、ピアノのギーゼキンクやバイオリンのエネスコに学んで、ギター演奏に旧来と異なる独自の運指を導入した、新しいタイプのギタリストである。あるときイェペスは、セゴビアにバッハの『シャコンヌ』のレッスンを受けたが、どうしても指示どおりの運指で弾こうとしない。セゴビアの目には、イェペスの運指や解釈はギターの本道にはずれる、異端のものとしか映らなかった。二人の間で口論が始まり、結局イェペスはギターをケースにしまって、その場を去った。それがきっかけとなって、両者の間は決裂したといわれる。

二人の違いは、『アルアンブラの想い出』を聞き比べるだけで、はっきりと分かる。

セゴビアはこの曲を、滔々と大河が流れるようなゆったりしたテンポで、ロマンチックに弾き上げる。一方、イェペスは機械で刻んだような正確無比の、メカニックなトレモロ奏法で終始する。イェペスは、セゴビアにアンチテーゼを提示することで、この巨大な壁を乗り越えようとしたのである。それが成功したかどうかは、にわかに判断できないけれども、イェペスがギター界に新しい波を起こしたことは、確かだといえる。ピアノにおける、グレン・グールドのような存在といえば、お分かりいただけようか。

セゴビア、イェペス以外にも、クラシックギターの名手はたくさんいる。中でも、ジュリアン・ブリームとジョン・ウィリアムスは、突出した存在だった。ことにウィリアムスは、セゴビアの薫陶を受けて《ギターのプリンス》と呼ばれたが、中年以降になってクラシック以外の曲にも手を出し、セゴビアの不興を買ったりした。ギターのコンサートでは、音量が小さいにもかかわらずマイクを使わないのが伝統だったが、ウィリアムスは遠い客席にもよく聞こえるようにと、最近はパワーアンプを持ち込んだりしている。この人もイェペスとは別の意味で、ギターの世界に新しい波を起こした演奏家、といってよいだろう。

ショパンかだれかが、「一台のギターよりも美しいものは、二台のギターである」と言ったが、これはまさに至言である。

ギターは、音域がおよそ三オクターブ強しかなく、ほかの楽器に比べて幅が狭い。また調弦の関係で、演奏のきわめてむずかしい曲調があり、そういう曲を編曲する場合は、弾きやすい調性に移調しなければならない。しかも構造上、弦を押さえる左指が物理的に届かない、弾弦不可能な和音がある。

しかし、ギターを二台使えばそうした困難な問題も、ある程度解消される。一台では指の届かない和音を、もう一台のギターでカバーすることができるからである。わたしはギターの二重奏曲が好きで、ことにイダ・プレスティとアレクサンドル・ラゴヤ夫妻のレコードは、手にはいるかぎり買った。ギター史上最高のデュオといわれるだけに、息の合ったすばらしい演奏である。

奥さんのイダは、ギターの腕がすごかっただけでなく、目を瞠るような美女だった。惜しいことに、彼女は一九六〇年代に四十歳そこそこで亡くなり、その時点でデュオは消滅してしまった。ただし彼らのレコードは、ここ数年の間にほとんどCDで再発売されたから、ぜひ一度聞いてみるようにお勧めする。ヘンデルのハープシコード曲を編曲した《シャコンヌ》や、ドビュッシーの《月の光》などで彼らが披露する、比類なく美しい音の粒と華麗な演奏は、ギターの魅力の極致といっても過言ではない。

日本人のギタリストも、決して負けてはいない。十代でデビューした山下和仁は、まだ三十代の半ばだが、著名な国際コンクールを総なめにした、世界でもトップクラスのギタリストである。彼が全曲録音した、バッハの無伴奏バイオリンのためのソナタとパルティータ、無伴奏チェロ組曲、フェルナンド・ソルの作品集などは、これからギターを目指す人びとにとって、重要な指標になるだろう。

四十代はじめの福田進一は、タンゴに挑戦したりCD録音に古楽器を使用したり、山下とは別の形でギターの新しい方向を模索する。彼は技術的な面もさることながら、ギターを狭い世界に閉じ込めず、音楽としての可能性を広げていこうとする点で、もっとも先鋭的なギタリストといえよう。また指導力にもすぐれ、その門から斎藤明子や村治佳織といった優秀な（しかも美女の！）ギタリストが、続々と育っている。ことに村治佳織は、まだ十代ながら掛け値なしに山下、福田を継ぐに違いない、斯界の逸材である。若くして天才と呼ばれるギタリストは、とかく指の動くに任せてばりばり弾きがちだが、彼女の演奏を聞くとテクニックだけでなく、その音楽性の豊かさに驚かされる。

フラメンコに関しては、サビカス以後の最大のギタリストといわれる、パコ・デ・ルシアがいる。パコは、ジャズのセッションと共演したりして、フラメンコの世界に新風を吹き込んだ。テクニックもすごい。すでに四十代後半に差しかかったが、若いころに古いフラメンコの洗礼を受けているので、新しい中にもしっかりした伝統がある。ところが、その影響を受けて現れた若いギタリストは、パコの新しいところを基盤にしてスタートしたので、伝統の匂いがほとんどしない。中にはビセンテ・アミーゴのように、パコも顔負けのスピードで弾きまくる若手もいるが、わたし個人はさっぱり感動しない。人気があるところをみると、若い世代には受けるものがあるのだろうが、古いフラメンコを知る人間にとっては、ほとんど別の音楽という印象である。

古いフラメンコギターの伝統は、むしろ日本に色濃く残っているかもしれない。一般には知られていないが、エンリケ坂井、鈴木英夫、ペペ島田、三沢勝弘など四十代の弾き盛りのギタリストには、本場スペインの若手ギタリストにない本物の味わいがある。

ちなみに、古いものを称揚すれば年を取った証拠だといわれるが、フラメンコの場合はそれでいいと思っている。たとえばサビカス以前の、史上最大のフランメンコギタリストとして並びなきラモン・モントヤのCDを聞くと、これはもうあきれるほどすばらしい。そもそも、戦後急速に普及した高品質のナイロン弦など存在せず、すぐに緩んだり切れたりする羊腸弦しかなかった時代に、よくあれだけつややかな音が出せたものだと、それだけで頭が下がってしまう。

CDが開発されたおかげで、LP時代にもなかった古いSPレコードの復刻が、さかんに行なわれるようになった。たとえばギタリスト兼歌い手の、ホアン・ブレーバが生まれたのは一八四〇年代だから、日本で言えば江戸時代にあたる。そうした、いにしえの人たちの歌や演奏を今の時代に聞けるのは、まことにありがたいことである。

フラメンコは、この二十年の間にそれ以前の百年にも匹敵する、大きな変化を遂げた。時代の流れとはいいながら、わたしの目にはそれがプラス方向への変化とは、どうしても思えない。いずれは、伝統的なフラメンコのよさが見直されるときがくる、と信じるのはわたし一人ではあるまい。

【弘法は筆を選ぶ】

弘法筆を選ばず、というが、それは正しくない。弘法さまも、ここぞというときはかならず、気に入ったいい筆を使ったに違いない。楽器も同じである。

ギターはバイオリンと違って、何百年も実用に耐えるほど丈夫には、作られていない。骨董品としてではなく、実際に使える楽器としてのギターの耐用年数は、大事に使ってせいぜい百年がいいところだろう。

ストラディバリウスに匹敵するギターの名工は、アントニオ・デ・トーレスという十九世紀の、スペインの製作家である。トーレスは、それまでのギターを一回り大きくして、音質的にも音量的にも旧来のものを上回る、現代ギターの原型を作った。

この人の作品で、保存状態がいいものは楽器としての価値に骨董価値が加わり、かなり高い値段がつけられる。むろんバイオリンとは桁が違うし、相場が出来上がっているわけではないが、一千万円を下ることはないだろう。わたしも、千五百万ないし二千万といわれるトーレスをいじったことがあるが、緊張してどんな音だったかよく覚えていない。

トーレスの直系の弟子ではないが、十九世紀の後半から今世紀初頭にかけて、スペインで二人のすぐれた製作家が活躍した。ホセ・ラミレス一世と、マヌエル・ラミレスのラミレス兄弟である。

ホセの一族は、代々自分の息子に技術を引き継ぐ形をとり、現在は四世がマドリードの工房を守っている。一方のマヌエルは、子供に恵まれなかったこともあってか、弟子に技術を伝えた。その門下からサントス・エルナンデス、ドミンゴ・エステーソ、モデスト・ボレゲーロと、三人の名工が出ている。

アンドレス・セゴビアが、首都で初めてのコンサートを開くために、マドリードへ出たのは一九一二年のことだった。セゴビアは、いいギターを買う金がなかったので、せめて貸し出しをしてもらいたいと考えて、マヌエル・ラミレスの工房を訪れた。

マヌエルは、セゴビアの風変わりな申し出に戸惑いながらも、奥から注文流れのギターを取り出して来て、若者に弾いてみるように言った。セゴビアは、一目でそのギターが気に入り、何もかも忘れて手持ちのレパートリーを弾きまくった。

たまたまそこに、マドリード王立音楽院のバイオリン科の主任教授が来合わせ、セゴビアの演奏を聞いていたく感心した。教授はセゴビアが、非凡な才能をギターなどという大衆的な楽器に浪費するのを惜しみ、バイオリンに転向しないかと持ちかけた。セゴビアは感謝感激しながらも、バイオリン以上にギターは自分を必要としている、と言ってその申し出を断る。そのやりとりを聞いたマヌエルは、件のギターをセゴビアに無償で与えて、その前途を励ましたと伝えられる。

セゴビアは、マヌエルのギターを二十年以上にもわたって愛奏したが、実際にそれを作ったのは一番弟子の、サントス・エルナンデスだった。サントスが、トーレス以降の最大の名工、とされるゆえんである。それ以後サントスのギターは、ギタリストにとって垂涎の的になった。

マヌエルの死後、サントスは独立して工房を構えたが、雑用係以外の弟子を持たなかったので、作品の数はかならずしも多くない。しかし使用者が大事に使うのと、丈夫に作られているのとで、今でもかなりの数が残っている。少なくとも、日本では伝説的といってもいいほど人気があり、長い年月の間に多くのサントスが流入した。

実はわたしも、最近そのサントス作のクラシックギターを、ようやく手に入れた。ラベルに一九三六年とあるから、奇しくもスペイン内戦が勃発した年に、製作されたことが分かる。一見したところは、古道具屋でも躊躇して引き取りそうにない、古ぼけたギターである。しかし、初めて弾いたときに体がぞくぞくして、どうしてもほしくなった。わたしも、あちこちでサントスのギターと出くわしたが、これほどの作品にはお目にかからなかった。古書と同じくこういうギターを一度逃したら、二度と遭遇するチャンスは巡ってこないので、思い切って買ってしまった。わたしのような、ずぶの素人が持つにはいささか気の引ける逸品だが、こればかりは大目に見てもらわなければならない。

サントスは、ギターの音量や音質を改良するために、さまざまな工夫をこらした。たとえばわたしのギターは、サウンドホールの下部を補強する支え木が、水平ではなく斜めに取りつけられている。これは、高音部をよく鳴るようにするため、といわれる。表面板の裏側には、力木と呼ばれる補強材が何本も取りつけられるが、サウンドホールの内側に光を入れてシルエットを見ると、その配置や長さがよく分かる。鏡を使えば、ひそかに製作家が書き入れたメッセージや献辞、署名などが見つかることもある。サントスは、マヌエルの工房で働いていた時代、表面板の裏側にしばしば自筆のサインを入れ、自分の作品であることをこっそり主張したりしている。

サントスは第二次大戦中に死亡したが、未亡人がマルセロ・バルベロを招聘して、技術を引き継がせた。バルベロも一九五〇年代に早逝したため、アルカンヘル・フェルナンデスがあとを継いで、現在にいたっている。

アルカンヘルもまだ六十代ながら、現代の製作家としては伝説的な名工で、製作本数が少ないためにこれから先何年かは、予約で一杯だという。たまに中古が市場に出回るけれども、新品とほとんど変わらない価格で取引される。

サントス、アルカンヘルとまでは言わないが、ギターがうまくなる秘訣の一つは、よい楽器を持つことに尽きる。弾き心地がいいと練習も楽しいし、だいいち高いお金を払って買ったと思えば、意地でも続けようという気になるものである。

国産の手工ギターも、値段と品質とのバランスからいえば、けっして輸入品にひけをとらない。国産で、たとえば三十万円も張り込めば、輸入品の百万円のギターに劣らぬものが、手にはいる。

それでも高すぎる、と尻込みされる向きがあるとすれば、せめて十万円奮発してください、とお願いする（別にわたしがお願いする筋でもないのだが）。手工品としては最安値でも、十分にギターの楽しさは味わえる。

【これであなたもギターが弾ける】

すでに書いたとおり、〈習うより慣れろ〉である。

まず、『愛のロマンス』を弾ける程度のレベルの人から、手取り足取りこの曲の弾き方を教えてもらうのが、最善の策である。わたしが言うほどやさしくはないが、あなたが考えるほどむずかしくもない。これを一通り弾けるようになってから、正式の教則本に取り組んでも、決して遅くない。むしろ、その方が理解と上達の早道になることは、わたしの経験からいっても確かである。

それと、ギターの趣味を長続きさせるコツは、自分の能力以上のものを弾こうとしないこと、に尽きる。むろん、少しずつグレードを上げることは必要だが、ある程度までいったら上昇志向から水平志向に移り、やさしい曲のレパートリーをふやす方がいい。わたしのように、バッハの『シャコンヌ』に挑戦するなど、今思えば蟷螂の斧であった。わたしは今、『野ばら』とか『椰子の実』『荒城の月』『この道』など、サントスが泣きそうなくらいやさしい曲を、楽しみながら弾いている。

むずかしい曲を下手くそに弾くより、やさしい曲を美しく弾く。これがギターの極意である。

これであなたも、間違いなくギターが弾ける！

（『小説新潮』一九九六年六月号）

スペイン／世界遺産の旅

【五年ぶりのスペイン】

昨年八月のことである。

ＮＨＫから、スペインの世界遺産を訪ねる番組に、ゲストとして出演してもらえないか、との打診を受けた。それも、衛星ハイビジョン放送の生中継特別番組で、時期は十一月の末から十二月上旬にかけての、十日間ほどだという。

若いころは、スペインへ行けると聞いただけで胸が躍り、矢も盾もたまらなくなったものだ。しかし、最近はそういう話が舞い込んできても、まず考えてしまう。

むろん、スペインに対する愛情や関心が薄れてしまった、という次第ではない。あるいはまた、年とともに体力や気力が衰えてきた、というわけでもない。ただなんとなく、二つ返事で引き受けにくい何かが、澱のようにたまっているのだ。

ヨーロッパ諸国に追いつこうと、スペインが努力するのはけっこうなことだし、それをとがめる気はない。いつまでも観光客気分で、スペインをヨーロッパの片田舎に閉じ込めておきたい、と願うのは当方の独りよがりだろう。とはいえ、あの誇り高いスペイン人が伝統あるペセタを捨てて、ユーロへの通貨転換を受け入れる道を選ぶとは、信じられなかった。そこまでスペインは、ヨーロッパに同化したかったのか。

そのことが、なぜかわたしには腹立たしく、といって言いすぎなら寂しく感じられて、スペイン行きを躊躇してしまうのだ。

正直なところ、スペインには五年近くもごぶさたしているので、行きたくないわけがない。しかも、まだ一度も訪れたことのないサンティアゴ・デ・コンポステラが、取材地の候補に含まれている。サンティアゴへ行けば、アンダルシアとはまた異なるスペインを、見ることができるだろう。

あれこれと考えたあげく、ようやく腰を上げる決心がついた。

十一月二十七日、不在の間の原稿を書き溜めしたわたしは、五年ぶりのスペインへ向けて、旅立ったのだった。

【スペイン人の住むイギリス】

日本と八時間遅れの時差なので、マドリード到着は同日の夕刻になった。

ただし、マドリードには一泊しただけで、翌朝早々空路マラガへ飛ぶ。

マラガからは、チャーターした観光バスでコスタ・デル・ソル沿いに南下し、英領ジブラルタルと国境を挟んで対峙する、ラ・リネアの町へ向かった。そう、この旅はなぜか世界遺産指定地でもなく、スペインですらないジブラルタルから、始まるのである。

実をいえば、ジブラルタルはわたしにとって、悪くないスタート地点だった。

まず、これまでジブラルタルには二度来ているので、多少の土地鑑がある。また、現在第三部まで書き継いでいる、第二次大戦をテーマにした〈イベリア・シリーズ〉にも、ここが舞台として登場する。当時、ジブラルタルは地中海への出入り口として、イギリスの命綱になっていた。ドイツ軍に攻略されぬよう、ここを巡って連合軍とスペインの間に、熾烈な駆け引きが行なわれた。そういう場所だから、何度でも見ておきたい。

それはともかく、中継は十一月三十日にジブラルタル頂上の展望台から、強風をついて始まった。番組は、ジブラルタル海峡の船上にいる徳田アナ、歴史学者の木村尚三郎さんの二人と、こちらは女子アナの住吉美紀さん、わたしのコンビで進められる。

イベリア半島の、ほとんど最南端に位置するジブラルタルが、東京とほぼ同じ緯度にあると聞けば、意外に思う人が多いのではないか。南国のイメージが強いスペインだが、四国、九州や沖縄の方がはるかに南にあるのだ。

ジブラルタルの中心街は、スペインとイギリスの両方が入り交じった、独特の雰囲気をもつ。

かつて、ジブラルタルのタクシー運転手にスペイン語で、「ここに住む、スペイン人とイギリス人の割合は、どれくらいか」と質問したことがある。すると、どう見てもスペイン人の運転手はにべもなく、「一〇〇パーセント、イギリス人だ」と答えたものだ。英領になって三百年もたてば、スペインに対する帰属意識がなくなるのは、当然のことだろう。現に、以前行なわれた住民投票の結果でも、九〇パーセント以上の住民が、英領残留を希望したそうだ。

さて、ジブラルタルの中継はほんの挨拶程度で、これからがいよいよ本番になる。


【トレドのパラドールで、最高の贅沢】


十一月三十日の夕方、最初の世界遺産の訪問地、トレドへ向かう。

飛行機も列車も連絡が悪く、ラ・リネアからバスで移動することになったが、道のりにして六、七百キロほどもあり、かなりきつい旅だった。

トレドは、町そのものが世界遺産に、登録されている。

もと、ローマ帝国の植民都市として建設されたこの町は、六世紀前半から八世紀初頭まで、ゲルマン系の西ゴート族の首都として栄えた。その後アラブに占領され、イスラム、ユダヤの文化がここに花を咲かせる。十一世紀の末、キリスト教徒によって奪還されたあと、十六世紀半ば首都がマドリードに移されるまで、統治の中心地になっていた。

濠に囲まれた江戸城に似て、曲がりくねったタホ川沿いに建設されたトレドは、天然の要害の地といえよう。さらに外敵の侵入に備えて、町中に細い路地が迷路のように張り巡らされ、地下道や地下壕まで掘られている。現在も、その一部を穴蔵として使用中だというから、町の人は博物館の中に住むようなものだ。

タホ川の対岸に建つ、国営パラドールに泊まった。

このとき、次の訪問地アランフエス宮殿の回に出演する、ギタリストの村治佳織嬢と、同宿になる。高校生のころからよく知る佳織嬢は、今や日本のギター界を背負って立つギタリスト、といっても過言ではない。

客室が隣合わせだったせいで、夜ベッドにはいってからと、朝起き出す前に壁越しにギターの音が、聞こえてくる。佳織嬢が、練習しているのである。おかげで、気持ちよく眠れた。美女の弾くギターを、子守歌と目覚まし時計がわりに聞くという贅沢は、めったにできるものではない。

(「トレドの怪」参照)

暦が変わって、十二月一日はリハーサルにあてられ、二日がトレドの本番になる。

生中継というのはまことに忙しく、ある場面が終わったあとビデオが流される間に、すばやく次のロケ地点へ移らなければならない。速足というより駆け足、へたをすると全力疾走である。

住吉アナも、あの細い体でよく走ったが、わたしもがんばった。こういうとき、推協のソフトボールや草野球で鍛えた体が、モノをいうのである！

翌三日は王室の離宮、アランフエス宮殿を訪れる。

この宮殿をテーマに、盲目の作曲家ホアキン・ロドリゴが有名なギター協奏曲、〈アランフエス協奏曲〉を書いたことは、広く知られている。思ったより簡素な宮殿で、贅を尽くしたという印象はない。ここの舞踏の間で、佳織嬢がギターを弾いてみせる。朝晩の練習の成果が出たか、まことにもって堂々たる名演奏だった。

わたしも座興で一曲弾いたが、むろんその場面は放映されていない（残念）。


【毛糸のパンツ、毛糸の帽子】


その日のうちに、翌日の取材地セゴビアへ移動する。

トレドのあと、グラナダ取材のため移動する木村尚三郎さんも、出番まで二日の余裕があるので、セゴビアまでご一緒された。木村さんは、スペインに来たからにはなんとしても、〈トレドのウサギ〉と〈セゴビアの仔豚〉を食べずにはおかぬ、と宣言しておられたのである。一回り以上年長だが、その健啖ぶりと健脚ぶりにはわたしもいささか、たじたじとなる。

明けて四日、まだ日ものぼらぬうちにリハーサルのため、セゴビア郊外に出る。

マドリード以北は、さすがに寒さが厳しい。じっとしていればがまんもできるが、風が当たると髪がちぎれる（？）くらい、猛烈に寒い。撮影用に仕立てた、赤と黄色のツートンカラーの派手なバス、〈アミーゴス号〉の二階に乗って走行しながら、カメラに向かって笑顔でしゃべるのは、痩せ我慢を売る寒中水泳のようなものである。住吉アナは、特製の毛糸のパンツをはき（たぶん）、わたしは彼女に借りた毛糸の帽子をかぶって、なんとか難行苦行に耐えた。そのつらさは、真冬に吹きさらしのバスの展望台に乗って、小雨の振りかかる中を走ったことのある人なら、だれでも分かってくれるだろう。

午前十一時三十分（日本時間午後七時三十分）から、セゴビアに残るローマ時代の巨大な遺構、水道橋を取材する。遺構とはいえ、つい二十年近く前まで水道管を通して、実用に供されていたと聞く。実物を見るのは十六年ぶりだが、その大きさにはいつも圧倒される。石を積んだだけのアーチが、二千年も崩れずにちゃんと建っているのは、地震が少ないから……と言えば身も蓋もないだろう。とにかく、世界遺産にふさわしい威容だ。

ついでながら、〈世界遺産〉という呼称は英語の〈World Heritage〉を、直訳したものと思われる。一方スペイン語では、これを〈Patrimonio de la Humanidad〉、つまり〈人類遺産〉と呼ぶ。こちらの方が、より本来の主旨に近い呼び方だ、という気がする。

十二月五日訪問のアビラは、キリスト教徒がアラブの侵略を防ぐために、町の周囲に頑丈な石の壁を巡らした、城壁都市として知られる。この町を守った騎士にちなんで、〈オステリア・

デ・ブラカモンテ〉と名付けられたホテルは、オステリア（旅籠）という控えめな名前を裏切って、中世の雰囲気を漂わせるりっぱなたたずまいだ。仕事のあと、スタッフと短時間休憩しただけだが、レストランもなかなか充実しているようで、ぜひ一度泊まってみたい宿泊施設だ。

日が暮れかかる前に、次の取材地ポラ・デ・レイナへ移動する。

今回の旅の中で、この村は最北端にあたる。寒さはますます厳しく、ついに喉と鼻をやられてしまう。しかも、翌朝の明け方全村が停電に襲われ、ロウソクの光の中で身支度、荷造りするという、サスペンスフルな体験を余儀なくされた。住吉アナは、暗闇の鏡に映る自分の黒い影に驚き、思わずギャッと叫んだという。

カメリハのあと、日の出間もない午前九時から、本番が始まる。村の丘の上に、ぽつんと建つ石造りの、小さな教会を取材する。イスラム教徒も、さすがにここまでは攻めのぼって来なかったらしく、手つかずで残っている。攻めて来たとしても、あまりの小ささに見逃したに違いないと思うほど、ささやかな教会だ。

【最終地サンティアゴへ】

本番が終わると、すぐにバスに乗ってレオンへ向かう、というあわただしさ。

この町の、大聖堂のステンドグラスの壮麗さも一見に値するが、それとは別に個人的な驚きがあった。見物人の中から、見知らぬスペイン人の男性が近づいて来て、自己紹介をした。わたしのよく知る、スペインの通信社EFEの日本支社長、カルロス・ドミンゲスの弟だ、という。彼はカルロスから、わたしがNHKの仕事でレオンを訪れるので、撮影現場へ行って挨拶してこい、と連絡があったのだと説明した。異国でのこうした出会いは、ことのほかうれしいものだ。

レオンでの本番が終わると、またまたバスに乗ってさらに山奥の村、セブレイロに向かう。このあたりは、いわゆる〈サンティアゴ巡礼の道〉の途上にあるが、今は季節が季節なので、巡礼の姿はほとんど見られない。

ちなみに、ポラとセブレイロは山間の小さな村にもかかわらず、いずれもりっぱな自動車道が、すぐ近くまで伸びている。車で行くかぎり、不便さはほとんど感じられない。こんな辺鄙なところまで、スペインのインフラ整備の手が及んできたのは、むろんEU統合による資金援助のおかげである。いずれにせよ、〈人も通わぬひなびた山村〉などというものは、この国でも珍しくなったようだ。

翌十二月七日の朝は、まだ日の明け切らぬうちから藁葺き、石造りの巡礼の宿泊施設などを、リポートする。このあたりは、徳田アナや木村さん、村治佳織嬢などがいるグラナダとの、二元中継になる。サクロモンテで、洞窟のフラメンコに興じたりしたようだが、あちらはこちらほど寒くないだろうし、少々うらやましかった。

セブレイロが終わり、ふたたびバスで最終目的地のサンティアゴ・デ・コンポステラへ、一目散に駆けつける。それでも到着時間が遅れ、プログラムの一部が割愛されることになった。レオンもりっぱだったが、サンティアゴの大聖堂も負けていない。

ミサで行なわれた、ボタフメイロの儀式（重さ八十キロの銀の香炉を、長さ十メートルほどもあるロープで、前後に大きく振らせる儀式）は、息をのむ迫力がある。その振幅の大きさに、もし軌道がずれて祭壇に激突したりしたらどうしようと、はらはらさせられた。現にこれまで二度ほど、ロープの切れる事故が発生した、という。もっとも、十六世紀かそこらの話らしいが。

さらに、通常は許可されていない大聖堂の屋根に出るという、貴重な体験もさせてもらった。小雨に濡れながら、斜めに続く階段状の屋根の上を歩いていると、たちまち活劇場面が思い浮かぶ。いつかどこかで、使えそうだ。

すべてが終わり、その夜サンティアゴの町を一人でぶらりと歩いた。

変わったと思ったスペインだが、北国のこの町はマドリードなどの大都市が失いつつある、しっとりとしたたたずまいをまだ残している。これは、ちょっとした喜びだった。

わたしは、バスク地方を一度訪れただけで、スペイン北部をほとんど知らない。マドリードやバルセロナ、あるいはアンダルシア地方とは異なる、別のスペインに触れるきっかけを得ただけでも、今回の旅は収穫があったといえるだろう。

【カルメンとの再会】

十二月八日の朝、サンティアゴから飛行機に乗って、マドリードにもどった。グラナダで取材していた徳田アナ、村治佳織嬢らもスタッフともども、同じホテルに到着する。

マドリードに、わたしはぜひその消息を尋ねなければならない、一組の老夫婦がいた。一九七一年、初めてスペインへ行ったときに、列車で知り合ったある老人の、娘夫婦である。娘の名はアンヘリータといい、年齢は今年でもう七十三歳になる。夫のホセも、すでに八十歳を越えている。

老人が亡くなったあと、わたしはアンヘリータの娘カルメン（当時十八歳）と手紙をやり取りし、スペインを訪れるたびに家に招かれたものだった。カルメンはやがて結婚し、コルドバに移り住んだ。

その後、何かの事情で一時的に音信が途絶えたが、たまたまコルドバに行く北方謙三氏が、カルメンの家を探し当ててくれたおかげで、連絡が回復した。

そうやって今日まで、断続的に一家との交流が続いている。最後にカルメンと会ったのは、同じNHKの『わが心の旅』でコルドバを訪ねた、一九九六年五月のことだった。

マドリード在住の友人、堀越千秋画伯の奥さんからアンヘリータに電話してもらうと、カルメンは一年ほど前にコルドバを離れ、マドリードに近いアルカラ・デ・エナレスに、子供たちと住んでいるという。

八日は、たまたまカルメンの四十九歳の誕生日にあたり、アンヘリータは前夜から泊まりがけで、アルカラへ行く予定だったらしい。しかし、わたしがこの日マドリードにもどって来ると聞いて、家にいることにしたという。

アルカラはともかく、アンヘリータの家は郊外とはいえマドリード市内だから、表敬訪問せずにはすまされない。なにしろ、彼女はわたしが母親を早く亡くしたことを、最初に一家を訪れた二十九年前から覚えていて、自分がおまえのスペインにおける母親だ、と言い張るのである。年は一回りしか違わないが、その暖かい眼差しはまさに母親のものだ。

一家を訪れるたびに、最大級の歓迎をしてくれるのはうれしいが、とかく長居をしてしまう結果になる。今回は、NHKスタッフとの打ち上げもあり、ほんの三十分程度とあらかじめ断った上で、わたしは堀越夫妻のほかに佳織嬢も誘い出し、一緒にアンヘリータの家へ向かった。アンヘリータは、カルメンの末の妹ジョランダが嫁いだあと、夫のホセと二人暮らしをしている。心臓が悪いと聞いたが、だいじょうぶだろうか。

そんなことを考えながら、集合住宅のインタフォンを押して中にはいると、すでに戸口に立って待ち構える、アンヘリータの姿が見えた。初めて会ったとき、彼女はまだ四十歳を出たばかりだったが、すでに堂々たる腰回りをしていた。そのころから、あまり変わっていない。ただし、真っ黒だった髪がすっかり白くなったのは、お互いさまである。

例によって、アンダルシア訛りで早口にまくし立てるので、半分も聞き取れない。

どうも様子が変だと思ったら、なんと奥からカルメンが出て来るではないか。月曜日でもあり、ふだんカルメンは働きに出ていると聞いたから、会えるとは思っていなかった。この不意打ちに、われ知らず涙が出た。カルメンを見ると、若き日のスペインへの憧れが思い出されて、いつも感無量になるのである。この修羅場に、あとで佳織嬢から作家でない逢坂剛の一面を見た、とからかわれた。

どうやらアンヘリータは、この日わたしが家を訪ねて来る可能性があるので、カルメンをアルカラから呼び寄せ、こちらで誕生日を祝うことにしたらしいのだ。おかげでわたしは、カルメンと七年ぶりに再会できた、という次第だった。カルメンの夫もホセだが、長男とともにコルドバに残っている、という。仕事の都合で別居しているのか、それとも何か別の事情があるのか、深くは聞かなかった。

短い時間ではあったが、アンヘリータとカルメンの母娘に会えたので、忙しい今回のスペイン訪問にも、ようやく区切りがついた気がした。

最初、まったくそういう認識はなかったのだが、『世界遺産の旅・スペイン』の番組はハイビジョン初の、海外生中継だと分かった。単独企画としては、オリンピック等の世界的イベントを別にすれば、過去に例のない大規模スタッフを投入する、一大プロジェクトだったらしい。それだけに、同行したスタッフのチームワークと頑張りは、特筆に値するものだった。

＊

スペインに来てから、突発事件が起こった。

イラクで、新たなテロが発生したとニュースがはいり、日本人の外交官とスペイン人の情報員が殺された、と報じられたのだ。この知らせに、わたしもＮＨＫスタッフも、しばし声を失った。日本のテレビが、スペインで世界遺産のすばらしさを伝えているさなかに、日西双方の人命が多数失われることになるとは、なんともやり切れない話ではないか。いったい、どんなメッセージを発信すればいいのか。

あれこれと考えたあげく、恥ずかしながらわたしはそこで初めて、ごく単純な事実に気がついた。世界遺産とは、個々の遺跡遺構や自然景観を指すのではなく、その全体を支える地球そのもの、そこに生きる人類や生物すべてを指すのだ、と。

わたしたちは、これら掛け替えのない貴重な世襲財産を、最重要の世界遺産に指定するとともに、無事に次の世代へ引き継いでいかねばならないだろう。

（『オール読物』二〇〇四年二月号）

硝煙の中の男たち

硝煙の中の男たち

ジョン・ウェイン　＊アメリカの正義を体現

初めに、西部劇はなぜすたれてしまったのか、を考える。

この疑問に対する答えとして、少数民族（アメリカ・インディアン）差別への問題意識が高まったから、とするまことしやかな説がある。

むろん、それもいくらかは影響しているかもしれないが、この見方はおおむね西部劇を政治的な視点からとらえようとする、一部の評論家先生の事大主義的な妄説にすぎない。『レッドムーン』（グレゴリー・ペック主演、一九六九年）に登場する不死身のインディアンを、ベトナム戦争でアメリカ軍と果敢に戦ったベトコンになぞらえるのも、そのたぐいのはったりである。

この説が見当はずれなことは、ハリウッド西部劇にも五〇年代の初めから、インディアンを好意的に描いた作品が存在したこと、さらにインディアンが出て来ない作品、あるいは悪役として扱わない作品の方が、相対的に多かったことの二点を指摘するだけで、十分だと思う。

西部劇が衰退したのは、一つにはその勧善懲悪を基調とした単純なドラマ作りが、複雑化する文明社会の価値観にそぐわなくなり、観客に飽きられたためだろう。

西部劇の魅力は、抜けるように青い空、広びろとした草原、峨々たる岩山、箱庭のような小さな町、そこで展開される壮絶な撃ち合いといった、われわれ日本人の日常味わえない風景や状況を、スクリーンで疑似体験する点にある。それがすべてではないにせよ、そうした壮快感が西部劇を見る最大の楽しみ、といっても過言ではない。根っからの西部劇ファンは、それに飽きるということはないのだが、常に新しい刺激を求める無邪気な映画ファンの目には、退屈なものとしか映らなくなったらしい。

さらに、昨今のハリウッド映画を見れば分かることだが、SFXやCGを駆使した最新の映像技術によって、現実を超えた迫力あるスペクタクルが楽しめるようになると、ますます西部劇の出番はなくなる。西部劇には、そうした高度の技術を導入する余地が、ほとんどない。コルト四五や、ウィンチェスター銃をいくら撃ちまくったところで、超弩級の仕掛けに慣れた今の観客の興味を引くことは、不可能なのである。

ちなみに、六〇年代の中ごろに登場したマカロニウエスタンも、ハリウッド西部劇を衰退させた、元凶の一つといえる。血と暴力に彩られたマカロニウエスタンは、いわば西部劇を歌舞伎の様式美の世界から、安手のテレビドラマにおとしめてしまった。刺激がさらなる刺激を求め、最後には壁にぶつかって自己破壊にいたるという、いい例である。

九〇年代の前半から半ばにかけて、『許されざる者』『ジェロニモ』『ワイアット・アープ』『トゥームストーン』『クイック＆デッド』『バッドガールズ』といった、一連の新作西部劇がハリウッドで製作された。一時は、西部劇ブーム再来か、とまで騒がれた。しかし、予想したごとくそのような事態にはならず、西部劇はそれ以前よりももっと、忘れられた存在になった。

これら新作の西部劇が、半世紀前のランドルフ・スコットや、ジョエル・マクリーのそれに比べて、はるかにリアルに作られていることは確かである。

男たちは、みな髭だらけで汚い服に身を包み、夜の酒場はランプしかないのでひどく暗い。銃で撃たれれば必要以上に血が飛び散り、撃たれた人間は思い切り派手に吹っ飛ぶ。実際、コルト45の銃弾を至近距離で食らえば、背中にどでかい穴があいたというから、確かにリアルには違いない。

一方、スコットやマクリーは殴り合いでぼろぼろになっても、次のシークエンスではいつどこで着替えたのか、ぱりっとしたシャツを身につけて登場する。撃たれた人間は、すとんとあっけなく倒れるだけで、血も吹き出さない。夜の酒場はあくまでも明るく、昼の空はあくまでも青い……。

しかし、言ってみればそのいかがわしさこそが、西部劇の美学なのである。

西部劇ファンは、西部劇にリアリズムなどを求めたりしない。と言って言いすぎなら、虚構の中のリアリズムで十分に満足している、と言い直してもよい。リアリズム西部劇の嚆矢とされる『真昼の決闘』(一九五二年)も、いわゆる〈くそリアリズム〉ではなく、まだ虚構の中にとどまっている。

時計を気にしながら、妻への遺書を書くゲイリー・クーパーは、死を恐れる平凡な男に描かれる。現実には、こういう男は保安官にならないだろうし、戦っても逆に撃ち殺されるのがおちだろう。しかし、西部劇という虚構のリアリズムの中にあっては、クーパーは新妻(グレース・ケリー)の助けを借りながらも、ちゃんと悪を倒すのである。

西部劇は、基本的に勧善懲悪のドラマであり、単純明快をもってよしとする。正義は栄え、悪は滅びる。それ以外のメッセージは必要ない、と言い切ってもよい。

どれほど話の入り組んだ西部劇でも、すぐれた作品はかならずこのパターンに収まる。

＊

まず、ジョン・ウェインから始めよう。

お断りしておくが、わたしはウェインの忠実なファンではない。また、この俳優を繰り返し使った監督、ジョン・フォードについても同様である。彼ら二人が、西部劇の発展に寄与した功績は認めるものの、個人的には少し距離を置きたい存在だった。

ウェインに、もう一つのめり込めない理由は曖昧だが、要するにアメリカ的正義とでもいうか、力によって正義を実現しようとするキャラクターに、なじめなかったからかもしれない。

フォードとウェインが組んで作った作品の中で、わたしが語るべきものを持つのはわずかに一作、『捜索者』（一九五六年）だけである。

フォード作品に限れば、わたしは『荒野の決闘』を大いに評価するもので、『黄色いリボン』『三人の名付親』の詩情といえども捨てて惜しまず、『駅馬車』にいたっては初見以来、ついぞ感心した覚えがない。

そもそも、『駅馬車』ほど〈インディアン＝悪者〉説を流布した映画は、ほかに見当たらない。わたしは、西部劇に取り込まれた初期のころから、インディアンを悪役にした作品が嫌いだった。それは別に、少数民族問題うんぬんなどという、高尚な意識があってのことではない。

騎兵隊とインディアンの戦いなどは、西部劇ではなくて戦争映画の範疇に入れるべきであり、戦争映画が好きでなかったわたしが忌避するのは当然だった。西部劇は、ヒーローと悪役に分かれた西部男同士が最後に一対一、あるいは一対複数で撃ち合って決着をつける、それが最大の醍醐味だと信じていた。

『駅馬車』が作られた一九三九年の時点では、フォードのようなインディアン観はそれほど、珍しくはなかっただろう。ただ、この映画がヒットしたため後発の西部劇が、われもわれもとインディアンの駅馬車襲撃を取り入れ、少数民族問題を浮かび上がらせる結果になったのは、不幸なことだった。

そうしたフォードのインディアン観は、七年後に作られた傑作『荒野の決闘』でも変わっていないことが、一つのシーンからうかがわれる。

開巻ほどなく、ワイアット・アープ（ヘンリー・フォンダ）がトゥムストンの町にやって来て、酒場で拳銃を乱射するインディアン・チャーリーという酔漢を捕らえ、町から追い出すシーンがある。

このときアープは、日本語字幕ではずいぶん簡略化されているが、次のようなことを言って尻を蹴飛ばす。

「インディアンは、さっさと町を出て行け。二度と来るんじゃない」

このシーンは、アープないしアープ時代のインディアン観を表現したというより、明らかにフォード自身の意識を表すもの、とみてよかろう。

その意識が変わったのは、『捜索者』からである。

この作品では、インディアンに兄弟一家を惨殺されたウェインが、さらわれた姪（ナタリー・ウッド）を探して、西部を流浪する男を演じる。

インディアン憎しと思うあまり、ウェインは姪を発見しても連れ帰らず、その場で撃ち殺すつもりでいる。長年インディアンの間で暮らせば、白人娘もインディアンと同じになる、というわけだ。

ラストで、発見された姪は殺される危険を察して逃げ、ウェインがそれを馬で追いかける。殺すのか、殺さないのか。

観客は、まさかと思いながらかたずをのむわけだが、ウェインは結局姪を抱き上げて家路につく、というハッピーエンドで終わる。それまで、復讐と憎悪に凝り固まっていたウェインの、最後に見せるやさしい表情が実によく、予想される結果であるにしても泣かされる。

これをきっかけに、フォードのインディアン観はほとんど一八〇度転換し、『馬上の二人』『シャイアン』へとつながっていくのである。しかし、作品としてのボルテージは、どんどん落ちてしまった。

そうした意味で『捜索者』は、フォードとウェインのコンビ作品の中では最上のものであり、ウェインの西部劇としても娯楽大作『リオ・ブラボー』とともに、代表作の一つに数えられよう。

リチャード・ウィドマーク　＊史上最高の悪役

わたしが、初めて明確に西部劇ファンとしての自覚を持ったのは、一九五九年（昭和三十四年）七月十三日、高校一年生のときにエドワード・ドミトリク監督の『ワーロック』を見てからである。

この作品で、初めてリチャード・ウィドマークに出会ったわたしは、以後今日にいたるまで四十三年間（二〇〇二年当時）、ずっと彼のファンであり続けている。わたしにとって、唯一無二の男優といってよい。

一九一四年十二月生まれのウィドマークは、現在八十七歳という高齢ながらいまだ健在である。カーク・ダグラスと並んで、古きよき時代のハリウッドを代表するスターの、最後の生き残りの一人だろう。

ちなみに『ワーロック』については、ヘンリー・フォンダの項にあらためて書くつもりなので、ここでは詳しく触れない。ただ、ウィドマークが中途半端な役柄を振り当てられた結果、明らかに不完全燃焼のまま終わったことだけは、指摘しておきたい。あるいはその欲求不満が、わたしをいっそう強くこの悪役スターに引きつける結果になった、といっていいかもしれない。

ともかくわたしは、『ワーロック』をよくできた娯楽西部劇と評価しつつも、初めて接したウィドマークの本領はこんなものではない、という飽き足りなさを覚えた。

ウィドマークに関しては、それまでに映画雑誌の記事やスター名鑑などで、そこそこの知識を得ていた。

大学を卒業したあと、ウィドマークは母校で演劇を教えたりラジオの声優をしたり、あるいは舞台に立ったりして回り道をしたため、スクリーンデビューは三十三歳とかなり遅かった。

ただし、そのデビューのしかたがすごい。

戦後ほどなくヘンリー・ハサウェイ監督が、ドキュメンタリータッチのギャング映画を撮影するにあたって、肝腎のギャング役を演じるいい役者が見つからず、オーディションを行なった。そのとき、映画出演の道を求めていたウィドマークが、応募してきた。

面接したハサウェイは、ギャング役をやるにはインテリ臭が強すぎる、と一度はダメを出した。ウィドマークは、少しだけでも演技を見てくれないか、と食い下がる。

しかたなく、ハサウェイは「人を殺したあとで笑うところ」という、むずかしい課題を与えた。

そこで披露した、ハイエナのような恐ろしいギグリング（ケタケタ笑い）こそ、ウィドマークの俳優としての成功を約束する、最大の演技になったのだった。ハサウェイは、その笑い声を聞いたとたんにぞっと身の毛がよだち、この男以外にトミー・ユードウ（ギャングの役名）を演じられる役者はいない、と即座に採用を決定した。

もっともこれは作り話で、実際にウィドマークを気に入ったのはハサウェイではなく、大物製作者のダリル・ザナックだったという説もある。

ともかくこうした経緯で完成したのが、戦後のフィルムノワールの先駆になった傑作、『死の接吻』である。主演のヴィクター・マチュアは話題にもならず、殺し屋ウィドマークの恐ろしさだけが際立って、上映館から観客の悲鳴が外まで漏れるほどだった、という嘘のような逸話も残っている。

ちなみに、後年テレビ放映でこの作品を初めて見たとき、わたしはウィドマークの新鮮な演技に一驚を喫し、当時の評判が決しておおげさではなかったことを知った。ことに、ウィドマーク独特の冷酷な個性を浮き立たせる、陰影に富んだ白黒画面のライティング効果には、目を見はらされた。

いずれにせよ、わたしのウィドマークに対する関心、というか憧憬は、事前に十分に熟していたわけで、それが『ワーロック』によって爆発したのは当然の帰結だった。

それからわたしは、すでに公開されたウィドマーク作品を片端から追いかけ、都内の映画館を東奔西走することになる。二日後には現代版西部劇『拳銃の罠』、さらに二日後にはナチスの残党もの、『太陽に向って走れ』を見た。案の定、『ワーロック』で感じた欲求不満は跡形もなく消し飛び、輝くばかりのウィドマークの姿がそこにあった。

そしてさらに一か月後、ようやくわたしは池袋の場末の三番館で、西部劇のオールタイム・ベストテンの一つ、『ゴーストタウンの決闘』と巡り会う。

この作品は、『OK牧場の決闘』『ガンヒルの決闘』とともに、ジョン・スタージェス監督のいわゆる〈決闘三部作〉の一つを構成するもので、その第二作目に当たる。

三部作は、いずれも傑作と呼ぶにふさわしい西部劇だが、中でも『ゴーストタウンの決闘』はウィドマークの代表作の一つであり、わたし自身もっとも愛着が強い。

主演は、当時MGMの看板スターの一人だった、ロバート・テイラー。二十世紀フォックス出身のウィドマークは、客演というかたちになる。

ストーリーは、テイラー扮する保安官ジェイク・ウェイドが、かつて一緒に組んで強盗を働いた南軍の戦友、クリント・ホリスター（ウィドマーク）にフィアンセともども人質にされ、盗んだ金の隠し場所へ案内させられる、というシンプルなもの。

ウェイドは、一度クリントに命を助けられた負い目があり、その上真人間にもどるために奪った金をゴーストタウンに埋め、ひそかに強盗団を抜けた過去がある。その金を取りもどすために、クリントはかつての仲間を集めてウェイドを捕らえ、長旅に出るという筋立て。このあたりの導入部は、いかにも職人スタージェスらしく、テンポがいい。

後ろ手に縛られたウェイドは、疲れたふりをしてわざと馬から落ちてみせ、一味の油断を誘う。ついに、縄を解かせることに成功したウェイドは、隙をみてフィアンセを抱きかかえ、崖からジャンプして脱走を図る。

あえて、むずかしい脱出路を選んで裏をかいたつもりが、逆にその裏を読まれてクリントに待ち伏せされ、苦汁を飲まされる。このあたり、『哀愁』で一世を風靡した二枚目テイラーの仏頂面と、冷酷無比のウィドマークのふてぶてしさが好対照をなして、すこぶる快調な演出である。最後に二人が対決するのは定石だが、その前にもう一つ見せ場が用意されている。ゴーストタウンにたどり着いた一行に、町を取り囲んだコマンチ族が夜襲をかける。カメラに向かって、槍や矢がまともに飛んでくるアングルは、あきらかに立体映画を意識したもので、これがまた迫力満点の効果を生む。子分の一人を演じる、ヘンリー・シルヴァがコマンチにライフルで立ち向かい、矢をぶすぶすと射込まれて相討ちに倒れるシーンなど、のちのちまで語りぐさになったほどだ。

このくだりでも、テイラーがフィアンセに縄を解かれて自由になり、いざ逃げようとしてまたまたウィドマークに阻止される、泣くに泣けないシーンがある。頭にきたテイラーが、手にしたトマホークを地面に投げつける気持ちは、見ている側にもよく分かる。

そのいらだちが強いだけに、テイラーが金と一緒に埋めたサドルバッグの中から、不意に拳銃を取り出して突きつける逆転のシーンには、観客もどきりとさせられるだろう。

虚をつかれたウィドマークは、長い間埋まっていた拳銃から弾が出るわけはない、と牽制する。テイラーは撃鉄を上げ、試してみるかと挑発する。緊張の一瞬。

根負けして、ガンベルトを投げ捨てたウィドマークがテイラーに、気をもたせずに撃ってみろ、と言う。

テイラーが引き金を引くと、カチャリと音がするだけで弾が出ない。苦笑するウィドマーク。

このあたりの呼吸のよさは、スタージェスならではのもの。

最後に、テイラーがウィドマークに拳銃を与えて戦うシーンは、逃げ隠れする二人の位置関係がよく分からず、もう一つ迫力に欠ける憾《うら》みがある。むろん、正義の味方テイラーが勝つのはしかたないが、それまでウィドマークにやられっぱなしだっただけに、いかにも勝たせていただきました、という感が深い。

とにかくこの映画は、テイラーがウィドマークに鼻面をつかまれ、いいように引き回される筋立てで、なぜMGMが看板スターにこんな役をやらせたのか、とあきれてしまう。テイラーにしても、これほど損な役回りをよく引き受けたものだ、と感心させられる。

テイラーはキャリアこそ長いが、ハンサムなだけの大根役者とみられることが多く、賞とも無縁の存在だった。しかしわたしは、戦前からの二枚目役にあぐらをかくことなく、戦後西部劇をはじめとする汚れ役に挑戦したテイラーに、拍手喝采を送りたいと思う。

少なくとも『ゴーストタウンの決闘』で、ウィドマークの魅力を存分に引き出したのはテイラーだし、そのテイラーもまたこの作品で役者としての度量の大きさを証明した、といってよいのである。

ウィドマークの西部劇には、ほかに同じスタージェス監督による『六番目の男』と、くせ者デルマー・デイヴズ監督の『襲われた幌馬車』という、二本の傑作がある。

最初の西部劇出演作、『廃墟の群盗』（ウィリアム・ウェルマン監督作品）は『ゴーストタウンの決闘』と似た雰囲気だが、期待したほどの悪役ぶりではなかった。ハサウェイ監督の『悪の花園』では、主演のゲイリー・クーパーを食う熱演を見せながら、やはり中途半端な結果に終わっている。

ドミトリク監督とは、『折れた槍』『アルバレス・ケリー』でも組んだが、『ワーロック』に遠く及ばなかった。

後年、ジョン・フォードが監督した『馬上の二人』『シャイアン』は、ウィドマークのよさをまったく活かしていない。ジョン・ウェインが監督主演した、『アラモ』のジム・ボウイ役の方が、まだしもだった。

というわけで、ウィドマーク西部劇は『ゴーストタウンの決闘』を頂点として、『六番目の男』『襲われた幌馬車』の二本がこれに続き、五十代半ばで撮った『ガンファイターの最後』をもって、打ち止めとする。

グレゴリー・ペック　＊都会派の西部劇とは……

西部劇が衰退すると同時に、西部開拓時代のにおいを残す俳優たちも、しだいに姿を消した。その結果、ますます西部劇が作られなくなる、という悪循環に陥る。

一九九〇年代前半に、ハリウッドで新作の西部劇が何本か作られたが、クリント・イーストウッド、ジーン・ハックマンなど少数を除いて、出演者の中に西部劇の雰囲気やマナーを身につけた俳優は、ほとんどいなかった。『ワイアット・アープ』のケヴィン・コスナーなどは、西部劇に向かない俳優の最右翼といってもよい。

しかし、実のところ西部劇が似合わない俳優は一九四〇年代、五〇年代にもいた。

たとえば、都会派のケイリー・グラントはわたしが記憶するかぎり、一本も西部劇に出ていない。同じようなタイプのクラーク・ゲーブル、エロール・フリン、ウィリアム・ホールデンなども何本か西部劇を残したが、傑作と呼べるほどの作品はきわめて少ない。

今回紹介するグレゴリー・ペックも、典型的な知性派、都会派の俳優だから、西部劇には向いていないように思われる。ところが、これが意外にいい西部劇を残しているのだ。ただし、すかっとした正統派の西部劇ではなく、現代人に共通するニューロティックな、悩み多きタイプの主人公を演じた、変格ものに精彩を放つ。

ペックの最初の西部劇は、キング・ヴィダー監督の『白昼の決闘』(一九四六年)で、このときは主役ながら手に負えぬ無法者を演じて、話題を呼んだ。最後に、恋人役のジェニファ・ジョーンズと撃ち合い、共倒れになって死ぬというドラマチックなお話である。この西部劇は、ハリウッドの超大物製作者デイヴィド・O・セルズニクが、のちに夫人となるジェニファのために作ったもので、あくまで彼女をショーアップするための西部劇だった。ペックは、単にその相手役に選ばれただけにすぎず、きまじめで神経質な彼がいくら無法者ぶっても、何かぴんとこないものがあった。超大作には違いないが、ベストテンにはいるほどの傑作ではない。

二本目の西部劇、ウィリアム・ウェルマン監督の『廃墟の群盗』(四八年)でも、同じようなことがいえる。この作品で、ペックは銀行強盗団の首領を演じるのだが、やはり悪役をやってもきまじめな性格が邪魔になり、脇で悪役に徹したリチャード・ウィドマークや、ジョン・ラッセルに食われてしまった。

翌四九年、ペックは初めて『頭上の敵機』でヘンリー・キング監督と出会い、本領を発揮し始める。よほど相性がよかったとみえて、このコンビは『拳銃王』(五〇年)、『愛欲の十字路』(五一年)、『キリマンジャロの雪』(五二年)『無頼の群』(五八年)、『悲愁』(五九年)と、数かずの佳作を生んだ。

キングは、ペックのきまじめでインテリくさい性格に、いわば神経症的な要素をプラスすることで、きわめて現代的なキャラクターを創造した。ことにそれが西部劇の場合、従来にない斬新な効果を生んだ。

まず『拳銃王』だが、これは実在の無法者ジョニー・リンゴー（役名ジミー・リンゴー）の名を借りて、ガンマンの悩みを描いた一種の心理劇である。したがって、実在のリンゴーの生涯をたどるわけではなく、物語はフィクションにすぎない。

拳銃稼業から足を洗いたいペックが、早撃ちの評判を聞いたガンマンに次つぎと決闘を挑まれ、最後には後ろから撃たれて死ぬという、後味の悪い筋立てになっている。同じテーマを扱いながらも、数年後に作られたグレン・フォード主演の『必殺の一弾』（ラッセル・ラウズ監督）の方が、いろいろと見せ場が用意されていて、退屈しない。

とはいえ、『拳銃王』はありきたりの西部劇とは違うものを作ろう、という意図が明確に読み取れる、異色作である。

五一年に、ゴードン・ダグラス監督の『勇者のみ』に出演したあと、しばらく西部劇から遠ざかっていたペックは、五八年になってふたたびキング監督と組んで、『無頼の群』を撮った。この年ペックは、ウィリアム・ワイラー監督の『大いなる西部』にも出演しており、西部劇の当たり年だったといってよい。『大いなる西部』は、評論家やファンの間でも評価の高い、ベストテンクラスの作品である。

そのことに異論はないし、いずれ別項で取り上げるつもりなので、ここではむしろその陰に隠れ、損をした感のある『無頼の群』を、紹介することにする。

この作品は、めったに取り上げられることのない西部劇だが、わたしにとっては間違いなく、オールタイム・ベストスリーの一本である。

開巻、ペックが荒野を馬で旅するカットが延々と続き、そこにタイトルが流れる。

このときのタイトルバックミュージックが、『無頼の群』にぞっこん惚れ込んだ理由の一つ、といっても過言ではない。ライオネル・ニューマンの作曲で、行進曲風の軽快なリズムながら、なんともいえぬ暗いムードをたたえた、西部劇テーマ音楽の中でも出色の名曲である。一度耳にしたら忘れられないメロディで、活字ではそのよさを説明できないのがもどかしい。

ペックがある町に、四人の殺人犯の処刑を見物に来るところから、物語が始まる。

ペックは、保安官に頼んで留置場に案内してもらい、怨念のこもった暗い目で死刑囚たちの顔を、一人ずつじっくりと確かめる。この段階では保安官にも死刑囚にも、また観客にもペックがなぜはるばる遠くから、処刑見物にやって来たのか分からない。

四人組は、その町で銀行を襲って人を殺したため、死刑判決を受けたのだった。

その処刑前夜、町の人びとが全員教会に集まっている間に、死刑執行人に化けた仲間が保安官をナイフで刺し、四人の悪党を脱獄させる。一味は、父親の薬を取りにもどった雑貨屋の娘を人質に取り、馬を盗んで町から逃げ出す。

傷ついた保安官の知らせで、雑貨屋の主人をはじめとする捜索隊が編成され、犯人の追跡が始まる。ペックは保安官代理とともに、率先してその指揮をとる。

ここからが、ペックの見せ場である。

ペックが追跡に加わるのは、どうも法の正義を実現するために力を貸す、というのではなく、何か個人的な事情があるらしいことが、観客に伝わってくる。

四人の脱走犯は、スティーブン・ボイド、アルバート・サルミ、リー・ヴァン・クリーフ、ヘンリー・シルヴァと、錚々《そうそう》たる悪役が顔をそろえている。

親分格のボイドは、足跡を消しながら逃亡を続けるにもかかわらず、ペックがしつこく追跡して来るのに業を煮やし、クリーフに待ち伏せして片付けるように命じる。

クリーフは、草原の茂みに横たわってライフルを構え、追っ手が近づくのを待つ。ところがペックは、いち早くクリーフの背後に回って銃を突きつけ、ライフルを取り上げる。それから、懐中時計の裏蓋に仕込まれた妻子の写真を見せ、この女に見覚えがあるはずだ、と問い詰める。クリーフは否定し、土下座して命乞いをする。

ペックが言う。

「わたしの妻も、今のおまえと同じように命乞いをしたはずだ。自分には、夫も子供もいる。

どうか見逃して、とな」

ここで初めて、ペックは四人組に暴行され、殺された妻の復讐を遂げるために、一味を追っていたことが、観客に分かる仕組みになっている。

驚いたことにペックは、その場でクリーフを情け容赦なく射殺してしまう。

地面に頭をすりつけて、命乞いをする相手を主人公が殺すような西部劇を、わたしは見た覚えがない。のちに、残酷描写で売り出したマカロニウエスタンですら、そこまではやらなかった。

それだけをとっても、この作品が並の西部劇ではないことが分かる。クリーフを殺したあと、放心状態に陥ったペックの荒い息遣いが画面から聞こえる、という細かい演出も効いていた。

次に待ち伏せ役を引き受けたサルミも、ペックに投げ縄で逆さ吊りにされて殺されるという、いっそう残酷な処刑を受ける。場面が切り替わったとき、緊張を解かれた観客の間に、どよめきに近い吐息が漏れたのを、今でもよく覚えている。

そのあと、残された二人の悪党が掘っ建て小屋に立ち寄り、ボイドが金（きん）を隠そうとした探鉱師を射殺し、さらに人質の女に暴行するというエピソードがある。それが、犯人一味に対する観客の憎しみをあおる、微妙な伏線になっている。

ペックは、メキシコ国境を越えて二人を追いかけ、まずボイドを抜き撃ちで血祭りに上げ、さらに最後の一人シルヴァをしとめようと、その隠れ家まで追跡して行く。このあたりの執念深さは、いかに愛する妻の復讐のためとはいえ、異常なものを感じさせる。

ペックとシルヴァの対決については、これからビデオなりテレビ放映で見る機会のある読者のために、詳しく書かないことにする。ただ、ミステリ映画そこのけのどんでん返しがあって、妻殺しの犯人は四人組ではないことが分かる。

一味を殺すことだけを考え、執念深く追跡してきたペックの復讐心が、ここで突然挫折する。本人以上に、観客がショックを受けることになる。

たとえ殺人犯にしろ、妻殺しとは関係のない男を三人も殺したペックは、教会に行って神父に罪を告白する。神父は、「普通の男なら、どうせ殺人犯だから、と言い訳をするだろう。それを、正直にざんげするだけりっぱだ」と慰める。

むろん、それでペックや観客の気持ちが収まるなら、単に都合のいいお話で終わってしまう。しかし、教会を出たペックを町の人びとが待ち構え、英雄として喝采する皮肉な場面が、あとに控えている。こうして、ペックと観客の両方を当惑させることで、キング監督は余韻を残す技を見せた。

ちなみに、『無頼の群』ではペックの四人組に対する憎しみや、一味のペックに対する恐怖感を表現するために、クローズアップが多用される。中でもペックは、頬の筋一つの動きまでも細かく計算して、復讐心のために人格が変わった男を、みごとに演じ切った。前述のように、『大いなる西部』は確かに堂々たる大作に違いないが、わたしは救いのない『無頼の群』の暗さの方に、より強い思い入れをもつのである。

グレン・フォード　＊軽妙と憂鬱と

前回のグレゴリー・ペックもそうだが、グレン・フォードの西部劇と聞くと相当の映画通でも、ちょっと首をかしげるかもしれない。

しかし、フォードの『必殺の一弾』と『決断の三時一〇分』を抜きにして、西部劇を語ることができるという人を、わたしは信用しない。

フォードは、アカデミー賞とも無縁のまま終わってしまったし、いわゆる名優と呼ばれる存在ではない。どんな役でもこなすので、器用な役者に見られることが多いのだが、それがかえって災いした。

実際には、フォードの出演作品は『八月十五夜の茶屋』『Z旗あげて』『それはキッスで始まった』『奥様の裸は高くつく』『嬉し泣き』などのコミカルな作品と、『復讐は俺に任せろ』『暴力教室』『アメリカの戦慄』『誘拐』『追跡』といった、どちらかといえば深刻な作品の二つに分かれ、その中間があまりない。つまりフォードは、〈コミカル〉か〈深刻〉かの両極端にかたよってしまう、どちらかといえば不器用な役者なのだ。

その中で、西部劇への出演が思ったより多いのには、少々驚かされる。

日本の劇場公開作品だけでも、一九四一年の『掠奪の町』に始まって、『無頼漢』『コロラド』『黄金の大西部』『脱獄者の秘密』『平原の待伏せ』『辺境の掠奪者』『欲望の谷』『去り行く男』『必殺の一弾』『決断の三時一〇分』『縄張り』『カウボーイ』『シマロン』『うしろへ突撃!』『ランダース』『大いなる砲火』『レッドリバーのガンマン』『ガンマンの対決』、そして六九年の最後の西部劇『夕陽の対決』まで、前後二十本を数える。公開作品のうち、およそ三分の一が西部劇という勘定になるから、西部劇俳優といっても差し支えないだろう。

その西部劇にしても、やはり〈コミカル〉と〈深刻〉の二種類に分かれるのだが、前者に属するのは『縄張り』『うしろへ突撃!』『ランダース』の三本だけで、あとはほとんどが深刻な作品ばかりである。

フォードに、すかっとさわやかな西部劇が少ないのは、なぜだろうか。

おそらく、コミカルな味わいを抑えてシリアスに演技しようとすると、なぜか深刻ムードになってしまうという、役者としての限界があるからに違いない。にもかかわらず、冒頭に上げた二本はその持ち味をよく生かした、異色の西部劇といってよいだろう。

わたしはこれら二本のうち、『決断の三時一〇分』をオールタイムベストテンの一つに、かならず挙げることにしている。しかし、この作品の吟味はまた次の機会に譲るとして、今回はそれにまさるとも劣らぬ傑作、『必殺の一弾』をご紹介したい。

この映画は、前回触れたグレゴリー・ペック主演の、『拳銃王』と共通するテーマを扱いながら、娯楽作品としてははるかにおもしろくできている。

西部劇では、ほとんどの主人公が拳銃の名手、早撃ちの名人として登場する。『必殺の一弾』も例外ではないが、ラッセル・ラウス監督はそこに大きな仕掛けをほどこした。

そもそも、西部劇に早撃ちや決闘はつきものなのだが、早撃ちそのものをテーマにした作品は、案外少ない。ジョン・フォードやジョン・スタージェス、アンソニー・マンといった西部劇の巨匠も、決闘シーンを撮ったことは何度もあるが、それをメインテーマに据えた作品は作っていない。

ラウスはそこに、真っ向から挑戦した。

開巻、ブロデリック・クロフォード扮する早撃ちガンマン、ヴィニー・ハロルドが二人の仲間とともに、小さな町にやって来る。その町にいる名代の早撃ち、ファロンに挑戦するためである。ハロルドは、ファロンに会ったこともなく、別に恨みがあるわけでもないが、ただ自分の方が早撃ちだということを証明するために、決闘を挑みに来たのだった。ハロルドは、ファロンを挑発してみごとに仕留め、自分こそ西部一の早撃ちだとうそぶく。すると、近くにいた目の不自由な老人が、不吉な予言をする。

「あんたがどんなに早撃ちだろうと、いつかは、それも思わぬときに、自分より早い相手に出会って、死ぬことになる」

これこそラウスが、この作品で描きたかったテーマなのだ。

場面が変わって、だれもいない山奥で一人拳銃の練習をする、グレン・フォードが映し出される。

練習を終えたフォードは、憂鬱な顔で拳銃を見下ろす。何か心に、わだかまりがある様子だ。それもそのはず、フォードは父親譲りの早撃ちの名人にもかかわらず、それを隠して生きているのだった。

フォードは人を撃つ勇気がなく、実際に決闘をしたことがない。早撃ちではあるが、人に銃を向けることができない。保安官だった父親が、悪党に撃ち殺されたときも仇を討てず、それがずっとトラウマになっているのだ。その一方で、自分の早撃ちの腕を人に見せたいという虚栄心もあり、ときどき衝動的にそれを披露してしまう。

ところが、一度早撃ちの評判が立つとあちこちの腕自慢が、決闘を挑みにやって来る。それが怖いので、そのたびに妻と一緒に住んでいる町を逃げ出す、という生活を繰り返しているのだった。今住むクロスクリークの町では、フォードも四年ほど早撃ちの病から逃れ、おとなしい雑貨店主として平穏無事に暮らしている。

こうした設定を聞くだけで、かなりひねりのきいた西部劇だということが、お分かりいただけるだろう。

さて、町にもどったフォードは、隣町でハロルドがファロンを撃ち殺すのを見た、と興奮して話す男たちを目にする。

とたんに、落ち着かない気分になる。早撃ちの話を聞くと腕がむずむずして、冷静ではいられなくなるのだ。フォードは、このあたりの鬱屈したガンマンの心理を、巧みに演じている。

いらいらが高じたフォードは、珍しく酒場へ行って酒を飲む。

そして、ハロルドとファロンの決闘の話に花を咲かせる、町の人びとのおしゃべりにがまんできなくなり、いきなりこう宣言してしまう。

「おれを、だれだか知ってるのか。おれこそ、現存する最高の早撃ち（The Fastest Gun Alive＝原題）だ。ワイアット・アープ、ビリー・ザ・キッドも目じゃない。ファロンよりも、ファロンを撃ち殺したやつよりも、ずっと早いんだ」

おとなしい雑貨屋の主人が、突然早撃ちの名人だなどと名乗りを上げるものだから、町の人びとがあっけにとられるのも無理はない。

それを尻目に、フォードは二つの銀貨を空中に投げ上げさせ、抜き撃ちに両方とも撃ち落としてみせる。さらに、目の前に突き出されたビールのジョッキを、好きなときに離すように言って、抜く手も見せず撃ち砕く。画面の奥から、フォードが抜き撃ちで見せるこのシーンは、トリック撮影と見抜けないほど巧みに、ワンカットで処理されている。

この早技を見た町の人びとは、フォードを最高の名人と認めて大騒ぎになるが、フォードはフォードでまた、いつもの悩みに襲われる。この話が町の外へ漏れて、早撃ちの挑戦者が殺到するのではないか……。

一夜明けた日曜日、町民は打ちそろって教会に行く。

フォードは、町に迷惑がかからないうちに出て行くつもりだと言い、自分の拳銃を牧師に差し出す。町の人びとは、早撃ちの腕について絶対他言しないので、町に残ってくれとフォードを説得する。

そのころ、銀行を襲って人を殺したハロルド一味が、追っ手を逃れてクロスクリークの町にやって来る。無人の酒場で遊んでいる子供から、ど真ん中を撃ち抜かれた銀貨を見せられたハロルドは、そのガンマンと自分とどちらが拳銃が早いか、試さずにはいられなくなる。ハロルドは子分を教会へ差し向け、銀貨を撃ち抜いた男を五分以内に通りへ出さなければ、町に火をつけると脅す。

それを聞いた町の人びとは、フォードに外へ出て対決してほしいと懇願するが、フォードは腰を上げようとしない。人びとは、あれだけの腕を持ちながらなぜ外へ出ないのか、といぶかる。

フォードはついに、怖くて対決できないのだ、と告白する。このとき、ラウス監督はフィルムを長回しにして、フォードが追い詰められた心境を告白するシーンを、ノーカットで収める。それまでの西部劇で、このような〈恐怖に憑かれた〉主人公の心理を描いた作品は、皆無だった。

とうとう、フォードの親友が自分が身代わりになると言い出し、拳銃をつけて外へ出ようとする。ここにいたって、フォードはようやくハロルドと戦う決意を固め、親友からガンベルトを取り上げる。

それでも恐怖感は去らず、教会の階段をおりるフォードの顔がアップになると、汗のたまった額とぱりぱりに乾いた唇が、はっきりと映し出される。このあたりの演出、カメラワークは出色のもの。

決闘シーンは、白黒スタンダードの小さな画面を空中から俯瞰撮影し、迫力ある構図を生んだ。ハロルドを演じるクロフォードが、ファニング（左手で撃鉄を連続的に起こす扇撃ち）で連射するのに対し、フォードは正統派のサミング（右手親指で繰り返し撃鉄を起こす片手撃ち）で応じる。最後は、銃声を聞いた妻（ジーン・クレイン）が顔をおおう場面で終わるが、決闘の結末については触れないことにする。別に、どんでん返しがあるわけではないが、ちょっとした工夫が施されているので、テレビ放映などのときのお楽しみに、とっておきたい。

わたしは、アメリカから取り寄せたビデオを二本持っており、そのうち一本はコンピュータ処理による、カラーバージョンである。ごく自然な着色で違和感がないが、わたしとしてはやはりオリジナルの、白黒スタンダードの地味な画面がこの作品にふさわしい、と思っている。

バート・ランカスター　＊豪快勇猛こそふさわしい

わたしが西部劇症候群に罹患したのは、ゲイリー・クーパーとバート・ランカスター主演、ロバート・オルドリッチ監督の『ベラクルス』（一九五四年製作、翌年日本公開）を見てからだった。

一九一三年生まれのランカスターは、戦後すぐの四六年にヘミングウェイ原作の『殺人者』で、映画デビューした。一つ年下のリチャード・ウィドマークが、翌四七年に『死の接吻』でデビューしたのと同じく、三十三歳というきわめて遅い映画界入りである。

ランカスターは、サーカスでアクロバットをこなした経歴をもち、吹き替えなしのきびきびしたアクションを得意とした。若いころは、『怪傑ダルド』『タルファ駐屯兵』『真紅の盗賊』『白人酋長』など、娯楽アクションで大いに名を売る。もっとも内容的にはB級の、お子さまランチのような作品がほとんどだった。

デビュー直後の佳作に、ジュールス・ダッシン監督の監獄もの『真昼の暴動』（一九四七年）があり、このあと『私は殺される』『暴れ者』『裏切りの街角』といった、小味のきいたサスペンスもの、暗黒ものにも何本か出演している。

しかし、演技派としての野心に燃えるランカスターは、やがて『愛しのシバよ帰れ』や『地上より永遠に』『バラの刺青』『旅路』など、シリアスな文芸作品にも出演するようになり、ついに『エルマー・ガントリー』(一九六〇年)でアカデミー賞を射止めるにいたった。

それはそれでけっこうなことだが、わたしが抱くランカスターのイメージはあくまで、浅黒い顔に並びのよい白い歯をむき出してニッと笑う、『ベラクルス』の悪役ジョー・エリンに尽きる。

ランカスターの西部劇は、一九五一年の『復讐の谷』に始まって『アパッチ』『ベラクルス』『ケンタッキー人』『OK牧場の決闘』と、五〇年代にわずか五本しか作られていない。六〇年に、オードリー・ヘプバーンと共演した『許されざる者』があり、それからまた五年ほど間隔があいて、『ビッグ・トレイル』(六五年)『プロフェッショナル』(六六年)『インディアン狩り』(六八年)と、ふたたび西部劇にもどってくる。七〇年代にはいっても、『追撃のバラード』『追跡者』(いずれも七一年)『ワイルド・アパッチ』(七二年)と、健在なところを示した。

七六年に、ポール・ニューマンと共演した『ビッグ・アメリカン』が、ランカスター最後の日本公開西部劇作品になる。八一年に、"Cattle Annie and Little Britches"という西部劇にも出演したが、残念ながら日本では公開されていない。

こうしてみると、ランカスターの西部劇は十五本にも満たないわけで、長いキャリアのわりに意外に数が少ないことが分かる。しかも、いちばん体の動きがよかった四十代の作品が六本と、いささか物足りないものがある。円熟の域に達してからの西部劇も悪くはないが、もう少し若いころにたくさん撮っておいてほしかった、という気がする。

しかしその不満も、『ベラクルス』一本でほとんど解消される。同じオルドリッチ監督の『アパッチ』、名匠ジョン・スタージェス監督の『OK牧場の決闘』も捨てがたいが、やはりランカスター西部劇は『ベラクルス』にとどめを刺す。

この作品は純粋の西部劇ではなく、南北戦争の直後食い詰めたガンマンたちがメキシコへ流れ、おりからの革命を舞台に一儲けたくらむ、という物語である。ガンマンたちの首領にランカスター、その一味に加わる流れ者にクーパーが扮するわけだが、二人の虚々実々の駆け引きこそ、この映画の最大の見どころといってよい。

しかも、その一味を構成するガンマンたちの顔触れが、これまたすごい。

この時代の西部劇に欠かせない悪役で、のちに『マーティ』でアカデミー主演男優賞を獲得した、アーネスト・ボーグナイン。同じく西部劇の脇役として、一度見たら忘れられないぎょろ目の男、ジャック・イーラム。さらに、後年『荒野の七人』で人気スターの仲間入りを果たした、あのチャールズ・ブロンスン（当時の名字はブチンスキー）。これらの曲者が、ランカスターとクーパーの活躍をそばから助ける。

ちなみにこの映画は、ランカスターが出資するプロダクションの製作作品で、大先輩のクーパーを客演者として招いたため、ランカスターはタイトルクレジットでも二番目に身を引き、先輩に礼を尽くした。役柄も、徹底した悪役に回ることによって、クーパーの顔を立てている。

とはいえ、見せ場はことごとくランカスターがさらい、クーパーは最後の決闘で勝つだけという、人の好さを露呈してしまった。ちょうど、前に紹介した『ゴーストタウンの決闘』のリチャード・ウィドマーク、ロバート・テイラーの関係と同じである。

開巻、メキシコへ一旗上げに来たベン・トレーン（クーパー）は、脚を痛めた馬を交換しようと、路傍の一軒家に立ち寄る。そこにいたジョー・エリン（ランカスター）が、やせ馬を高い値段で売りつける。

この出会いの場面は、二人の間に芽生える奇妙な友情と、一触即発の対決の可能性を示唆する、娯楽映画のお手本のような優れた導入部である。

新しい馬に乗ったベンが走り出すと、遠くからフランスの駐屯軍の騎馬兵が追いかけて来る。いぶかるベンに、ジョーが「あたりまえだ。その馬は軍のものだからな」と言い残して、さっさと先に行ってしまう。

谷を越えたところで、ベンが追跡して来た兵士の銃に撃たれて、馬から転げ落ちる。

引き返して来たジョーが、気を失ったベンの懐から財布を抜き取ろうとすると、いつの間にか腹に銃口が食い込んでいる。あっけにとられるジョーを、ベンがいきなり殴り倒して馬を奪う。

このあたりの、逆転の呼吸が実にいい。

それをきっかけに二人は意気投合し、ベンはジョーとその子分たちの仲間に加わって、フランス駐屯軍の司令官（シーザー・ロメロ）に雇われる。

ランカスターは、この映画の中でまるで自分の体の一部のように、自由自在に拳銃を扱ってみせる。仲間に加わらない同じ流れ者のガンマンを相手に、振り向きざま拳銃を抜いて背後に構え、あっと言う間に二人を撃ち倒すシーンなど、水際立った腕前である。実際にやってみると分かるが、この技がけっこうむずかしい。ことに、二発目を撃つために親指で撃鉄を起こすとき、腕を背中に回して逆の腰だめ体勢を取っているため、なかなかうまくいかない。まあ、そんなことができたからといって、実生活ではなんの役にも立たないのだが……。

それにしても、黒ずくめの服装に不適な笑いを浮かべるランカスターの、なんと魅力的なことか。ランカスターは、撃ったあとかならず拳銃をくるりと回し、銃把を一度前へ向けてから、ホルスターに収める。これがまた、抜群にかっこいいのだ。この映画をきっかけに、ガンプレーや早撃ち競争にはまったファンは全国津々浦々、数知れずいる。かくいうわたしも、むろんその一人だった。

当時わたしは高校生で、モデルガンを買う金などあるわけがない。

やむなく針金を折り曲げて、拳銃の形に細工する。それを二つ学校へ持って行き、クラスメートに早撃ちの決闘を挑むのである。

ガンベルトもホルスターもないから、針金拳銃の銃口をズボンのポケットに入れ、銃把をのぞかせて待機する。立ち会い人の「ドゥロー（抜け）！」の掛け声を合図に、早抜きを競うという次第。立ち会い人が、その遅速を判定する。

なんとも他愛ない遊びだが、これが学校で禁止になるくらいはやったことを思えば、そのころいかに西部劇ごっこが猖獗《しょうけつ》（？）を極めていたか、お分かりいただけるだろう。

本題にもどる。

駐屯軍に雇われたベンとジョーの一味は、マキシミリアン皇帝の面前で腕を披露することになる。これが、いわば寛永御前試合のようなおもしろさで、二人のライバル意識をいやが上にも盛り上げる。

まずベンとジョーが、それぞれ立ち並ぶ衛兵の持つ槍の穂先と燭台の灯を、ライフルで吹っ飛ばす。

腕自慢の皇帝もそれにならうが、最後の一発をミスしてしまう。それを見たジョーが、残った燭台目がけて抜き撃ちを試みる。みごと宙に舞い上がった灯心を、今度はベンが目にも留まらぬ早業で、撃ち飛ばす。こうした腕比べのシーンは、のちに勝新太郎が見せた座頭市シリーズの曲技を、いやでも思い出させる。座頭市の原点に、『ベラクルス』があったかもしれないと想像するだけでも、楽しいではないか。

さてベンとジョーは、フランスへ帰国する伯爵令嬢をベラクルスの港まで、護衛して行く仕事を引き受ける。実は令嬢が乗る馬車に、軍資金用の金塊がひそかに隠されており、それを奪おうとする革命軍に、横取りをたくらむ令嬢自身の思惑などがからんで、しだいに敵味方の区別がつかなくなる。

ベンも、最初はその金塊をジョーと山分けしようと考えるが、しだいに革命軍に同情を覚え始める。そして最後には、ベンは革命軍に金塊を引き渡す決心をし、それを拒んで独り占めしようとするジョーと、一対一の決闘をするはめになる。

この決闘シーンも、長い間論議の対象になった。

両者が撃ち合ったあと、ニッと笑ったジョーが例のごとく拳銃を回し、ホルスターに収める。ここで一瞬、観客はジョーが勝った、と思い込む。しかし次の瞬間、ジョーはゆっくりと仰向けに倒れ、ベンが勝ったことが分かる。

このとき、もしジョーの抜いた拳銃が火を噴いていれば、わざと的をはずしたという見方も成り立つ。ジョーほどの腕利きが、ひとたび拳銃を撃った以上は撃ち損じるはずがない、と考えられるからである。

この論議に熱中したファンが、上映後の映写室に飛び込んでフィルムのコマを綿密にチェックした、という有名な伝説も生まれた。それでもはっきりしなかったのだが、後年ビデオというものが発明されて、ついにその真相が明らかになる。

ジョーの銃口は、確かに火を噴いていた。早撃ちの腕は、ジョーの方が上だった。だからこそジョーは、勝った！　とばかりニッと笑ったのだ。

こうして、クーパーは最後の最後までランカスターに、してやられたのだった。

カーク・ダグラス　＊意外にうまいガンプレイ

ひところ、マイケル・ダグラスは〈カーク・ダグラスの息子〉といわれた。

わたしにとって、マイケルの人気など単なる親の七光りにすぎず、カークには遠く及ばない存在だった。

ところが、マイケルもいつの間にか堂々たる大スターに育ち、今やカークの方が〈マイケル・ダグラスの父親〉と呼ばれるようになった。マイケルの映画を見ていると、ときどき父親そっくりの表情やしぐさを見せるので、どきりとすることがある。

さて、一九一六年生まれで今年八十六歳になるカーク・ダグラスは、盟友バート・ランカスター亡きあと、二歳年上のリチャード・ウィドマークと並んで、古きよき時代を代表するハリウッドスターの、数少ない生き残りの一人になった。そしてまた、ウィドマークと同じくアカデミー賞と縁がないまま、現役を終えてしまった。

ダグラスは四七年度『チャンピオン』、五二年度『悪人と美女』、五六年度『炎の人ゴッホ』と、三度主演男優賞の候補に挙がったものの、いずれも受賞を逸している。わずかに『炎の人ゴッホ』で、ニューヨーク映画批評家賞、グールデングローブ賞の主演男優賞をそれぞれ獲得したのが、貴重な勲章に数えられるだろう。

しかし、賞などはどうでもよい。ダグラスには、『OK牧場の決闘』と『ガンヒルの決闘』の、二本の傑作西部劇がある。わたしには、それで十分だ。

ダグラスの映画はかなり多いが、西部劇は未公開作品も含めてランカスターと同様、十五本に満たない。日本公開作品は五一年の『死の砂塵』に始まり、五二年『果てしなき蒼空』、五五年『星のない男』『赤い砦』、五七年『OK牧場の決闘』、五八年『ガンヒルの決闘』、六一年『ガン・ファイター』、六七年『大西部への道』『戦う幌馬車』、七〇年『大脱獄』、そして七五年の『明日なき追撃』で終わる。ほかに、ビデオ発売ないしテレビ放映のみの作品が二、三あるが、取り立てて語るほどのものはない。

ダグラスの西部劇は、やはり彼独特のあくの強さを生かした作品が多いが、上記の二大傑作を別にすると、キング・ヴィダー監督の『星のない男』が記憶に残る。

共演の若手俳優、ウィリアム・キャンベルに拳銃の扱い方を教えるシーンで、ダグラスは『ベラクルス』のランカスター顔負けの、すばらしいガンプレイを披露する。

宙に投げ上げた拳銃を受け止め、また投げ上げては受け止め、そのたびに引き金を引いて目標を狙い撃つ。ただ投げ上げるだけでなく、ときには後ろ手にほうって肩越し、ないし背中越しに受け止める、という技も見せる。

こういうトリックプレーは、普通その道の専門家を吹き替えに使うのだが、ここではダグラスがみずから、それも途中カットなしの長いワンシーンで、みごとにやってのける。わたしの体験からすると、この技はウルトラC級の難度を持つ。まず、拳銃を背後から前へほうり上げると、どっちへ飛んで行くか分からない。うまく肩口を越えたとしても、銃把が受け止めやすい向きに落ちてくる、とは限らない。少しでもずれると、握りそこねた拳銃がごとん、と床に落ちる。この技をマスターするために、わたしは何丁だいじな拳銃をぶっ壊し、どれだけ床を傷つけたことか。一人前のガンマンになるには、血のにじむような努力が必要なのだ。ともかく、『星のない男』は『ベラクルス』と並んで、日本の西部劇ファンの間にガンプレイ症候群を広めた元凶、といっていいだろう。

さて、『OK牧場の決闘』と『ガンヒルの決闘』は、以前ご紹介した『ゴーストタウンの決闘』と併せて、ジョン・スタージェス監督の〈決闘三部作〉を構成する。もっとも、三部作とうたったのは日本の輸入会社の思いつきであって、スタージェスのあずかり知らぬことである。しかし二大スターの共演、という点でこれら三作には共通点があり、しかも三作ともまったく違うタイプに仕上がっているのが、スタージェスのすごいところだ。まず三部作最後の作品、『ガンヒルの決闘』ではダグラス、アンソニー・クインの二大スターの対決が、クライマックスに用意されている。クインは、『道』とか『その男ゾルバ』などの主演作もあるが、どちらかといえば助演が多い演技派の役者で、現に『革命児サパタ』と『炎の人ゴッホ』で二度、アカデミー助演男優賞を獲得している。

あくの強い二大スターの対決だけに、『ガンヒル』は互いに遠慮し合った感がなきにしもあらずで、それが少々小粒な作品という評価につながったかもしれない。

開巻、小さな町の保安官ダグラスのインディアン妻が、酔ったカウボーイに強姦されて死に、ダグラスが復讐を誓うところから始まる。ダグラスは、残された馬の鞍から犯人の手掛かりを得て、旧友クインの大牧場に乗り込んで行く。調べた結果、犯人はクインの息子（アール・ホリマン）と分かる。

クインは、親友の誼みで息子を見逃してくれと哀願するが、ダグラスは町へ連れ帰って裁判を受けさせる、とはねつける。息子を捕らえたダグラスは、ガンヒルのホテルの一室に立てこもり、やって来る列車を待ち受ける。クインはやむなく町を封鎖し、手段を尽くして息子を取りもどそうと画策する。このシチュエーションは、グレン・フォードの『決断の三時一〇分』とそっくりだが、『ガンヒル』の方がはるかに派手に作られている。結局息子は、助けようとしたカウボーイ仲間に誤射されて死に、絶望したクインはダグラスに一対一の決闘を挑んで、命を落とす。クインが、『ゴーストタウン』のウィドマークのような筋金入りの悪役ではなく、息子を思うあまり理性を失う父親という設定になっているため、ダグラスの非情もいささか空回りした感がある。とはいえ、三部作唯一の抜き撃ちの決闘で終わるラストは、なんともいえぬ余韻を残す。

さて、『OK牧場の決闘』に話を移そう。

この作品は、決闘三部作の第一作にあたり、上映時間もいちばん長い。ジョン・フォード監督の『荒野の決闘』と同じく、西部史上もっとも有名なワイアット・アープ兄弟と、クラントン一家の争いをテーマにしている。八年ほど前には、同じテーマを扱ったケヴィン・コスナー主演の『ワイアット・アープ』と、カート・ラッセル主演の『トゥームストーン』が、相前後して作られた。要するにこの物語は、時代劇でいえば『忠臣蔵』か『新選組』のような、西部劇の定番なのである。

映画が始まると、無法者たち（そのうち一人は悪役時代のリー・ヴァン・クリーフ）が馬で荒野をやって来るシーンに、フランキー・レインの主題歌がかぶさる。この歌を聞いただけで、もう体がうずうずして武者震いが出るのは、わたし一人だけではあるまい。

主役のアープを、バート・ランカスターが演じるわけだが、相手役が私生活でも親しい友人のダグラスだから、『ベラクルス』でゲイリー・クーパーをこけにしたようには、うまく事が運ばない。それどころか、この映画では逆にダグラスに食われてしまった、というのが正直な感想である。どうもランカスターは、こてこてのヒーロー役をやると演技が硬くなる傾向があり、悪役を演じるときの魅力に遠く及ばない。

いつも仏頂面のランカスターに引き替え、ダグラスは終始気持ちよさそうにドク・ホリデイを演じる。その飄々とした演技には、思わず笑いを誘われてしまうほどだが、それだけに怒りを爆発させたときのダグラスは、恐ろしいほどの迫力を見せる。

この映画でもっとも熱がはいるのは、ドクの情婦ビッグノーズ（大鼻）・ケイトを演じる演技派女優、ジョー・ヴァン・フリートとダグラスのからみだろう。この二人による、ドクとケイトの激しい愛憎のぶつかり合いこそまさに丁々発止、わたしに言わせればアカデミー賞ものの、みごとな演技の応酬である。実のところ、高校時代に初めてこの映画を見たとき、ケイト役があまりにも老けた不美人女優なので、呆れたものだった。ランカスターの相手役、ロンダ・フレミングが典型的な天然色美人女優なだけに、その落差は大きかった。

ジョー・ヴァン・フリートは、それより少し前に『エデンの東』でジェームズ・ディーンの母親役を演じ、アカデミー助演女優賞を獲得しているから、演技は抜群にうまい。しかし、ビッグノーズ・ケイトにふさわしい大鼻の女優だから、お世辞にも美人とはいえない。わたしは、大人になって何度目かにこの作品を見直して、初めて彼女の真価が分かった。ジョーは、ケイトのドクに対するアンビバレントな感情を、怖いほどうまく表現している。その、指先の動き一つまでもゆるがせにしない緻密な演技と、ダグラスのあくの強い芝居に一歩も引かない根性は、まったく見上げたものだ。

ケイトが自分のライバル、リンゴー・キッド（ジョン・アイアランド）と浮気したと分かったとき、ケイトを絞め殺そうと迫るドクの鬼のような顔も、思い出すだけで手に汗を握ってしまう。このとき、ケイトを部屋の隅に追い詰めたドクが突然、持病の結核からくる発作に襲われる。カメラは、怒りに青ざめたドクの顔が込み上げる激しい咳のために、みるみる紅潮していく緊迫したシーンを、長回しのワンカットで収める。

ドクが床に倒れたすきに、ケイトはドアをあけ放しにして廊下へ逃げ出すのだが、そこでふと足を止めて部屋を振り返る。恐るおそる廊下をもどったケイトは、床に倒れ伏した瀕死のドクを見いだす。そして、自分を殺そうとしたドクのそばに駆け寄り、ひしと抱きかかえる。そのときのケイト、すなわちジョー・ヴァン・フリートの表情には、美醜を超えた崇高さがあった。

そのほか、リンゴーから顔に酒を浴びせられて挑発されたドクが、騒ぎを起こさないとアープに約束した手前、拳を握り締めてじっとがまんするシーンにも、泣かされた。このように、本作品のドラマチックな場面はダグラスが一手に引き受けた、といってもいいほどだ。

マカロニウエスタン以後の西部劇は、目まぐるしいカット割りやスローモーションの多用によって、スピード感を出すことに腐心した。しかし、五〇年代のハリウッド西部劇はフィルムを長回しにして、俳優にたっぷり演技させることに主眼をおき、むしろ不自然なスピード感を排除した。ことに、スタージェス監督の決闘三部作には、その効果が顕著に表れていた、と思う。

とかく大味な娯楽大作、と軽く評価されがちな『OK牧場の決闘』だが、ビデオで繰り返し見直すたびに、スタージェスのきめ細かい狙いが分かってきて、何度でも楽しめる。というわけで、やはりダグラスの西部劇は、この作品にとどめを刺すことになる。

ヘンリー・フォンダ　＊よきアメリカ人、西部人

ヘンリー・フォンダは、いかにもよきアメリカ人というタイプの俳優で、老若男女を問わず幅広いファン層をもつが、西部劇スターというイメージはほとんどないだろう。

しかし、フォンダの映画は日本公開作品だけで七十本を超える量を誇り、西部劇の数に限ってもバート・ランカスター、カーク・ダグラスらをしのいでいる。

フォンダは〈名優〉と呼ばれ、また実際その呼び名に値する俳優だが、意外にもアカデミー賞とは縁が薄い。一九四〇年に、ジョン・フォード監督の『怒りの葡萄』で主演男優賞にノミネートされたきり、四十年代から七十年代にかけて一度も候補に残っていない。死の前年の八一年に、

遺作となった『黄昏』でようやくオスカーを獲得するのだが、これは長年ハリウッドで活躍した功労賞、といった印象が強い。そんな時期遅れの古証文を出すくらいなら、フォード監督の『ミスタア・ロバーツ』（五五年）か、シドニー・ルメット監督の『十二人の怒れる男』（五七年）で、賞を授与しておくべきだった。あるいはデルマー・デイヴズ監督の、『スペンサーの山』（六三年）でもよかったのだ。

フォンダの西部劇といえば、まず『荒野の決闘』（四六年）を挙げなければならない。フォード西部劇の中で、わたしはこの作品を『捜索者』とともに、もっとも高く評価している。フォンダ自身も、『荒野の決闘』を気に入った作品の一つ、と考えていたという。この映画は、西部史上有名な〈ワイアット・アープ三兄弟とドク・ホリデイ〉対〈アイクとビリーのクラントン兄弟、トムとフランクのマクローリー兄弟、ビリー・クレイボーン〉による四対五の決闘、いわゆるOKコラルの決闘をテーマにしている。ただし、かならずしも史実そのままではなく、改変された部分も多い。というより、なんのための改変か分からない、不可解なミスも目につく。

たとえば初めの方で、クラントン一家に暗殺されるアープ一家の末弟ジェームズは、史実では長兄の名前である上に、この人が暗殺された事実はない。さらに、画面に映る墓標の没年が一八八二年になっているが、OKコラルの決闘が行なわれたのは一八八一年だから、争いの〈結果〉より〈原因〉の方があとに起こったことになる！

といった具合に、重箱の隅をつつけばきりがないのであるが、そうした細かいキズなど気にならないくらい、この作品は見る者にしみじみと西部の詩情、郷愁を感じさせる。いささか紳士的すぎるにしても、フォンダの演じるアープはもっともアープらしいアープ、との評価が定着している。ただし、わたし個人の印象としては、ジョン・スタージェス監督の『墓石と決闘』で、ジェームズ・ガーナーが演じたアープが、いちばん実像に近いような気がする。

それはさておき、明らかに現実のアープをモデルにしている、と思わせるオリジナルの西部劇が、別に存在する。それが今回ご紹介する、エドワード・ドミトリク監督の五九年度作品、『ワーロック』である。

この映画は、一九五〇年代初頭に荒れ狂った赤狩り旋風に巻き込まれ、転向したために一時白い目で見られたドミトリクの、傑作西部劇の一本に数えられる。フォンダ、リチャード・ウィドマーク、アンソニー・クインの三大スターを並べ、女優陣にドロシー・マローンとドロレス・マイケルスを配する豪華キャストで、公開当時ずいぶん話題になった。ちなみに、ウィドマークは他の数少ないドミトリクの西部劇、『折れた鎗』(一九五四年)と『アルバレス・ケリー』にも起用されているので、よほどこの監督に気に入られたらしい。ただし『ワーロック』も含めて、どの作品もウィドマークのよさを十分に引き出した、とはいいがたい。残念ながら、ドミトリクはウィドマークの真価を理解していなかった、としか思えない。

『ワーロック』の原作者オークリー・ホールは、『悪魔の辞典』で有名なアンブローズ・ビアスの研究家としても知られる、西部小説の作家だと聞く。一九二〇年生まれだから、著者三十八歳のときの作品ということになるが、原著はペーパーバックで四百五十ページを越える、長編小説である。

原著をざっと通覧したところ、ただの西部小説というより西部の町を舞台にした、重層構造の人間ドラマに近い。おそらくドミトリクは、原作の繁雑冗長な部分を適当に整理して、無法な牧場主マキューン対ワーロック市民の戦いに焦点を絞り、この映画を作ったものと思われる。

物語は、しばしば町にやって来て無法を働くマキューン一味に、困り果てた市民が拳銃使いのクレイ・ブレイズデル（フォンダ）を保安官に雇い、町の治安を回復しようとするところから始まる。

赴任してきたブレイズデルには、親友でもあり相棒でもあるトム・モーガン（アンソニー・クイン）が、影のように、寄り添っている。賭博師のモーガンはさっそく町の酒場を買い、ブレイズデルとともに共同経営者に収まる。拳銃の名手ブレイズデルを、単なる正義の味方というお定まりのヒーローにしなかったのが、従来の西部劇と違うところだ。

ブレイズデルとモーガンは、ワイアット・アープとドク・ホリデイを思わせる微妙な関係で、明らかに二人をモデルにした人物設定だということが分かる。ドミトリクは、現実の西部の保安官らしいリアリズムを出すため、細かい演出をしている。

たとえば、ブレイズデルに町はずれの人けのない場所で、拳銃の早抜きや射撃の練習をさせる。月給四百ドルでは、練習用の弾代にもならないから賭博で稼ぐのだ、といったせりふも吐かせる。また、抜き撃ちをスムーズに行えるように、ホルスターにオイルを塗るシーンを、織り込んだりもする。こうしたエピソードが、ブレイズデルという人物像にリアルな存在感を与える。

さて、ブレイズデル赴任の噂を聞いたマキューンは、一味を引き連れて町へ様子を見にくる。

酒場にはいった子分の一人が、ブレイズデルの拳銃の腕を確かめようと、抜き撃ちの決闘を挑む。

子分が拳銃を抜き、その銃口がまだ水平に上がり切らぬうちに、ブレイズデルはすばりと拳銃を抜いて、相手の胸に狙いをつける。子分はそのまま、凍りついてしまう。

カメラは、ブレイズデルが拳銃を吊った右腰と一緒に、相手の男の動きをワンショットでとらえる。フォンダは、ここで水際立った早抜きの技を見せるが、残念ながら顔が映っていないので、あるいはスタントマンを使ったのかもしれない。

さてウィドマークは、マキューン一味のカウボーイの一人、ジョニー・ギャノンの役を演じる。

ギャノンは、マキューンの無法ぶりを快く思わず、いつか足を洗おうと考えている。しかし、血気にはやる弟のビリーがマキューンの言いなりなので、なかなか踏ん切りがつかない。このあたりの描写が実は中途半端で、ウィドマークに悪役をやらせたいのかいい役をやらせたいのか、いっこうにはっきりしない。これが消化不良のまま、最後まで続くのがつらい。

ギャノンはマキューンと手を切り、なり手のない保安官助手に志願する。

少々分かりにくいが、ブレイズデルは単なる町の雇われ保安官にすぎず、ギャノンが志願するのは郡の保安官助手である。したがって命令系統、力関係ではギャノンの方が上、ということになる。

ビリーは、町を牛耳る存在になったブレイズデルを不快に思い、兄の忠告も聞かず仲間を誘って決闘を挑む。ブレイズデルはビリーを撃ち殺すが、ギャノンの目にも正当防衛が明らかなので、手出しができない。この撃ち合いは、ブレイズデルの背後をモーガンが守るシーンも含めて、当時のハリウッド西部劇としてはかなりリアルな、迫力ある決闘になっている。

そのあと、ギャノンがナイフで刺されて手を負傷しながら、マキューンとの決闘に勝つという、ウィドマークなりの見せ場がある。このとき、ブレイズデルがギャノンに決闘の心得を説くくだりも、なかなか興味深い。ブレイズデルは、あらためてギャノンに助勢しようとするが、ギャノンの台頭を快く思わぬモーガンに阻止される。

マキューンを倒したギャノンに、今度は酒に酔ったモーガンが挑戦する。

ブレイズデルは、挑戦に応じようとするギャノンを留置場に閉じ込め、みずからモーガンを取り押さえに行く。二人は抜き撃ちの決闘をするが、先に抜いたモーガンがブレイズデルの帽子を吹き飛ばし、ブレイズデルはモーガンの急所を撃つ。ちょうど、『ベラクルス』のジョー・エリンのように、モーガンは自分の方が速いことを見せつけて、親友に勝ちを譲るのである。モーガン役のクインは、例のあくの強さで要所を引き締め、いい味を出している。

最後に、町にとって用のなくなったブレイズデルに、ギャノンが朝までに出て行かなければ逮捕する、と通告するはめになる。むろん、ブレイズデルに応じる気はなく、ラストの一対一の決闘に、なだれ込むのだが……。

その結果については、肩透かしとだけ言っておこう。

原作がそうなっているから、それでいいという見方もあるだろうが、映画の展開から判断するかぎりでは、二大スターのどちらも傷つけることなく、しかも先輩のフォンダに花を持たせる、という配慮が感じられて、予定調和の印象をぬぐい切れない。活字と映像は別物だから、ここでは原作を離れてどちらかを死なせるような、思い切った展開にすべきだったと思う。

前述したように、ウィドマーク演じるギャノンがなぜマキューン一味に加わり、しかもなぜ途中で善人に立ちもどるのかが、きちんと描かれていない。ウィドマークのキャラクターを、的確につかみそこねたドミトリク監督の演出に、やはり問題がある。

この映画は、最初ウィドマークがブレイズデルの役をやり、フォンダがギャノンを演じるはずだったのを、あえてドミトリクが逆にしたという話も聞く。それくらいなら、いっそウィドマークをモーガン役に振って徹底的な悪役をやらせ、ギャノン役に別の若手俳優を使った方がよかった。

というわけで、多少の不満がないわけではないが、シークエンスごとに派手な撃ち合いもあるし、『ワーロック』はフォンダの西部劇として『荒野の決闘』に次ぐ快作だ。

ジェームズ・スチュワート　＊内に秘めた執念を見よ

わたしが映画館で見た最初の西部劇、というよりおそらく最初の洋画は、アンソニー・マン監督、ジェームズ・スチュワート主演の『ウィンチェスター銃'73』（一九五〇年）である。少なくとも、わたしの古いメモではそうなっている。

見たのは一九五二年六月、映画館は当時洋画のロードショーをやっていた、上野日活。わたしは、まだ八歳だった。わずかに記憶に残るのは、平原に置き捨てられたライフルが画面一杯に映し出され、その上を馬の蹄が駆け抜けるシーン。そして、最後の岩山での一対一の銃撃戦のシーン、それくらいだった。よほど印象が強かったらしく、十一年後の一九六三年にリバイバル上映で見直したとき、記憶そのままの画面が出てきたので、いたく感激した覚えがある。

それより少し前の六一年、高校三年生のときに文化祭で西部劇の研究発表（?）をやり、大量のプログラムやポスター、スティル写真などを集めた。その中に、『ウィンチェスター銃'73』のプログラムがあったので、とりあえずキャストや筋書きは確認していた。

それによると、当時すでに人気スターだったロック・ハドスン、トニー・カーティスの二人が、この西部劇にチョイ役で顔を出していたらしい。なんと、ハドスンがスー族のチーフ（！）、カーティスが若い騎兵隊員の役である。リバイバルのときにそれを確かめ、どんなスターにも下積み時代があったのだな、と感心したものだった。

ジェームズ・スチュワート（一九〇八年生まれ）も、グレゴリー・ペック同様都会派の俳優で、若いころは西部劇スターのイメージはなかった。もともとまじめで温厚、それでいてどこかとぼけた味のある、飄々とした役柄が多かった。西部劇には、そういうタイプの男はあまり出てこないから、声がかからなかったのだろう。戦前に限れば、ジョージ・マーシャル監督の『砂塵』（一九三九年）が、スチュワート唯一の西部劇作品である。

ところが戦後、一九五〇年代にはいってから突然目覚めたごとく、西部劇への出演が増え始める。アンソニー・マン監督との出会いによって、スチュワートはまったく新しいタイプの西部男を生み出し、世間をあっと言わせた。すなわち、外見は温和なやさ男に見えながら、内にすさまじい執念を秘めた主人公を演じることによって、西部劇に新鮮なキャラクターを持ち込んだのである。

それが上記の、『ウィンチェスター銃'73』だった。

一八七六年の独立記念日に、リン・マッカダム（スチュワート）と友人のハイ・スペード（ミラード・ミッチェル）が、ダッジシティの町にやって来る。リンは、父親の仇を討つためにある男を探しており、その男がこの日の射撃大会に姿を現すことを期待して、馬首を向けたのだった。

二人は保安官から、この町では銃器の携帯を禁じられているので、拳銃を預けるように言われる。リンとハイ・スペードは一瞬気色ばむが、その保安官がワイアット・アープと分かって、すなおに拳銃を差し出す。相手がアープなら、銃を取り上げられても恥にはならない、というわけだ。

リンが酒場にはいったところで、テーブルにすわってカードをしていた男と、まともに目が合う。とたんに、すさまじい殺気が画面を切り裂き、リンも男も床の上を飛びしざって、腰に手を伸ばす。その男は、ダッチ・ヘンリー（スティーヴン・マクナリー）と名前を変えていたが、リンが探し求める父親の仇だったのだ。

むろん双方の腰に拳銃はなく、実際にはここで撃ち合いは行なわれない。しかし、このワンシーンだけで二人の間に、単なる仇同士を超える複雑な因縁がからんでいることが、観客に分かるのである。それまで、静かに推移していた導入部の流れが、ここで一挙に沸騰する緊迫感はすばらしい。このあたりの呼吸が、マン独特の職人芸だろう。

射撃大会の優勝者には、千挺に一挺といわれる名銃〈ウィンチェスター銃'73〉が、提供される。ダッチはライフル銃の名手で、リンは彼がその銃ほしさにダッジシティにやって来ると読み、その予想がみごとに的中したのだった。

この射撃大会も、なかなか凝った趣向で行なわれる。

最後は、リンとダッチの戦いになり、投げ上げた銀貨を撃つ技で競うが、決着がつかない。リンは、インディアンの首飾りを買い受け、その小さなリングをばらしてそれぞれ撃とう、と提案する。

まず、ダッチが狙い撃ちして、失敗する。

続いてリンも試みるが、やはり〈はずれ〉と認定される。するとリンは、弾がリングの穴を抜けてしまったのだ、と言う。周囲は笑うが、当人は大まじめである。

それを証明するために、リンはリングの穴に切手を貼ってふさぎ、もう一度試みる。今度は切手にみごとな穴があき、リンの言葉が正しいことが証明されて、勝ちが決まる。

あきらめの悪いダッチは、リンに賞品の銃を売ってくれと持ちかけるが、むろんリンはうんと言わない。ダッチは未練を断ち切れず、仲間とホテルで待ち伏せしてリンを殴り倒し、銃を奪ってダッジシティを逃げ出す。

実は、このウィンチェスター銃こそ本編の隠れた主人公、といってもいいのだ。

奪われた名銃は、その後ダッチがポーカーで負けて悪徳武器商人の手に渡り、さらにインディアンのチーフのものになる。そうやって、銃は次から次へと持ち主を替えていき、やがてならず者ウェイコ（ダン・デュリエ）の手に落ちる。

このウェイコを演じるデュリエが、一筋縄ではいかない悪党ぶりをみせる。いつもにやにや笑いを浮かべ、決して肚の底を見せようとしない。女を手荒に扱い、平気で人を撃ち殺す。ダッチ役のマクナリーも、それなりのすごみを出してなかなかの好演だが、デュリエの底知れなさの方が一枚上、という感じがする。

ウェイコとダッチは悪党仲間で、二人は一味とともに岩山の隠れ家で落ち合う。そのとき、ウェイコが持つウィンチェスター銃に目を留めたダッチは、それは自分のものだと言い募って、強引に取り上げる。ウェイコは、例のにやにや笑いを浮かべながら、おとなしく銃を渡す。いずれダッチを殺し、取りもどすつもりでいるのだ。

ダッチは、タスコサの町で銀行を襲う計画を立て、ウェイコに酒場で待機するように指示する。ダッチを追って来たリンは、タスコサの酒場にいたウェイコをつかまえ、すばやく拳銃を取り上げると、ダッチの居場所を教えるように迫る。温和なスチュワートが鬼のような形相になり、デュリエの上半身をカウンターにねじ伏せて、猛然と問い詰める。この、すさまじい執念の爆発に、さすがのウェイコも音を上げる。静から動へと、突然の転換をショッキングに見せるマンの演出が、ここでも鋭い切れ味をみせる。

案内する、と嘘をついたウェイコは酒場を出たとたん、そこにいた別の男の拳銃をすばやく左手で抜き、振り向きざまにリンを撃つ。板張り歩道に身を投げたリンが、ライフルを構えて撃ち返す。撃たれたウェイコは、よろめきながら地面に向けて拳銃を乱射し、ばったり倒れる。この死にざまも、デュリエらしいしぶとさを出して、思わずにやりとさせられる。まさにもうけ役である。

銀行を襲って逃げ出したダッチを、リンはただ一人馬を駆って追いかける。

ダッチは岩山に逃げ込み、上からリンを目がけて撃ちまくる。リンも負けずに、下から応戦する。ここで、ライフルによる凄絶な銃撃戦が展開されるのだが、その仕掛けが凝っている。岩のくぼみに隠れた相手を、向かいの岩に撃ち込んだ跳弾で狙うところなど、それまでにない斬新なアイディアだ。

この撃ち合いのさなかに、ダッチが実はリンの実兄だったことが観客に知らされ、マンらしい〈血族の確執〉の図式が、明らかにされる。この図式は、後年のゲイリー・クーパー主演の『西部の人』でも、別の形でまた出てくる。

ちなみに、この作品には紅一点でシェリー・ウィンターズが加わり、酒場女ローラに扮している。シェリーは、日本でいえば市原悦子のようなタイプの女優で、あまり美人ではないが気立てのいい女、というタイプを演じることが多い。この作品も同様で、どちらかといえば添え物に近い扱いになり、少しかわいそうな気もする。実は、アカデミー助演女優賞を二度も受賞した演技派で、『ポセイドン・アドベンチャー』（一九七二年）などの超大作、『羊たちの沈没』（一九九四年）といった珍作（?）に出演した、まことに息の長い女優である。

『ウィンチェスター銃'73』の成功で、スチュワートとマンのコンビは『怒りの河』『裸の拍車』『遠い国』『ララミーから来た男』と、五〇年代前半に合わせて五本の西部劇を残した。もっとも、作るごとに少しずつボルテージが落ち、あとの四本はカラーで撮られたにもかかわらず、ついに最初の白黒作品を超えられなかった。それでも、すべて水準以上の佳作に仕上がったのは、さすがというべきである。

その中で、ロバート・ライアンが悪役を演じる『裸の拍車』を、わたしは『ウィンチェスター銃'73』に次ぐ傑作、と評価したい。西部劇初出演の、若き日のジャネット・リーの美しさも、特筆に値する。

それ以外では、共演のアーサー・ケネディの扱いに不満があるものの、『怒りの河』も好きな作品だ。ケネディは、『ララミーから来た男』でも共演しているが、いつも敵か味方かはっきりしない役柄で、マンにしては中途半端な扱いなのが残念だ。

スチュワートとマンは、西部劇以外にも『雷鳴の湾』『グレン・ミラー物語』『戦略空軍命令』

といった、いい作品を作っている。ことに『グレン・ミラー物語』は、スチュワート本来のほのぼのとした味を出した、音楽映画の傑作である。

スチュワートの西部劇には、このほか『ウィンチェスター銃'73』と同じ一九五〇年に製作された、デルマー・デイヴズ監督の『折れた矢』がある。この時期としては、インディアンを人間らしく扱ったほとんど唯一の作品で、記憶に値する佳作といってよい。

また、西部劇専門のオーディ・マーフィと兄弟役を演じた、ジェームズ・ニールスン監督の『夜の道』も、小品ながら心に残る作品だった。

六〇年代にはいってから、今度はジョン・フォード監督のお気に入りになり、『馬上の二人』『リバティ・バランスを射った男』『シャイアン』などに出たが、マンと組んでいたころのスチュワートの輝きは、もはやなかった。

西部劇スターとしてのスチュワートは、五〇年代の半ばでほぼ終わったのである。

ランドルフ・スコット　＊これぞ西部男の鑑

ランドルフ・スコットの魅力は、いったいどこにあるのだろうか。

正直にいうと、西部劇に熱中した一九五〇年代後半から六〇年代の前半、つまりハリウッド西部劇が全盛だった時代には、わたしはスコットにさほど魅力を感じなかった。当時のスコットは、高校生の目から見ればすでに初老のおじさんで、リチャード・ウィドマークの俊敏さもなければ、バート・ランカスターの豪快さもなかった。

したがって、わたしが劇場で見た西部劇の中に占めるスコット作品の数は、きわめて少ない。五〇年代だけで、日本公開されたものが二十作を超えることを思うと、申し訳ないくらい見ていないのである。それは、わたしがまだ人生を達観するにいたらぬ子供で、スコットの真価を理解していなかったから、としかいいようがない。もっとも、その年で達観していたら恐ろしいし、今もって達観するにはほど遠いのであるが……。

やがておとなになり、ハリウッド西部劇がすたれてしまったあと、テレビ放映でスコットの旧作の数かずに接したとき、目からうろこが落ちる思いがした。その驚きと感動は、わたしの実年齢がスコットのそれに近づくにつれて、ますます顕著になった。

そう、ランドルフ・スコットは、偉大なる西部劇俳優だったのだ！　ジョン・ウェインもゲイリー・クーパーも、目ではない。ごひいきのウィドマークにも、この際楽屋に引いてもらう。

スコット作品は、日本ではB級西部劇とみなされることが多い。しかし、アメリカでB級と呼ばれるのは、長さ一時間前後のもっとマイナーな西部劇のことで、スコット作品は堂々たるメジャーの西部劇である。それどころか、彼の一連の作品はあらゆる西部劇の中で、〈スコット西部劇〉とでも呼ぶべき独自のジャンルを形成した、といっても過言ではない。

スコットの生年は、資料によって若干の異同がある。日本の資料（キネマ旬報社『外国映画人名事典・男優編』など）は、一九〇三年生まれとするものが多い。しかし、比較的新しいアメリカの“RANDOLPH SCOTT: A FILM BIOGRAPHY”などによれば、一八九八年生まれが正しいようだ。俳優や芸能人が、年齢のさばを読むのは珍しいことではないし、外見からも一九〇〇年生まれのクーパーより、スコットの方が三つも若いとは思えない。したがって、本稿では一八九八年生まれを採ることにする。

その場合、わたしが劇場で目にした五〇年代後半のスコットは、新作らしく装って公開された旧作を別にすれば、すでに六十歳に近い年齢だったわけである。つまり、現在のわたしとほぼ同年齢、ということになる。今、あらためてビデオの画面で確認すると、スコットは相変わらず初老のおじさんで、わたしよりずっと年上に見えるから不思議だ。

ランドルフ・スコット、ジョエル・マクリー、オーディ・マーフィの、いわゆる三大西部劇専門スターの作品を解説した、“Last of the Cowboy Heroes”（二〇〇〇年・未訳）という楽しい本がある。その序文を、スコットの西部劇を数多く演出したベテラン監督、バド・ベティカー（先年亡くなった）が書いている。

ベティカーは、スコットと知り合ったこと自体が、自分のキャリアにおける勲章の一つだった、と言い切る。南北戦争のとき、もし南軍の騎兵隊にスコットのような男が百人でもいたら、北軍に負けてはいなかっただろう、とも言う。さらに、映画産業の長い歴史の中で、スコットほど完璧な紳士はいなかった、と断言してはばからない。

映画界入りしたとき、スコットはすでに三十歳を過ぎていたから、むしろ遅い方だといえる。デビューしてしばらくは、コメディやミュージカルをこなしたらしいが、スコットの歌う姿などあまり想像したくない。

三〇年代の前半には、スコットはかなりの数の西部劇に、主演するようになった。これは主に、アメリカでいうところのB級作品にすぎないが、わたしもそのうちの何本かをビデオで見た。すでにこのころから、スコットは後年の〈スコット西部劇〉の雰囲気を身につけ、スターの風格を備えていたことが分かる。

三〇年代の後半から、スコットはメジャー西部劇に顔を出すようになる。

三六年の『モヒカン族の最後』を皮切りに、三九年にはスチュワート・レイク原作による“Frontier Marshal”（未公開）に主演、伝説の保安官ワイアット・アープを演じる。これは後年、ジョン・フォードの『荒野の決闘』やジョン・スタージェスの『OK牧場の決闘』、さらには九〇年代の『ワイアット・アープ』『トゥームストーン』につながる、定番西部劇の初期のものの一つである。輸入ビデオで見たが、ドク・ホリデイが東部から来た婚約者の手術をするエピソードは、フォード作品にそっくり取り入れられている。

同じ三九年に、タイロン・パワー、ヘンリー・フォンダがジェシー、フランクのジェームズ兄弟に扮する、『地獄への道』（ヘンリー・キング監督）に助演。四〇年には、『ヴァージニアの血闘』（マイケル・カーティス監督）でエロル・フリン、ハンフリー・ボガートと共演する。ちなみに後者では、ボガートがちょび髭を生やした悪党に扮したが、この人くらい西部劇に向かない役者もめずらしい。ジェームズ・キャグニー主演の、『オクラホマ・キッド』（ロイド・ベーコン監督）で演じた悪役も、現代ものに出たときの迫力には及びもつかなかった。

またこの年スコットは、無法者ダルトン一家の末路を描いた『殴り込み一家』（ジョージ・マーシャル監督）、翌四一年にはこの時期の傑作の一つ『西部魂』（フリッツ・ラング監督）に主演する。さらに四二年には、三九年に『駅馬車』でスターになったジョン・ウェイン、当時の代表的なカリスマ女優マレーネ・ディートリヒと、『スポイラース』（レイ・エンライト監督）で共演した。

このころのスコットは、かならずしも単独主演のヒーローではなく、助演クラスに甘んじることもあったし、汚れ役もいとわなかった。『地獄への道』『スポイラース』では、敵役といってもいい役回りを演じた。『西部魂』では、ヒーロー役をロバート・ヤングに譲って、みずからは悪党仲間の銃弾に倒れるという、珍しい役をやっている。

これらの作品は、戦争などで日本公開が遅れた事情もあって、わたしが見たのはずっとあとのことだった。戦後の、ヒーロー作品しか見ていなかった目には、スコットの敵役や汚れ役は、どことなく違和感があった。

こうした戦前作品の中で、わたしがいちばん好きなのはやはり、『西部魂』である。フリッツ・ラングは、亡命前にドイツで怪人マブゼ博士シリーズなどを撮った人だから、少々重たるい作品になったのは否めない。

しかし、そこはさすがにラング、ただの西部劇には終わらせなかった。

スコットは、足を洗おうとしながらなかなか洗えない、お尋ね者を演じる。ラストで、両手に火傷を負ったスコットが死を覚悟して、元の強盗仲間バートン・マクレーンと対決するため、理髪店に乗り込むところはまさに圧巻である。

ここで、スコットは隠れていた子分たちを倒すものの、マクレーンの弾をまともに食らって、あっさり死んでしまう。このときは、さすがに愕然とした。これまでのパターンなら、傷つきながらもスコットは首尾よくマクレーンを倒し、ハッピーエンドで終わっただろう。ところがラングは、いとも簡単にスコットを死なせる道を選んだ。生き残ったマクレーンをやっつけ、スコットの仇を討ってヒーローになるのは、ヤングの方である。

ヤングは、にやけているだけでヒーローの貫録はなく、お尋ね者のスコットの方が陰影に富んだ役柄で、はるかに強い印象を残す。あるいはそこに、ラングの狙いがあったのかもしれない。スコットの死には唖然としたが、傑作の一つであることに間違いはない。

さて、戦後になってスコットの出演作品は、ほぼ西部劇一本に絞られる。生涯で五十本を越える西部劇出演作のうち、最終作品『昼下りの決闘』にいたる四十本ほど（未公開作品を含む）が、この時期に集中している。まさに西部劇の王者、というにふさわしいキャリアである。

もちろん、数多い作品の中には取るに足らぬものもあるが、そんなことはこの際問題ではない。スコットが画面に出てくるだけで、わたしは何がなんでも許してしまう。スコット西部劇を見る場合、一本一本のストーリーをうんぬんするのではなく、個々のシークエンスやダイアログを、楽しめばいい。もっといえば、スコットという〈存在〉ないし〈現象〉を感じとるのが、彼の西部劇の正しい鑑賞態度なのである。

背筋を伸ばした、折り目正しい歩き方。颯爽たる馬上の姿。断固として銃撃戦に臨む、不退転の決意に満ちた表情。ヒーローを演じるときも敵役を演じるときも、常に紳士としての矜持を忘れぬ毅然とした姿勢。そうした〈存在〉を、じっくり味わってほしい。

スコット西部劇は二、三の例外をのぞいて、特定の監督が集中的に撮るケースが多い。中でも、レイ・エンライト（五本）、エドウィン・L・マリン（七本）、アンドレ・ド・トス（六本）、バド・ベティカー（七本）の四人が目立つ。いずれも戦後が中心で、スコット西部劇の全盛期を支えた監督たちである。

エンライト作品ではスコット、フォレスト・タッカーが凄絶な殴り合いを演じる、『西部の裁き』がいい。ド・トス作品の中では、ミステリー色の強い『賞金を追う男』がおもしろい。ベティカーには、佳作が多くて好みが分かれるかもしれないが、わたしはターザン映画のジェーン役で知られる、モーリン・オサリヴァン共演の『反撃の銃弾』、そしてあのリー・マーヴィンが敵役を務める『七人の無頼漢』、若き日のバート・ケネディが脚本を書いた『決闘コマンチ砦』あたりを、西部劇として高く評価する。

そのほかの監督作品では、ゴードン・ダグラスの『オクラホマ無宿』、ロイ・ハギンズ（『サンセット77』等の原作を書いた作家）の『ネバダ決死隊』が、記憶に残る。

そして最後に、サム・ペキンパによるスコットの遺作、『昼下りの決闘』がある。ジョエル・マクリーとの、最初にして最後の共演作品だが、ここでもスコットは紳士らしく、少し後輩のマクリーに花を持たせて、自分は汚れ役を引き受けている。

しばしばこの映画は、滅びゆくハリウッド西部劇への挽歌といわれるが、スコットもマクリーもまさにその郷愁を、劇的に演じ切ってみせた。

これらの作品の中には、ビデオやDVDで現在手にはいるものもあり、これから発売されるものもある。もし目にしたら、これはもうわれわれ共通の文化遺産として、ぜひ買っていただきたいと思う。

ジョエル・マクリー　＊誠実が服を着た西部人

一九〇五年生まれのマクリーは、スコットより七歳年下になるが、デビューはともに一九二〇年代の後半だから、芸歴の長さはほぼ同じである。若いころ、マクリーはほとんど西部劇作品がなく、三〇年代の後半からぽつぽつと出演するようになった。三六年の『大自然の凱歌』が、おそらく最初の西部劇だろう。

これは最初、ハワード・ホークスが監督を務めたが、何かの事情で途中からウィリアム・ワイラーに交替したという、いわくつきの作品だった。もっともマクリーは、あくの強い主演のエドワード・アーノルドに押されて、いささか影が薄い。開拓時代の、材木の切り出しから始まる六十数年前の作品だが、これだけ迫力のあるスペクタクル場面を、SFXやCGに頼らずに作り上げた技術は、たいしたものである。やはり、監督の力はすごい。このあとマクリーは、駅馬車輸送会社ウェルズ・ファーゴ社の苦闘を描いた『新天地』(三七年／フランク・ロイド監督)、ユニオン・パシフィック鉄道の敷設を描いた大作、『大平原』(三九年／セシル・B・デミル監督)に出演する。ちなみに『大平原』では、マクリーは『平原児』のゲイリー・クーパー同様、二挺拳銃の銃把を前後逆向きに腰につけて、登場する。撃つときは、両手を交差させて拳銃を抜くことになるが、これはやってみるとけっこうむずかしい。クーパーもマクリーも、よほど腕が長かったに違いない。

実際に、『平原児』の主人公ジェームズ・バトラー・ヒコック、いわゆるワイルド・ビル・ヒコックが、こういう風に拳銃を吊った写真が残っている。ただし、どのように抜いたかは分からない。わたしが試した限りでは、手首を返して同じ側の拳銃を抜く方が、はるかに抜きやすい。どちらにしても、早撃ちには向かない吊り方である。現実の西部開拓時代には、西部劇でよくお目にかかる早抜きによる決闘は、ほとんど行なわれなかったというが、この拳銃の吊り方をみるとそれもうなずける。

史実はさておき、マクリーは『大平原』の冒頭でアンソニー・クインを相手に、鮮やかなガンさばきを見せる。クインが、ひそかに後ろから狙い撃とうとするのを、バーのカウンターの鏡で気づいたマクリーが、振り向きざまに抜き撃ちで倒して、こううそぶく。

「鏡は、よく磨いておくものだな」

ちなみに『大平原』では、ヒロインにバーバラ・スタンウィック、バーバラを巡ってマクリーと恋のさや当てをする敵役に、まだ二十歳を出たばかりのロバート・プレストンが起用された。バーバラは当時、すでに三十歳を過ぎていた。二つ年上のマクリーはともかく、二十歳を出たばかりのプレストン相手のラブシーンは、かなりきつかっただろう。加えて、この三人のくっついたり離れたりのいきさつが、あまりにもご都合主義なのには辟易した。デミル監督のスペクタクル大作だし、せめてカラーで撮ってくれたらもう少し盛り上がったのに、と思う。

第二次大戦が始まり、マクリーはアルフレッド・ヒチコック監督の『海外特派員』(四〇年)などに出たあと、四四年にウィリアム・ウェルマン監督の『西部の王者』に主演する。アメリカ西部を、ショーに仕立てて見せる〈ワイルド・ウェスト・ショー〉の座長、バファロー・ビルことウィリアム・F・コディの伝記映画である。

バファロー・ビルは、ワイルド・ビルと並ぶ著名な西部人だが、殺したのはバファローとインディアンだけで、少なくとも記録上は白人を殺していない。シャイアンの族長、イエロー・ハンドと決闘して倒した(一八七六年七月)話は、よく知られている。今の視点からみれば、バファローを絶滅の危機に陥れた元凶でもあり、インディアンを大勢殺した問題の多い人物でもあるのだが、当時は英雄とみなされていた。

その罪滅ぼしというわけでもあるまいが、コディは一八八二年の夏〈ワイルド・ウェスト・ショー〉を組織し、八七年にはイギリスまで出かけて行って、アメリカ西部の宣伝にこれ務めた。かつての敵、スーの族長シッティング・ブルを一座に迎えるなど、芝居気たっぷり(実際俳優をやったこともある)の男だったようだ。そういう実像からすると、マクリー演じるバファロー・ビルは、少々きまじめすぎた感もある。

戦後になると、マクリーの出演作はほとんど西部劇一本に、絞られる。

まず、『落日の決闘』（四六年／スチュワート・ギルモア監督）は、何度も映画化された『ヴァージニアン』のリメイク作品。悪役のブライアン・ドンレヴィが精彩を放ち、マクリーはちょっと損をした感じだ。

翌年の『復讐の二連銃』（四七年／アンドレ・ド・トス監督）は、七五年に『ホップスコッチ』でMWA（アメリカ探偵作家クラブ）賞を受賞した、ミステリ作家のブライアン・ガーフィールドが、西部劇のガイドブック“Western Films:A Complete Guide”で、絶賛している。わたしも、アメリカから取り寄せたビデオで見たが、それほどのものとは思えなかった。同じ作品で、彼我の評価が著しく異なることは、さほど珍しくない。

四九年には、マクリー作品の中でもっとも高く評価されている、「死の谷」（ラオール・ウォルシュ監督）が登場した。白黒の地味な西部劇だが、お尋ね者には見えないマクリーの静かな演技と、ヴァージニア・メイヨの鉄火な演技がみごとな対照をなして、ドラマチックな作品に仕上がった。ヴァージニアは、西部劇に欠かせない彩り女優の一人だが、この作品が最高の出来だろう。彼女の熱演がなかったら、この映画は成り立たなかった。

五〇年代の作品の中では、マクリーがワイアット・アープに扮した『法律なき町』（五五年／ジャック・ターナー監督）と、バット・マスタースンに扮した『ダッジ・シティ』がいい。スコット同様、あまりけれんの強い演技を見せないマクリーだが、ここでは珍しく早撃ちを披露するなど、楽しませてくれる。

そして最後に、前回も書いたスコットとの最初にして最後の共演作、『昼下りの決闘』(六二年／サム・ペキンパ監督)がくる。二大スターの扱いはむずかしいのだが、当時まだ若かったペキンパは敬意を込めて、二人からそれぞれの持ち味を引き出した。むろん、六九年の『ワイルド・バンチ』の迫力には及ばないが、わたしはこちらの方に愛着を覚える。

オーディ・マーフィ　＊ハリウッド一の早撃ち

オーディ・マーフィは、スコットやマクリーに比べてはるかに若い、一九二四年生まれの戦後派スターである。第二次大戦で、もっとも多くの勲章を獲得した兵士としても知られ、五五年にはその活躍ぶりを描いた『地獄の戦線』で、自分自身を演じている。

アメリカの男優としては、当時アラン・ラッドと並ぶ小柄なスターだったが、そのハンディをまったく感じさせない、きびきびしたアクションを売り物にした。早撃ちの腕も、相当のものだったようだ。

五〇年代の後半、テレビ西部劇シリーズ『ワイアット・アープ』で人気の出たヒュー・オブライアンが、拳銃の訓練の成果を披露したくてスタジオ中を歩き回り、だれかれかまわず早撃ちの決闘を挑んだ。みんな辟易しているところへ、たまたまマーフィが通りかかった。オブライアンが臆面もなく、この西部劇の小さな大スターに決闘を申し込むと、マーフィはにこりともせずに応じた。

「いいとも、受けてやろう。ただし、実弾でな」

オブライアンが、こそこそと逃げ出したことは、いうまでもない。

ちょっとできすぎた話だが、マーフィには第二次大戦の戦争後遺症があって、ときどきそれが顔を出したという。オードリー・ヘプバーンの出演で話題になった、ジョン・ヒューストン監督の『許されざる者』（六〇年）に出たときは、休憩中に実弾を撃ちまくって老女優リリアン・ギッシュを怖がらせた、という伝説も残っている。

小柄な体格と童顔から、ビリー・ザ・キッドを演じた『テキサスから来た男』（四九年／カート・ニューマン監督）が、当たり役だった。その延長で、ジェシー・ジェームズを演じた『命知らずの男』（五〇年／レイ・エンライト監督）、ビル・ドゥーリンを演じた『シマロン・キッド』（五一年／バド・ベティカー）なども、ぴったりの役回りだった。他のスターとの共演作もある。

若き日のドン・シーゲルが監督した、『抜き射ち二丁拳銃』（五二年）ではスティーヴン・マクナリーと、『荒野の追跡』（五四年／ジェシー・ヒブス監督）では名悪役ダン・デュリエと、『夜の道』（五七年／ジェームズ・ニールスン監督）では大物ジェームズ・スチュワートと組み、バート・ランカスターとも上記『許されざる者』で共演した。

ことに、あとの二本は年も格もずっと上のスチュワート、ランカスターを相手に、まったく位負けしない演技を見せた。マーフィは、決してうまい俳優ではなかったが、〈スコット西部劇〉に匹敵する〈マーフィ西部劇〉の世界を持っており、それが大スターとの共演でも失われなかったのである。

これらを別にすると、わたしは未公開作品の"Walk the Proud Land"（五六年／ジェシー・ヒブス監督）を、高く評価している。OKコラルの決闘が行なわれた時代に、トゥムストンの市長を務めたジョン・P・クラムの、若き日を描いた作品である。マーフィ演じるクラムは、トゥムストン・エピタフ紙を発行するジャーナリストでもあったが、この映画の中ではインディアン居留地の管理官を務めていた。ガンファイターではないが、典型的なフロンティアズマンの一人といえよう。わたしは、この作品をアメリカからのビデオで見たが、字幕がなくても十分に楽しめた。マーフィ西部劇の、ベスト三にはいる佳作である。

マーフィは若かっただけに、スコットやマクリーに比べてはるかに作品数が多く、五〇年代初めから六〇年代の末まで、古きよき時代のハリウッド西部劇の一角を支えた、貴重なスターだった。

七一年に飛行機事故で死んだが、このときに名実ともにハリウッド西部劇は終焉を告げた、といっても大きな間違いはないだろう。

アラン・ラッド　*帰らざるシェーン

アラン・ラッドは『シェーン』に主演し、西部劇スターとして不滅の名を残しただけでも、幸せな俳優だったといってよい。

しかし、それ以外の作品にほとんど恵まれなかった点では、きわめて不幸な俳優ともいえる。ラッドに関しては、ロバート・テイラーと並んでハンサムだが大根役者、という評価が定着している。当然のように、アカデミー賞とも縁がない。

わずか『シェーン』一本とはいえ、西部劇史上に燦然と輝く大傑作を残してくれたことで、わたしはラッドに心から拍手を送りたい。テイラーと同様、大根といわれながらもその存在感には独特の魅力があり、わたしは決してラッドを低く評価したりはしない。テイラーもラッドも、やはりハリウッド西部劇に欠かせないキャラクターだった、と今でも思っている。

ラッドはテイラーより二年遅れて、バート・ランカスターと同じ一九一三年に、アーカンソー州で生まれた。テイラーが、メロドラマ向きの甘いマスクの持ち主なら、ラッドは冷たさをたたえた美男子だった。ただしテイラーよりずっと背が低く、当時のスターとしてはかなり小柄で、五フィート六インチ（約百六十八センチ）しかなかった、という。

むろんラッド以前にも、ジェームズ・キャグニーとかハンフリー・ボガートとか、あまり背の高くないスターはいた。しかも、キャグニーやボガートはお世辞にもハンサム、というご面相ではない。そのかわり、この二人には小柄な体格を忘れさせる演技力と、強烈な個性があった。ラッドやテイラーのように、なまじ整った顔の持ち主は演技力をあまり問われず、強烈な個性はむしろ邪魔とされた。この時代のスターシステムとしては、それでよかったのである。

ラッドは、一九三〇年代から端役で映画に出ていたが、役者として認められたのは四〇年代にはいってからで、四二年の『拳銃貸します』あたりが出世作だろう。これは、グレアム・グリーンの原作の映画化で、ラッドは最後に死ぬ無表情な殺し屋役を、冷酷に演じてみせる。原作の殺し屋は、顔に目立つ傷のある男という設定だが、むろん映画では普通の男に変えられている。共演は、クールな美貌で売り出したヴェロニカ・レイクで、ラッドの端正な非情さとの組み合わせが、好一対をなした。

ちなみにこの作品は十数年後、ギャング役で売った名優キャグニーの監督で、リメークされている。ラッドが演じた殺し屋に、ロバート・アイヴァースという新人が起用され、小味なギャング映画になった。しかし、ラッドの持つ冷たいキャラクターの魅力には、とうてい及ばなかった。

同じ四二年に、ラッドはダシール・ハメット原作の『ガラスの鍵』で、主人公のネド・ボーモン（映画ではエド）を好演し、ギャング役者としての地歩を固める。この作品もかつて、ジョージ・ラフト主演で映画化されたものの、リメークである。

戦後になって、今度はレイモンド・チャンドラーのオリジナル脚本、『青い戦慄』（原題“Blue Dahlia”）に主演する。共演は、『拳銃貸します』のときと同じ、ヴェロニカ・レイク。『青い戦慄』は劇場公開されたが、『拳銃貸します』と『ガラスの鍵』は、未公開のままだった。ただし、だいぶあとになってビデオが発売されたほか、たまにテレビで放映されたりするので、運がよければ今でも見ることができる。

ラッドの最初の西部劇は、四八年の『ネブラスカ魂』（レスリー・フェントン監督）に始まり、五〇年の『烙印』（ルドルフ・マテ監督）、五一年の『赤い山』（ウィリアム・ディターレ監督）、五二年の『血ぬられし欲情』（『八人の男を殺した女』をロードショー公開後に改題、ゴードン・ダグラス監督）と続く。それからようやく、五三年の『シェーン』（ジョージ・スティーヴンス監督）が登場することになる。

ラッドは、やはり都会的な風貌とキャラクターが災いして、あまり西部劇には向かない俳優に見える。それが、ある日突然『シェーン』で大ブレイクしたのは、一にも二にも名監督スティーヴンスのおかげ、といってよい。

この映画は、一面から見ればすぐれたホームドラマでもあるのだが、そこへラッドのような不器用な役者を起用したところに、この監督の眼力が感じられる。

ちなみに西部劇、というよりそのもととなる西部小説は、米国文学史の上ではハードボイルド小説の源流として、位置づけられる。ラッドの演じるシェーンは、ロサンジェルスを馬のかわりに車で走り回る、フィリップ・マーロウの原型といっても差し支えない。

これまで、『シェーン』については多くの人が多くのことを書き、わたし自身もあちこちに書き散らしてきたので、ここではあまり触れないことにする。ただ、この西部劇をすばらしいドラマに仕上げた、スティーヴンスの優れた感覚や手法について、二、三指摘するにとどめる。

まず、ジョーイを演じた子役のブランドン・デ・ワイルドから、巧まざる子供らしさを引き出したのが、最大の手柄だった。幼い少年に、自然な演技を求めるのはもともと無理な注文なのだが、スティーヴンスはそれをみごとにやってのけた。

殺し屋役に、ジャック・パランスを起用したことも、この映画を成功させた要因の一つだ。パランスは五〇年、リチャード・ウィドマーク主演の『暗黒の恐怖』（エリア・カザン監督）でデビューし、翌年の『突然の恐怖』（デイヴィド・ミラー監督）では、大女優ジョーン・クロフォードを死ぬほど怖がらせて、アカデミー助演男優賞にノミネートされた。それ以後の役もほとんど悪役で、デビュー後ほどなくヒーローに転じたウィドマークとは、だいぶ異なるキャリアを積んだ。

スティーヴンスは、それほど出演場面の多くないパランスを強く印象づけるため、いくつかの工夫をしている。一つは、パランスがいつも酒場で飲む飲み物に、酒ではなくコーヒーを選んだこと。撃ち合いに備えて、いつも頭をしゃきっとさせておくという設定は、潜在的な説得力がある。

二つ目は、撃ち合いの前パランスにかならず黒の革手袋を、はめさせたこと。お定まりといえばお定まりだが、これも万が一にも汗で手が滑って、拳銃を握りそこなったりしないように、というそれなりの理由がある。

さらに三つ目は、パランスが画面に出てくるたびに、酒場の隅にうずくまっていた犬が起き上がり、しっぽを垂れてこそこそと姿を消すシーンを、挿入したこと。見落としがちなショットだが、これもパランスの生理的な恐ろしさを観客に伝える、心憎い演出といえよう。

こうした効果が積み重なって、パランスが開拓農民の一人（エリッシャ・クック・ジュニア）を冷酷に射殺したり、最後にシェーンと一対一の決闘をしたりする場面に、恐ろしいほどの緊張感をもたらしたのだった。

そのほか、農民夫婦役で共演したヴァン・ヘフリンとジーン・アーサーも、スティーヴンスの期待を裏切らぬ好演を見せた。ことにジーン扮するマリアンが、シェーンにしだいに心を引かれていくくだりは、当時のハリウッド映画としてはかなり大胆なもので、男女の機微が分かるおとなになって見直すと、はらはらどきどきするほどだ。

ラッドは、『シェーン』のあとも五四年『サスカチワンの狼火』（ラオール・ウォルシュ監督）『太鼓の響き』（デルマー・デイヴズ監督）、五七年『大荒原』（ゴードン・ダグラス監督）、五八年

『誇り高き反逆者』(マイケル・カーティス監督)『悪人の土地』(デルマー・デイヴズ監督)、六〇年『地獄へ片足』(ジェームズ・B・クラーク監督)と、かなりの数の西部劇に出演する。

しかしどの作品も、『シェーン』と比べられる不幸から逃れられず、ラッドの名をおとしめるだけになった。ことに、最後の西部劇『地獄へ片足』のラッドは、まだ五〇歳にもならないのに筋肉が落ち、頬の肉はたるんで見る影もなくなっていた。物語も、病気の妻を見殺しにした町の人びとを、偏執的に憎んで一人ずつ復讐していくという、陰惨な筋立てだった。ラッドは、最後に女に撃たれてみじめに死ぬのだが、観客の共感を得られないこんな西部劇に、なぜ出演したのかといぶかられる。

これらの作品のうち、もし『シェーン』がなければもう少し評判になったかもしれぬ、『誇り高き反逆者』を少し詳しく紹介しよう。演出のマイケル・カーティスは、かの有名なメロドラマ『カサブランカ』を作った、よくも悪くも職人肌の監督である。

設定こそ異なるものの、この作品は『シェーン』を意識して作られたことが、画面のあちこちから露骨にうかがわれる。冒頭、遠景の美しい自然の中を馬でやって来る人影、というのがまず『シェーン』そのものだ。

子役のデイヴィドはラッドの実の息子で、映画の中でも親子を演じている。このデイヴィドが、幼時のショックで口がきけなくなった、という設定のせいもあるだろうが、『シェーン』のジョーイに比べて、演技がいささか幼い。

この二人に配するに、アカデミー主演女優賞を二度もとった演技派、オリヴィア・デ・ハヴィランドをもってきたのは、この映画を凡作から救った最大のポイントだろう。設定は独身だが、オリヴィアはジーン・アーサーのマリアンにあたる存在で、そこにデイヴィドや愛犬がからんでくるとなれば、これはもう見えみえの『シェーン』挽歌、といわざるをえない。

デイヴィドの手術費用を捻出するため、黙って愛犬を売ったラッドが息子に責められ、それを取りもどしに羊飼いの牧場に乗り込む。ずいぶん自分勝手な話だが、ともかくそこで撃ち合いになる。

駆けつけて来たデイヴィドが、後ろから撃とうとする敵を見て思わず叫び声を上げ、父親に警告を発する。それをきっかけに、口がきけるようになるというお決まりのラストだが、そこは職人のマイケル・カーティス監督、そつなく見せて涙をさそうから、心憎い。この映画は、『シェーン』から五年後に撮られた作品で、ラッドもまだ『地獄へ片足』ほどはひどくなかった。

繰り返しになるが、『誇り高き反逆者』はそれ以前に『シェーン』さえなければ、そこそこに高い評価を受けたのではないか、と複雑な気持ちにさせられる作品である。

ゲイリー・クーパー　＊年をとってもカッコよし

ゲイリー・クーパーを西部劇俳優、と呼んだら異論があるだろうか。

確かに、クーパーには『ヨーク軍曹』『誰が為に鐘は鳴る』『昼下りの情事』といった西部劇以外の名作、話題作がたくさんある。

しかし、西部劇ファンとしてはやはり『平原児』『西部の男』『真昼の決闘』が、もっともクーパーらしい魅力にあふれた作品、ということになる。

クーパーは、一九〇一年にモンタナ州に生まれ、サイレント時代からすでにスターだった。クーパーの最初のトーキー西部劇は、二九年の『ヴァージニアン』である。双葉十三郎氏が、この作品を手放しで絶賛しておられるので、未見のわたしもぜひ見てみたい。

三六年、セシル・B・デミル監督の『平原児』が製作されて、西部劇スターとしてのクーパーの評価は、決定的なものになる。

クーパーは、グリップを逆に向けて二挺拳銃を吊り、腕をぶっ違いにして抜く早撃ちを披露した。一説によれば、このときの抜き撃ちの早さは〇・五秒で、『シェーン』のアラン・ラッドを〇・一秒上回っている、という。どうやって計ったのか知らないが、たぶんフィルムのコマ数から逆算したのだろう。

ちなみに、「自慢ではないが……」といいつつ自慢させてもらうが、わたしが早撃ち計測器で出した記録は〇・四秒台で、ラッドにもクーパーに勝った！　と喜ぶのは、まだ早い。早撃ちの日本記録は、〇・三秒そこそこという恐ろしいレベルに、到達している。それどころか、〇・二秒台もたまに出るらしいから、上には上があるものだ……。

それはさておき、クーパーはその後『牧童と貴婦人』『西部の男』『北西騎馬警官隊』と、三〇年代末から四〇年代初頭にかけて、大作西部劇に続けて出演する。しかし四五年に、それまでの西部劇に飽き足りなくなったのか、『無宿者』という変化球をみずからプロデュースして、みごとに失敗する。射撃がからきしだめな男が、ひょんなことから拳銃の名人に祭り上げられるコメディ（？）で、アメリカではまったく当たらなかったらしい。わたしも、この映画ではダン・デュリエの悪役ぶりしか、覚えていない。

その後、『征服されざる人びと』『ダラス』『遠い太鼓』をへて、五二年の『真昼の決闘』にいたる。『真昼の決闘』は、オールタイム・ベストテンにはいる傑作だが、これについてはほぼ語り尽くされた感もあるので、あまり詳しく触れないことにする。本作品に関する、もっとも興味深いエピソードは監督自身の『フレッド・ジンネマン自伝』（キネマ旬報社／一九九三年刊）に、数多く収載されている。これを読むと、『真昼の決闘』のすべてが分かる、といっても過言ではない。どこかで、目を通していただきたい。

ジンネマンによると、この映画は当時まだ生なましかった朝鮮戦争や、ハリウッドに吹き荒れたマカーシズムを象徴するもの、という意見もあったらしい。しかし、ジンネマンはそうした政治的な見方を否定し、これまでのものとは異なる西部劇、今日の社会でも起こりうる西部劇を作りたかっただけだ、といっている。これをもってしても、のちに『レッド・ムーン』とベトナム戦争を結びつけたりする、政治的解釈に傾いた事大主義的な西部劇批評が、見当違いだということは明白だろう。

以前も指摘したように、『真昼の決闘』はリアリズム西部劇の走りとみなされ、のちの西部劇にいろいろな影響を与えた。タイトルバックに主題歌が流れる幕開けは、この映画が初めてではないかもしれないが、もっとも成功したものの一つであることは、間違いあるまい。これをきっかけに、主題歌を取り入れる西部劇が増えた。

たとえば、ジョエル・マクリー主演の『法律なき町』（五五年）では、『真昼の決闘』と同じくネッド・ワシントン（作詞）とテックス・リッター（歌）のコンビで、〈ウィチタ〉（原題／カンサス州の町名）が歌われる。

さらに五七年には、やはりネッド・ワシントン（作詞）ディミトリ・ティオムキン（作曲）の『真昼の決闘』コンビで、『OK牧場の決闘』の主題歌が作られた。歌っているのはフランキー・レインで、今でもわたしはときどきこの歌を風呂の中などで、朗唱（?）してしまう。ほかにも、

『星のない男』『決断の三時一〇分』など、枚挙にいとまがない。さて、『真昼の決闘』のあとクーパーは『スプリングフィールド銃』『悪の花園』『ベラクルス』に出演し、ウィリアム・ワイラー監督の傑作『友情ある説得』をへて、アンソニー・マン監督の『西部の人』に到達する。

この作品は、マンが『ウィンチェスター銃'73』以来撮ってきた、ジェームズ・スチュワート主演の一連の西部劇と、ある意味で共通するものがある。マンが、なぜスチュワートではなくクーパーを使ったのかは、分からない。あるいは、クーパーの方が陰惨なストーリーの印象を和らげるだろう、という読みがあったのかもしれない。どちらにしても悪趣味で、あまり後味のよくない西部劇であることは、否定できない。

リンク・ジョーンズ（クーパー）は、村に新しくできた学校の教師を雇うため、村人から預かった金を持って町へ向かう。途中で、フォートワース行きの列車に乗り替え、歌手のビリー・エリス（ジュリー・ロンドン）、いかさま師のビーズリーと乗り合わせる。

この列車が、燃料を積み込むために途中停車したとき、お尋ね者ドク・トビン（リー・J・コブ）一味の無法者、コーリー（ジャック・ロード）らに襲われる。列車は急遽出発し、村人の金を奪われたリンクとビリー、ビーズリーの三人が、置き去りにされる。

三人は、寝る場所を求めて荒野を歩き出すが、やがて野中の一軒家にたどり着く。

そこには、列車強盗に失敗したトビン一味が、潜んでいる。ここで初めて、リンクが実はトビンの甥に当たる男で、何年か前まで一緒に強盗や殺人をしていたことが、明らかになる。トビンを演じるコブの、長台詞による独演が圧巻だ。

正直なところ、過去に強盗殺人を犯して改心した男をクーパーにやれ、というのは無理な注文だろう。常に正しく、紳士的なクーパーにそういう殺伐とした過去は、はなから似合わない。たぶん、スチュワートにも向かないと思う。ここはやはり、リチャード・ウィドマークあたりを、もってくるべきだった。

リンクは、ビリーやビーズリーを救うために、トビン一味にもどるふりをする。

この一軒家で、コーリーがリンクの首筋にナイフを突きつけ、ビリーにストリップティーズを強要するのが、まず第一の悪趣味。途中でトビンが止めるものの、ドレスを脱いでいくジュリーの表情が、実に痛いたしい。

次に、納屋で寝ることになったリンクとビリーを、酒に酔ったトビンがのぞきに来てからかうのが、第二の悪趣味だ。このあたり、あくの強さが売り物のマンにしても、いささか度がすぎる。

翌日、リンクがコーリーを挑発して殴り合いに持ち込み、服をはぎ取って下着一枚にするのも、前夜の仕打ちに対する報復とはいいながら、あまり格好のいいものではない。

ただし、延々と続くこの格闘は、なかなかのものだ。しかもクーパーは、吹き替えを使っていない。『真昼の決闘』でも、ロイド・ブリッジスとの長い殴り合いで、「関節炎にもかかわらず、クーパーはスタントマンを使わないでやった」とジンネマン監督が証言している。ランドルフ・スコットが格闘や危険な場面で、わりと気軽にスタントマンを使ったのに比べ、クーパーの役者根性はほめられてよい。

さて、ラスーという大きな町の銀行を襲うことになり、リンクが口のきけない子分の一人と一緒に、先乗りする。しかし、その町はすでに鉱山が閉鎖されたため、ゴーストタウンになり果てている。連れの男を始末したリンクは、トビンの息子クロード（ジョン・デーナー）と、もう一人の子分を待ち受けて撃ち合い、二人を倒す。

キャンプにもどったリンクは、トビンに犯されて傷だらけになったビリーを、目の当たりにする。これが、第三の悪趣味である。ここまでサディスティックに、ジュリーを痛めつける必要がどこにあるのか!?　と怒りたくなる。

最後にトビンを撃ち殺し、だいじな村の金を取りもどしたリンクが、ビリーの取ってつけたような愛の告白を受けながら、二人幌馬車に乗って去る。

というわけで『西部の人』は、クーパーの西部劇としてもマンの西部劇としても、決して出来のよい作品ではない。

などと苦情をいいつつ、つい何度もマンの悪趣味に付き合ってしまうのが、わたしの悪い癖である。ただし、この作品にはいかにもマンらしいキャラクターが登場し、それぞれ場面を盛り上げてくれる。

その最大のものは、ドク・トビンを演じたリー・J・コブだ。とにかくコブは、強烈な個性という点でいえばハリウッドでも一、二を争う性格俳優で、『波止場』や『十二人の怒れる男』『拳銃の罠』など、この人なしでは考えられない作品が、たくさんある。何度か、アカデミー賞助演男優賞の候補になったものの、結局オスカーを一つもとれなかったのは、不思議としかいいようがない。『西部の人』では、リンクの叔父という老け役をやったが、実際には甥役のクーパーより十歳も若いのだから、その演技力がしのばれる。

もう一人は、いかさま師を演じたアーサー・オコンネルで、気の弱い、人の好い男をやらせたら、天下一品の演技を見せる。この作品でも、いかさま師なのに人の好さが顔を出し、途中でクーパーの身代わりになって死ぬ役を演じる。暗い物語の中で、オコンネルの出る場面だけが明るく、救いになっている。

そしてもう一人、ジャズ歌手として当時絶頂にあった、ジュリー・ロンドンがいる。

わたしは高校時代、ジュリーの熱烈なファンで、彼女の歌と出会うために毎晩深夜放送を聞き、輸入レコード屋を歩き回ったものだ。

ジュリーは、『西部の人』の少し前にロバート・テイラー主演の西部劇、『西部の旅がらす』にも出ている。この作品では、タイトルバックに彼女の主題歌が流れるので、今でもときどきビデオをセットして、歌だけ聞くことがある。しかし『西部の人』では、一応主題歌としてクレジットされているものの、タイトルバックに歌が流れるわけではなく、映画の中で本人が歌うわけでもない。マンが、ジュリーを歌手の余技ではなく女優として扱った、ということならばしかたがない。

それにしても、ストリップをさせられたり強姦されたりする役を、ジュリーがよく引き受けたものだ、と感心してしまう。大監督アンソニー・マン、名優ゲイリー・クーパーと一緒の仕事、といえばたいていの女優はうん、というのかもしれない。

クーパーには、『西部の人』のあとに最後の西部劇、わたしの好きなデルマー・デイヴズ監督の、『縛り首の木』がある。タイトルバックに、マーティ・ロビンスの軽快な主題歌が流れる、これまた一癖も二癖もある西部劇だが、その話はまたの機会に譲ることにしよう。

ロバート・テイラー　＊仏頂面の人生……

ロバート・テイラーを西部劇俳優、と認識する人は少ないかもしれない。

しかし、わたしにとってテイラーは、歴とした西部劇俳優なのだ。

別に、奇をてらうつもりはない。

むろんテイラーは、かの『哀愁』（一九四〇年）で全世界の紅涙を絞った、メロドラマの王者である。ときに二十九歳、男が見てもほれぼれするような、二枚目だった。日本の役者でいえば、上原謙といったところか。

自他ともに許す(?)大根役者のテイラーは、男性の間でまったく人気がない。彼のファンだという人がいたら、お目にかかりたいくらいである。あまりの二枚目ぶりに、いわれなき反感を買ってしまうのか、みごとなまでに黙殺されている。

しかし、思い切って言ってしまうが、わたしはテイラーが嫌いではない。いや、むしろ好感を抱いている、といってもいい。

それには、理由がある。

一九三〇年代から四〇年代を通じて、テイラーはメロドラマのトップスターとして、確固たる地位を保持し続けた。安定した人気を望むなら、戦後もその路線を続けることができたし、それで十分受け入れられたはずだ。

ところが、テイラーは自分が演技派でないことを、おそらくだれよりもよく承知していながら、五〇年代以降汚れ役に挑戦し始める。それも、ただ泥だらけや血まみれになる、文字どおりの汚れ役ばかりでなく、いわゆるアンチヒーロー的な悪役も、積極的に引き受けた。

かの『哀愁』の翌年に出演した、初期の西部劇『最後の無法者』は、ビリー・ザ・キッドの伝記映画だった。ラストで、キッドに扮したテイラーは、保安官パット・ギャレットに射殺される。

ただしこれは、キッドが悲劇のヒーローに美化されているため、純粋の悪役とはいえない。

そして一九五〇年前後から、テイラーの西部劇は急に増える。主なものだけでも、『流血の谷』『女群西部へ!』『荒原の疾走』『渡るべき多くの河』『最後の銃撃』『西部の旅がらす』『ゴーストタウンの決闘』『決断』『決闘ブラック・ヒル』『ガンファイターが帰って来た』など、軽く十本を超える。それ以外の出演作も、剣戟映画、戦争映画、ギャング映画がほとんどである。メロドラマスターとしての、確固たるキャリアに安住することなく、進んで汚れ役に挑戦したテイラーの心意気を、わたしは買いたいと思う。

ことに、インディアンに扮する大英断(?)を下した『流血の谷』、群盗の一味に加わる『荒原の疾走』、野牛狩りに狂う猟師に扮した『最後の銃撃』などは、戦前のテイラーには考えられない冒険だろう。中でも『最後の銃撃』は、善玉スチュワート・グレンジャーと対決するハードな悪役で、最後には雪に凍りついて硬直死するという、前代未聞の死にざまを見せる。

それとは逆に、リチャード・ウィドマークが悪役を務め、テイラーを徹底的にこけにする『ゴーストタウンの決闘』も、わたしのお気に入りの一本だ。ウィドマークがあれだけ冴えたのも、彼の凄みある演技を悠々と受け止めた、テイラーの度量の広さによるところが大きい。

テイラーは、戦前のにやけたイメージを払拭しようと、ことさら戦後は引き締まった顔をこしらえたようだ。それが、スクリーンでは不幸にも仏頂面にしか見えず、かえって逆効果になった。

威厳をつけたくて、やたらにむずかしい顔をしたがる人が、どこの世界にもいる。しかし、二枚目のテイラーでさえ逆効果なのだから、われわれ凡人はまねをしない方が無難だろう。テイラーならずとも、ある程度人生経験を積んできた人は、ににこと人生を送るに越したことはない。

汚れ役は、現役のときだけで十分である。

ちなみに、テイラーの一九五五年の出演作品『あの日あのとき』が、先ごろDVDになって発売された。

なぜこの時期にと思ったら、戦争映画シリーズの一つとして、ラインナップに加わっただけのようだった。邦題からは想像できないが、この作品は原題を"D-Day,the Sixth of June"といい、連合軍のノルマンディ上陸作戦を背景にした、一応は戦争映画なのである。ただし、物語は例の『哀愁』調のメロドラマだから、邦題の方が内容にふさわしいだろう。

さて、前述のようにテイラーは、数多くの西部劇に出演している。しかし、その作品について語られることは、きわめて少ない。やはり、仏頂面のせいかもしれない。

しかし、その仏頂面を生かした佳作が、一本だけある。『カサブランカ』で有名な、マイケル・カーティス監督の一九五八年作品、『決断』である。カーティスは、『シェーン』の二番煎じともいうべき『誇り高き反逆者』を、同じアラン・ラッドの主演で臆面もなく撮ったりする、よくも悪くも職人気質の監督だった。『決断』は、そのカーティスの数少ない西部劇の一本で、原題は〈死刑執行人〉を意味する“The Hangman”。

テイラーは、容疑者をあくなき執念で追跡し、お縄にせずにはおかない腕利きの連邦保安官を、ハードボイルドに演じる。これはもう、仏頂面でなければ務まらない役どころだ。

ちなみに十二年後、よく似たキャラクターの西部劇『追跡者』が、バート・ランカスター主演で作られたが、ランカスターが丸腰の男を背後から撃つ、などというとんでもないショットがあり、きわめて後味が悪かった。

さて『決断』は、テイラーが強盗殺人の容疑者の一人、ジャック・ロードを追ってある町に到着する。ロードは名前を変え、町ではだれからも好かれる人気者として、平穏に暮らしている。町の保安官フェス・パーカーは、ロードが強盗であるはずがない、人違いだと言って協力を渋る。

テイラーは一計を案じ、ロードと顔見知りのはずの美女、ティナ・ルイーズを謝礼で釣って、ほかの町から呼び寄せる。道端にティナを立たせておけば、通りかかったロードは彼女を見つけ、声をかけるに違いない、というわけだ。

ところがティナは、ひそかにロードに事情を告げて、話しかけないように言い含める。それに従ったロードは、翌日道端に立つティナに目もくれずに、通りすぎる。

やはり人違いだな、と安心して声をかけるパーカーに、テイラーが応じる。

「いや、人違いじゃない。町の連中が、全員注目するほどの美女が立っているのに、一瞥もくれないのは不自然だ」

当時わたしは高校生だったが、この心理学的洞察（?）に、なるほどと感心した覚えがある。

町民はみんなロードの味方で、なんとか町から逃がそうとする。しかし、テイラーは容赦なくその試みを阻止して、ロードを町の留置場にぶち込む。それにもこりず、また別の町民が留置場の窓を破り、ロードを助け出す。

結局、留置場から馬で逃げ出すロードを、テイラーが拳銃で撃つことになるのだが、最後の最後に銃口を上にずらして、わざと狙いをはずす。

例の仏頂面で、冷酷な保安官になり切っていたテイラーが、最後に恩情を出すあたりの呼吸は、予定調和的な結末とはいえ、救いがある。ランカスターの『追跡者』は、マカロニウエスタンの影響による残酷描写が目立ち、ハリウッド西部劇の端正さを失っていた。

その意味でも、テイラーの新しい面を引き出しつつ、端正さを保ち続けたカーティスの腕は、やはり職人芸というべきだろう。

チャールトン・ヘストン　＊不器用なアカデミー賞俳優

最近の映画界で、チャールトン・ヘストンが久しぶりに話題になったが、残念ながら俳優としてではない。

ヘストンは、この春アカデミー賞の長編ドキュメンタリー賞を受賞した、マイケル・ムーア監督の『ボウリング・フォー・コロンバイン』で、同監督の突撃インタビューを受けた。

この映画は、アメリカの銃社会を痛烈に批判して、賛否両論を巻き起こした作品である。ヘストンは、俳優ではなく全米ライフル協会（NRA）の会長として、ムーア監督の容赦ない追及にさらされた。銃の所持を許容する、タカ派のヘストンはむろん憤然とし、席を蹴って立った。

一九二四年生まれのヘストンは、そろそろ八十歳に手が届く高齢で、アルツハイマーの発症も伝えられている。NRAの会長も、今期限りで退任するという。そのヘストンには、いささかつらいインタビューだっただろう。

一般にヘストンは、『十戒』や『ベン・ハー』『エル・シド』『ジュリアス・シーザー』といった、歴史劇の役者として知られる。現に『ベン・ハー』では、一九五九年度のアカデミー賞最優秀主演男優賞を、受賞している。この作品は、名匠ウィリアム・ワイラーの監督作品だけに、ただのスペクタクル映画には終わっていない。とはいえ、ヘストンの演技が他の男優賞候補者、たとえば『お熱いのがお好き』のジャック・レモンに勝っていたかどうかは、議論の分かれるところだ。

好き嫌いは別として、ヘストンは無骨で不器用な俳優だから、どんな役をやっても印象が変わらない。あの、いかつい顔とたくましい体そのままの、固い演技が役柄を狭くしている。したがって、西部劇に出てもどこかもたもたした感じで、爽快感に欠ける憾みがある。長いキャリアのわりに、十本をわずかに超える程度の西部劇しかないのは、そういう理由による。

日本では一九五四年に、ヘストンの初期の西部劇が、まとめて三本も封切られた。製作順に『燃える幌馬車』『アロウヘッド』、そして『ミズーリ大平原』の三本だが、どれも一流作品とはいいがたい。

中でも、ジャック・パランスが共演した『アロウヘッド』は、アメリカの批評家筋が「インディアンを、これほど悪意に満ちて描いた西部劇は、ほかにない」と酷評している。

そのあと、ルドルフ・マテ監督の『遥かなる地平線』、『三人のあらくれ者』という凡作西部劇が二本続き、ようやく大作『大いなる西部』(五八年/ウィリアム・ワイラー監督)の出番になる。この作品でヘストンは、一応グレゴリー・ペックとの共演扱いだが、実質的にはどう見ても助演である。タイトルの順も、ペック、ジーン・シモンズ、キャロル・ベイカーのあと、四番目になっている。

日本でもアメリカでも、『大いなる西部』の評価は傑作、凡作の両極端に分かれるが、わたしは傑作の部類に入れてはばからない。主演クラスはともかく、脇を固めるバール・アイヴス、チャールズ・ビックフォード、そしてTV西部劇『ライフルマン』のチャック・コナーズが、いい味を出している。遥かな西部、そして滅びゆく西部劇への郷愁に満ち、胸を揺さぶられるものがある。

おそらくワイラー監督は、この作品でヘストンのキャラクターを気に入り、『ベン・ハー』に起用したのだろう。そして、ヘストンのいい面だけを積極的に引き出した結果、アカデミー賞受賞につながったのだと思う。

その後ヘストンには、『猿の惑星』（一九六八年）というヒット作があるが、それ以外は取り立てていうほどの作品は、見当たらない。

ただ、西部劇に関していえば、サム・ペキンパー監督の六四年作品『ダンディー少佐』と、トム・グリース監督の『ウィル・ペニー』という、二本の佳作がある。

まずは、『ダンディー少佐』。

ペキンパーは、もともとテレビ西部劇から出た監督で、一九五〇年代後半に『ガンスモーク』や『ライフルマン』など、日本でも放映された人気シリーズを、何本か手がけている。

最初の劇場用西部劇は、ブライアン・キースとモーリン・オハラが共演した、『荒野のガンマン』（一九六一年）である。奇妙な味はあるものの、さほどペキンパーらしさが感じられない、平凡なデビュー作だった。

ところがペキンパーは、二本目の西部劇『昼下りの決闘』（一九六二年）で、一躍一流監督の仲間入りをする。この作品はご存じ、ランドルフ・スコットとジョエル・マクリーの二大スターが共演した、最初で最後の西部劇である。

スコットとマクリーは、この作品を最後に映画界を引いたが、ともにまだ六十歳前後だったことを考えると、ずいぶん早い引退だった気がする。今ならまだ、ばりばりの現役だろう。

その次に作られたのが、さらに四年後の代表作『ワイルドバンチ』につながる、『ダンディー少佐』なのである。

ヘストンは、インディアン討伐のために南軍捕虜を指揮する、頭の固い北軍将校を演じる。誇り高い南軍将校には、リチャード・ハリスが扮するのだが、実はこちらの方が儲け役、という気がしないでもない。

この作品は、編集の段階でペキンパーがはずされたため、きわめて不本意な仕上がりになった、といわれる。こちこちの軍人ダンディーが、突然自暴自棄になって飲んだくれる、という取ってつけたような不自然な展開も、そのせいらしい。

とはいえ、随所にペキンパーらしいショットがあって、それなりに評価できる作品だと思う。

さてもう一本、同じくテレビ畑出身のグリース監督が作った『ウィル・ペニー』（一九六八年）は、まさにヘストンのために作られたような、哀切きわまりない西部劇である。

ヘストンは、読み書きもできず家庭も持たぬまま、いつしか初老を迎えた無骨な牧童、ウィル・ペニーを演じる。かっこよさとはほど遠い、ヘストンのキャラクターにぴったりの役柄で、この年になると身につまされるものがある。

牧場の見回り役に雇われたヘストンが、山小屋に不法滞在する人妻ジョーン・ハケット、息子のジョン・グリース（監督グリースの息子）の母子を見つけ、不憫に思いつつも立ち退きを命じる。

その直後ヘストンは、ドナルド・プリーゼンスを家長とする、三人組の流れ者一家に半殺しの目にあわされ、ジョーン母子の小屋に転がり込む。それをきっかけに、ヘストンと母子の交流が始まるのだが、ここには『シェーン』に通じる詩情があって、胸を打たれる。ことにヘストンとジョーンが、初めて心をかよわせるシーンには、泣かされる。あらゆる西部劇の中でも、出色のラブシーンといってよい。ことにわたしは、ジョーンの熱烈なファンだったから、ここでいつもわんわん泣き（？）してしまう。いい女優だったのに、二十年前五十歳にもならぬうちに、早逝した。

ラストで、ヘストンは自分が年を取りすぎ、ジョーン母子の期待に応えられないことを告げて、山の彼方へ去って行く。

あの『シェーン』同様、安易なハッピーエンドにしなかったところが、この映画を心に残るものにしたのだと思う。

ロック・ハドスン　＊大成しそこなった美男俳優

ロック・ハドスンといえば、西部劇はもちろん活劇もの、メロドラマ、シリアスドラマ、ロマンチックコメディと、なんでもこなす全天候型の、美男俳優だった。

その都会的なマスクから、ハドスンはいかにも西部劇というジャンルに、向いていないように見える。ところが、デビュー直後の作品は西部劇だらけで、そのほとんどが輸入公開されている。

日本での初お目見えは、アンソニー・マン監督の『ウィンチェスター銃'73』（一九五〇年）だ。これは、マン監督とジェームズ・スチュワートによる五本の西部劇の、第一作に当たる。

この作品でハドスンは、あまり似合うとも思えない、インディアンの族長を演じた。当時二十五歳の若さだったが、ついでに言えば同い年のトニー・カーティスも、騎兵隊の一隊員役で出演している。のちの大スターが二人、ベストテン級のこの西部劇に端役出演したことで、カルトなファンの記憶にも残る作品になった。

それ以後ハドスンは、五一年に『戦いの太鼓』と『怒りの河』、五二年に『征服されざる西部』と『決闘！一対三』、五三年には『最後の酋長』と『限りなき追跡』、そして五四年には『アパッチの怒り』と、ほとんど西部劇専門に出演する。ただし、このうちリアルタイムで日本公開されたのは、マン＝スチュワート西部劇の第二作『怒りの河』と、ラオール・ウォルシュ監督の『限りなき追跡』の、二本だけである。

あとはすべて、ハドソンの人気が高まった六〇年前後に、映画会社があわてて輸入公開したものので、製作時から七年ないし十年のブランクがある。急激に人気が出たスターの、未公開の旧作を新作のように装って封切るのは、そのころ映画会社がしばしば使った手ではあるが、ハドソンの場合はかなり露骨だった。

実際、五〇年代の後半に『ジャイアンツ』で主役を張るまで、ハドソンはさほど注目を浴びる存在ではなかった。それが、当時飛ぶ鳥を落とす勢いだったジェームズ・ディーン、エリザベス・テイラーと共演することで、大スターの仲間入りを果たしたのだった。その後、『武器よさらば』ではジェニファ・ジョーンズと愛を語り、『夜を楽しく』などのお色気ものでは、ドリス・デイと名コンビを組んで、人気を不動のものにする。

六〇年代にはいって、ハドソンは久しぶりの西部劇、「ガン・ファイター」（六一年）に出演した。それも、『ベラクルス』で名を上げたロバート・オルドリッチの監督作品で、共演がカーク・ダグラスとくれば、いやでも期待が高まるところだ。しかるに、これが案に相違して頭を抱えたくなるような、失敗作に終わった。今考えても、あの硬派のオルドリッチが、なぜこのような西部劇を作ったのか、理解に苦しむ。むろん、『ベラクルス』の強烈な印象が頭に残っているため、その比較で見てしまうせいもあるだろう。

ところどころ、職人監督らしい見せ場があるにしても、西部劇に深刻な男女の愛を持ち込んで、それが最後の両雄の対決に影を落とすような筋立ては、およそオルドリッチらしくない。利き腕をそのまま生かして、ハドスンを左利きの保安官にしたことや、最後の決闘でダグラスに射程距離の短い、超小型のデリンジャー拳銃を使わせたことも、迫力を欠く要因になった。

その後ハドスンは、ジョン・ウェインと『大いなる男たち』（六九年）に出ただけで、西部劇と離れてしまう。

結局ハドスンは、アカデミー賞にも縁がないまま、大成しきらぬうちに八五年、ＡＩＤＳで死ぬ。当時、この症候群は流行の兆しを見せ始めたばかりで、病因に対する誤解も多かった。それだけに、ハドスンの死はハリウッドばかりでなく、世界中に強い衝撃を与えた。

ロバート・ライアン　＊いぶし銀の味

渋い味の俳優について、しばしば〈いぶし銀の演技〉、といったほめ言葉がある。それがぴたりと当てはまる俳優の一人に、ロバート・ライアンがいる。

ライアンは一九〇九年生まれで、三十歳を過ぎてからの銀幕デビューだから、あまり出世の早い方ではない。年齢的には、バート・ランカスターやリチャード・ウィドマーク、グレゴリー・ペック、カーク・ダグラスよりいくつか年長で、ヘンリー・フォンダ、ジェームズ・スチュワート、ジョン・ウェインらより少し若い見当になる。同年生まれのスターは意外に少なく、ほかにジェームズ・メイスン、エロル・フリン、デイヴィド・ニヴンくらいしかいない。

ライアンは悪役からヒーローまで、あらゆる役柄をこなす万能の俳優だ。そしてまた、どんな役を演じても一筋縄ではいかない、陰影のある演技を見せる。たとえつまらなく感じられる役でも、この人の存在感に満ちた演技に出会うと、それだけで納得してしまう。

これほどの演技派が、アカデミー賞と縁がなかったのは、不可解としか言いようがない。わずかに四七年度、『十字砲火』で最優秀助演男優賞にノミネートされただけである。このときは、ウィドマークも『死の接吻』で候補に残ったが、二人とも残念ながら受賞を逸し、結局無冠のまま終わった。まだ存命のウィドマークには、特別賞の望みがなきにしもあらずだが、ライアンの場合は七三年に死亡しているので、もはや可能性はない。悪名高い、ハリウッドの赤狩りに反対した、という自由主義的な思想が、災いしたのかもしれない。ライアンの日本公開作品は六十本前後あるが、そのうち十五本ほど（つまり四本に一本）が西部劇だから、決して少ないとはいえない。四〇年の『北西騎馬警官隊』は別格として、日本初公開の純粋西部劇はランドルフ・スコット主演の、『拳銃街道』（四七年）である。スコットは、実在の保安官バット・マスタスンに扮し、若き新聞発行人を演じるライアンを助ける。このとき、ライアンはすでに三十八歳を数えており、助演というより共演に近い位置づけだった。しかし、まだ主演を張るには地味すぎる、という印象が強い。

　翌四八年には、日本未公開でテレビ放映、ビデオ発売のみの『ブラックストーンの決闘』で、ふたたびスコットと共演する。今度は、悪役のサンダンス・キッドに扮し、スコットと猛烈な殴り合いを演じる。カレッジで、ヘビー級のチャンピオンだったキャリアが、役に立ったともいえる。むろん、最後にはスコットにのされるのだが、なかなか迫力のある格闘シーンだった。

　その後、『荒野の三悪人』（五一年）『征服されざる西部』（五二年）で主役を張るが、五三年の『裸の拍車』（アンソニー・マン監督）でジェームズ・スチュワートと共演、ふたたび悪役に回る。ジョン・スタージェス監督の現代版西部劇、『日本人の勲章』（五五年）では、名優スペンサー・トレイシーを相手に、また悪役を務める。さらに、五五年のラオール・ウォルシュ監督の『たくましき男たち』でも、クラーク・ゲーブルと対立する悪役を演じる。

　しかし五六年には、一世を風靡した主題曲で知られる『誇り高き男』で、久びさの主演に返り咲く。もっともこのときは、当時売り出し中の若手ジェフリー・ハンターの後見役、といった意味合いも強かった。五九年には、日本ではテレビ放映のみだったが、『無法の拳銃』という佳作があった。またこの年、西部劇ではないがウィリアム・P・マギヴァーンの『明日に賭ける』の傑作映画化作品、『拳銃の報酬』にも主演している。

　主役、悪役のいずれも一癖ありげにみえる、深みのある性格造型はライアン独特の持ち味だ。

ライアンには、西部劇にもそれ以外にも、けっこう主演作がある。にもかかわらず、わっと人気が出ないのは、やはり玄人好みの渋さが災いしているのだろう。もっといえば、主役を張るには地味すぎるのだ。

それだけに、主役にからむ準主役ないし助演、という立場で出ると、俄然その演技が光る。場合によっては、肝腎の主役を食ってしまうこともある。また、ほとんど見せ場のない助演クラスの役でも、ライアンが誠実に演じる姿を見るだけで、これはもうプロフェッショナルだ、とつい唸ってしまう。

西部劇『プロフェッショナル』（六六年／リチャード・ブルックス監督）に出たときのライアンも、そうだった。この映画は、メキシコの革命軍に誘拐された妻（クラウディア・カルディナーレ）を救うために、アメリカの富豪が四人のプロフェッショナルを、雇うところから始まる。その四人とは、ダイナマイトの専門家バート・ランカスター、銃器の専門家リー・マーヴィン、追跡と狩りの名人ウッディ・ストロード、そして馬の専門家ライアンという、にぎやかそのものの顔触れだ。それも、今はなつかしい超ワイドスクリーンの、七〇ミリ映画である。

タイトルの順はランカスターがトップだが、この映画のリーダー役は実質的に、マーヴィンが引き受けている。当時、ランカスターは功なり名を遂げたスターで、十歳以上も若いマーヴィンにリーダー役を譲る、などということは考えられなかった。前年の六五年、マーヴィンは西部劇

『キャット・バルー』で、アカデミー最優秀主演男優賞を獲得しており、その勢いがそうさせたのかもしれない。

さて、この映画でライアンは馬の専門家を自称しながら、専門家らしい見せ場は一つもない。ほかの三人は、多かれ少なかれ見せ場を与えられているのに、なぜかライアンだけはいつも馬の世話ばかり、という印象だ。はなはだ損な役回りなのだが、ライアンが一所懸命にやっているのを見ると、この人の誠実な人柄が伝わってきて、それだけで納得してしまう。

ちなみに、これら超重量級の四人を迎え撃つ、革命軍のリーダーに扮するのは、ジャック・パランスである。ろくな子分に恵まれず、四人のプロを相手に孤軍奮闘する姿は、いっそすがすがしい感じがする。しかも、カルディナーレは誘拐されたのではなく、パランスと恋仲だったという筋書きだから、いちばんのもうけ役かもしれない。

この翌年ライアンは、OKコラルの決闘の後日談『墓石と決闘』（ジョン・スタージェス監督）で、悪役のアイク・クラントンを演じる。ジェームズ・ガーナー扮する、ワイアット・アープと最後に撃ち合い、派手に吹っ飛んで死ぬ。史実の上では、二人はOKコラルの決闘のあと会っておらず、アイクがアープと撃ち合って死ぬ結末は、スタージェス監督の創作にすぎない。

その後ライアンは、六八年『カスター将軍』、六九年『ワイルドバンチ』、七一年『追跡者』と継続して、西部劇の脇役を務める。どれも、華ばなしい活躍をするどころか、はなはだ意気の上がらない役が多いのだが、やはりここはライアンでなくてはならない、と感じさせるのはさすがだ。どんなつまらぬ役でも、いやがらずに精一杯やる誠実さが、この人の持ち味である。

会社勤めでも、しばしば同じようなことが起きるけれども、そんなときにくさったりふてくされたりしては、精神衛生上よろしくない。見る人はちゃんと見ているのだから、その中でベストを尽くすべきだろう。

ライアンは、ふとそんなことまで考えさせてくれる、貴重な役者だった。

ジョック・マホニー　＊スタントマンからスターへ

ジョック・マホニーと聞いて、すぐにだれと思い当たる読者は、かなりの西部劇通だ。そもそもマホニーの名は、日本で出版されている外国俳優名鑑には、まず掲載されていない。

もっともターザン映画のファンなら、マホニーを十三代目のターザンとして、記憶しておられる人がいるかもしれない。

十一代目の、ゴードン・スコットの『ターザン大いに怒る』に悪役で出演し、プロデューサーの目に留まったマホニーは、スコットのあとを継いで、十三代目のターザンに収まる（十二代目の、デニー・ミラーは一本だけで消え、またスコットにもどった）。ターザン役者としては、最年長の四十三歳になっていたが、身長六フィート四インチに体重二百ポンドという、均整の取れた体躯の持ち主だった。もともと、スタントマンからのし上がっただけに、危険なシーンも自分でこなすなど、きびきびした身のこなしを売り物にした。

一九一九年生まれのマホニーは、二十代から三十代にかけて、おびただしい数の西部劇にバイプレイヤー、あるいはスタントマンとして、出演した。B級西部劇のスター、チャールズ・スターレットの吹き替えがいちばん多かったが、エロル・フリン、ランドルフ・スコット、グレゴリー・ペックなど、当時の売れっ子スターのスタントマンも、務めている。背が高く、ハンサムで、動きがいいとくれば、もっと人気が出ても不思議はないし、メジャーな作品に出演してもいいのだが、なぜか華やかなスターの仲間入りができずに、終わってしまった。スタントマンのキャリアが、あとあとまで影響したのかもしれない。

わたしがマホニーを初めて見たのは、一九五八年度の西部劇『生れながらの無宿者』である。

このころ、わたしは西部劇と名がつけばA級だろうとB級だろうと、都内の映画館を駆けずり回って、見尽くしたものだ。名の知れたスターが主演していれば、そこそこに楽しめたものだが、あまり売れていない俳優の作品は、それなりにつまらぬものが多かった。

したがって、マホニーの名を知らなかったわたしは、タイトルに引かれて場末の映画館まで出かけたものの、たいして期待はしなかった。

予想どおり、作品そのものはどうということもなく、B級監督のジョージ・シャーマンらしい、小粒な西部劇だった。しかし、長身を黒ずくめの服に包んだマホニーが、二挺拳銃をぶら下げて颯爽と登場すると、なぜか画面が引き締まるのだ。まさにこれは、マホニーのキャラクターに頼り切った西部劇、といっていいだろう。

冒頭、町はずれに掘られた墓穴のそばを、馬に乗った黒ずくめの男が、通り過ぎて行く。町にはいると、同じように二挺拳銃を吊った別のガンマンが、待ち構えている。のっけから、早撃ちの決闘シーンとはサービス満点、と思わず期待感が高まるではないか。

ところが、次に出てくるのは冒頭に映った墓穴で、そこに二発の銃声が重なるだけという、とんでもない肩透かし。続いて、酒場の扉を押す黒ずくめの男の、後ろ姿が映る。

カウンターで一杯飲んでいるところへ、保安官がやってきて二言三言、やりとりがある。男がおもむろに向き直って、マホニーの顔が大写しになる、という趣向だ。このときの会話で、マホニーの倒したガンマンの呼び名が、〈デュランゴ・キッド〉だと分かる。

このデュランゴ・キッドこそ、かつてマホニーがスタントマンを務めた、チャールズ・スターレットの人気シリーズの、主人公の名前だというところが、おもしろい。むろん、そういうマホニーの経歴を計算に入れた、脚本家のお遊びなのである。

ロバート・ミッチャム　＊半眼半睡のもてもてガンマン

日本ではさほどでもなかったが、アメリカでのロバート・ミッチャムは、女性の間で大いに人気があったらしい。それも、どちらかといえば俳優としてより、男としてである。その理由は、眠っているのか起きているのか分からない、あの茫洋とした眼差しだという。アメリカの女性は、どうやらそのあたりに、くらくらするらしい。もっとも、あの眠そうな目は若いころ吸った、マリファナの影響だという珍説（？）もある。

ミッチャムの西部劇は、デビュー当時脇役で出演したB級作品を別にすれば、それほど多くない。日本初公開の主演作も、ラオール・ウォルシュ監督の西部劇、『追跡』である。一九四七年に製作され、四九年に日本公開された。

この作品は、舞台背景こそ十九世紀末の西部だが、内容的にはサイコミステリーといってよい。『白昼の決闘』の原作者ニヴェン・ブッシュが、愛妻テレサ・ライトのために書き下ろした、オリジナル脚本による。ミッチャムの相手役は、当然テレサが務める。

三歳のとき、父親が殺されるのを物陰から目撃したミッチャムは、動き回る犯人の拍車の輝きと音がトラウマになり、成長したあとも悪夢にうなされる。犯人は殺された父の不倫相手、ジュディス・アンダスンの夫の弟のディーン・ジャガーだった。ジュディスは残されたミッチャムを、自分の息子や娘と一緒に育てる。ジャガーは、成人したミッチャムを殺そうとするが、ミッチャムも自分の出生の秘密を解き明かすため、果敢に立ち上がる……。

こういう設定からして、ありふれた西部劇でないことは、容易に想像できよう。とにかく暗い映画だが、サスペンスものとして見れば、それほど悪くない出来だった。

翌五十年、ノーマン・フォスター監督の『荒原の女』が封切られ、ミッチャムはウィリアム・ホールデン、ロレッタ・ヤングと共演する。

これも、西部劇というよりホームドラマに近い作品で、親友同士のミッチャムとホールデンが、ロレッタを巡って角を突き合わせるという、いかにもハリウッド好みのお話。無愛想なホールデンより、飄々としたミッチャムに軍配が上がるが、そのミッチャムもロレッタの情感あふれる演技の前には、兜を脱ぐしかなかった。

五四年には、マリリン・モンローと共演した話題作、主題歌も大ヒットしたオットー・プレミンジャー監督の、『帰らざる河』が公開された。しかし、この作品についてはよく知られているので、今回はその翌年に作られたリチャード・ウィルスン監督の、『街中の拳銃に狙われる男』を紹介する。

ガンマンのミッチャムは、別れた妻ジャン・スターリングと会うため、ある町にやって来る。町は無法者に支配されており、人びとはミッチャムの拳銃の腕を見込んで、保安官になってほしい、と頼む。ミッチャムは銃器の携行を禁止し、違反した者を容赦なく逮捕する。最初は、そのやり方を歓迎した町の人びとも、ミッチャムの厳しい態度に、しだいに反発を感じ始める……。

ここまでくると、西部劇通ならその四年後のエドワード・ドミトリク監督作品、ヘンリー・フォンダとリチャード・ウィドマーク主演の、『ワーロック』が頭に浮かぶのではないか。まさにそのとおりで、『ワーロック』は最後に酒場が火事で燃えるシーンも含め、この『街中の……』から骨子を拝借した、としか思えない。むろん、原作は別にあるのだが……。

ちなみに本作品で、ミッチャムが水際立った早撃ちを披露したのは、意外な拾いものだった。半分眠りながら、みごと相手に弾を命中させるのだから、これはもう名人中の名人に違いない。

ウィリアム・ホールデン　＊もう一人、都会派のウエスタナー

一九五〇年代における、ウィリアム・ホールデンの人気は、半端ではなかった。ジェームズ・ディーン、トロイ・ドナヒューといった若手とは対照的に、中年男の魅力で売りまくった。

当時の主演作をみても、アカデミー賞の最優秀主演男優賞に輝いた『第十七捕虜収容所』をはじめ『サンセット大通り』『トコリの橋』『喝采』『慕情』『ピクニック』『戦場にかける橋』と、名作や話題作が目白押しである。

一方、西部劇に関していえば、ケイリー・グラント、クラーク・ゲーブルと並ぶ都会派のスタ

ーだけに、出演作は十本程度しかない。それでも、西部劇俳優の一角に名を連ねられるのは、二本の傑作に出演しているからに、ほかならない。

そのうちの一本は、サム・ペキンパー監督の代表作、『ワイルドバンチ』である。この作品は、二十世紀にはいってからのメキシコが舞台だが、西部劇のうちに入れても異論はあるまい。時あたかも、マカロニ・ウエスタンに圧倒されていたハリウッド西部劇が、最後に咲かせた大輪の花といってもよい。マカロニの影響を受けながら、それを超越するところに、ペキンパーの神髄がある。

戦前にデビューしたホールデンは、四十年代に五本の西部劇に出ている。ジーン・アーサー共演の『アリゾナ』、グレン・フォード共演の二作品『掠奪の町』『コロラド』、ロバート・ミッチャム共演の『荒原の女』、そしてフレッド・マクマレー主演作品のリメーク、『テキサス決死隊』の五本である。しかし、どれをとってもあまりぱっとしない、西部男ぶりだった。

しかし五三年に、『ワイルドバンチ』と並ぶ今一本の傑作、『ブラボー砦の脱出』が世に出る。監督はご存じ、『OK牧場』『ゴーストタウン』そして『ガンヒル』の、いわゆる決闘三部作で知られる西部劇の巨匠、ジョン・スタージェス。日本で公開された、彼の最初の監督作品である。

スタージェスの西部劇は、四九年製作の“The Walking Hills”（ランドルフ・スコット主演。〈死の谷〉を舞台に、宝探しを目玉にした異色作品で、日本未公開）を別にすれば、この『ブラボー砦の脱出』に始まる。そのあと、スペンサー・トレイシー主演の現代版西部劇『日本人の勲章』、リチャード・ウィドマーク主演の『六番目の男』をへて、上記の決闘三部作にいたる。さらにその集大成として、黒澤明の『七人の侍』を翻案した、『荒野の七人』がくる。

『ブラボー砦の脱出』は、A級西部劇とはいえないにしても、カメラワークなどに新しい試みを取り入れた、出来のよい娯楽作品である。南北戦争を背景に、北軍のブラボー砦に勤務する大尉にホールデン、捕虜になった南軍の先任将校に、ジョン・フォーサイスが扮する。

許婚（エリナー・パーカー）の助けで、フォーサイスら南軍兵士が、砦を脱出する。ホールデンは、北軍兵士を率いて彼らを追跡し、捕らえる。砦へもどるホールデン一行を、今度はインディアンの集団が襲う。窪地に身を隠した一行と、小高い岩場に陣取ったインディアンの攻防が、この西部劇の見どころになる。

攻めあぐねたインディアンが、岩場と窪地の距離を計算しつつ、空中に角度をつけて矢を放つ。最初は、見当違いの場所に刺さった矢が、試行を繰り返すうちしだいに接近し始め、ついに窪地に隠れた兵士の上に弧を描いて、雨のように降りかかる。それをスタージェスは、緊張感あふれるカメラワークでとらえ、まるで飛び出す映画でも見るような、手に汗握る効果を生み出した。この手法は、のちの『ゴーストタウンの決闘』でも生かされ、スタージェスの一手販売（？）になった。

都会派のホールデンだが、この一作だけでも残してくれたのは、西部劇ファンとしてありがたいこと、といわなければならない。

ジェームズ・ガーナー　＊意外なハマリ役

今年（二〇〇四年当時）四月で、七十六歳になるジェームズ・ガーナーは、三十年ほど前の傑作テレビドラマ『ロックフォードの事件メモ』以来、わたしのごひいきのスターの一人である。

ガーナーは、ときにシリアスなドラマにも出演するが、どちらかといえばコミカルな役柄を得意とする俳優、とみられている。現に西部劇でも、『夕陽に立つ保安官』『地平線から来た男』（いずれもバート・ケネディ監督）など、コメディタッチの作品が多い。

社会派の、ラルフ・ネルスンが監督した『砦の二九人』は、そのシリアスな方に属する西部劇である。ネルスンは、『ソルジャー・ブルー』のような、政治的意図のあからさまな西部劇も撮っているが、『砦の二九人』ではガーナーのほか、シドニー・ポワティエ、ビビ・アンデショーンらの芸達者をそろえ、まずまずの娯楽作品に仕上げた。ガーナーは、殺された妻のかたきを探すスカウトを、くそまじめに演じている。

それを上回る、より深刻で重厚な演技を見せたのが、『墓石と決闘』におけるワイアット・アープ役だった。監督のジョン・スタージェスは、傑作『ＯＫ牧場の決闘』の続編を作ろうと、九年間も企画を温めたあと、この映画を撮ったという。ちなみに『OK牧場の決闘』も、それより十年ほど早いジョン・フォード監督の『荒野の決闘』も、一応史実を下敷きにしたとはいえ、かなり自由な脚色が行なわれていた。どちらも、OKコラル（牧場は映画会社の意図的誤訳）におけるアープ組対クラントン一味の撃ち合いで、物語が終わる。ところが史実では、これら二つのグループの血なまぐさい争いは、決闘のあとも延々と続く。そこでスタージェスは、まずOKコラルの決闘シーンから、『墓石と決闘』を始める。冒頭に、〈この映画は史実に基づいている〉とクレジットを入れたのは、従来の虚構とは違うことを強調するため、といえよう。もっとも、それほど厳密に史実を守ったわけではなく、前作よりはましという程度に、理解した方がいい。

ワイアット・アープは、『荒野の決闘』のヘンリー・フォンダのイメージが定着し、冷静沈着で物静かな紳士、と一般に思われている。しかし実際は、清廉潔白な正義の味方ではなかったとの説が、ここ何十年か有力になってきた。スタージェスは、そうしたアープの実像に迫ろうとして、ガーナーに無愛想で冷酷なアープを、演じさせた。この映画で、ガーナーはみごとなほど笑顔を見せず、ガンマン特有の緊張感を漂わせている。その結果、彼の演じるアープがいちばん実像に近い、といわれるほどになった。

ことに、弟を闇討ちした犯人の一人を追い詰めて、一対一の決闘に誘い込むシーンは圧巻だ。自分は、三つ数えてから抜く。おまえは、好きなときに抜いていい。そう持ちかけて、相手がまだ迷っているうちに、ワン、ツー、スリーと数え始める。相手が、あわてて抜こうとしたときには、すでにアープの拳銃は火を吐いている。

しかもアープは、撃ち倒した相手にさらに容赦なく、全弾をぶち込んでいく。相手は、撃たれるたびに吹っ飛んで柵にぶつかり、みじめに殺される。弟を殺されたアープの、恨みの深さが強く印象づけられる、すさまじい殺しの場面だ。そのあと、ジェイスン・ロバーズ演じるドク・ホリデイに、やりすぎだとたしなめられてかっとなり、ついアープが親友に手を上げてしまうシーンも、忘れられない。

前作『OK牧場の決闘』も、オールタイムベストテン級の娯楽大作だが、『墓石と決闘』はいささか小粒ながら、それに匹敵する佳作である。この一作で、ガーナーのアープをハマリ役と呼んでも、決して言いすぎにはならないだろう。

（JCB『ザ・ゴールド』連載・二〇〇二年）

著者略歴

一九四三年東京都文京区に生まれる。小説家。中央大学法学部卒。博報堂に勤務する傍ら、執筆活動を行う。一九九七年より専業作家。一九八六年『カディスの赤い星』で第九六回直木賞を受賞。『百舌の叫ぶ夜』『熱き血の誇り』『禿鷹の夜』『重蔵始末』『相棒に気をつけろ』など著書多数。

小説家・逢坂剛

二〇一二年一月二五日　初版印刷
二〇一二年二月一〇日　初版発行

著　者　逢　坂　　剛
発行者　松　林　孝　至
印刷所　株式会社理想社
製本所　渡辺製本株式会社
発行所　株式会社　**東京堂出版**
東京都千代田区神田神保町一―一七
電話〇三―三二三三―三七四一　振替〇〇一三〇―七―二七〇
〒一〇一―〇〇五一

http://www.tokyodoshuppan.com
ISBN978-4-490-20769-9 C0095